SYNDIKAT

TAT-Zeuge

30 JAHRE SYNDIKAT! Bekannte Mitglieder der Ehrenwerten Gesellschaft berichten in spannenden Zeugenaussagen über die CRIMINALE in Marburg. Das größte Krimifestival im deutschsprachigen Raum feierte in der malerischen Universitätsstadt dreißigjähriges Jubiläum und lockte nicht zuletzt durch ein umfangreiches Fortbildungsprogramm wieder zahlreiche Besucher an. Die Kriminalpsychologin Lydia Benecke sprach in diesem Jahr über harmlose und gefährliche Sadisten. Axel Petermann, Deutschlands bekanntester Profiler, berichtete von ungelösten Mordfällen, die ihn auch im Ruhestand noch beschäftigen. Bei Stephan Harbort, dem führenden Experten auf dem Gebiet des Serienmords, blieb ebenfalls kein Platz im Saal unbesetzt. Werfen Sie mit dem TAT-Zeugen einen exklusiven Blick in die deutschsprachige Krimiszene – von heiter bis tödlich!

Bereits zum zehnten Mal erscheint das Jahrbuch des SYNDIKATS.

SYNDIKAT

TAT-Zeuge

Das Syndikats-Dossier 2016

GMEINER SPANNUNG

Personen und Handlung sind frei erfunden.
Ähnlichkeiten mit lebenden oder toten Personen
sind rein zufällig und nicht beabsichtigt.

Besuchen Sie uns im Internet:
www.gmeiner-verlag.de

Im Ehnried 5, 88605 Meßkirch
Telefon 07575/2095-0
info@gmeiner-verlag.de

1. Auflage 2017

Redaktion: Nadine Buranaseda
Lektorat: Claudia Senghaas, Kirchardt
Herstellung: Julia Franze
Umschlaggestaltung: U.O.R.G. Lutz Eberle, Stuttgart
unter Verwendung eines Fotos von: © fotopic/Fotolia.com
Druck: CPI books GmbH, Leck
Printed in Germany
ISBN 978-3-8392-2054-2

VORWORT DER HERAUSGEBERIN

Nadine Buranaseda

Vorworte liest kein Mensch, oder? Gut, Sie – ja *Sie*, tun Sie nicht so überrascht! – bilden jetzt die Ausnahme, aber normalerweise schrecken solche Einleitungen den Leser ab wie Allgemeine Geschäftsbedingungen, die nicht mal eine ordentliche Schriftgröße verdienen. Man quält sich so durch den Text und fragt sich, welcher Idi…, äh, wer verflucht noch mal auf die Idee gekommen ist, das Vorwort zu erfinden. Ich für meinen Teil konnte den Gmeiner-Verlag nicht davon überzeugen, diese Zeilen kleiner zu drucken. Das wäre aufgefallen. Dann hätten Sie zurückgeblättert und sie doch gelesen. Aber Moment mal, das tun Sie ja gerade …

Ein Zirkelschluss, scheint mir. Eine ähnliche Kopfnuss wie die alte Frage: Was war zuerst da?

Huhn oder Ei.

Ei oder Huhn.

Huhn.

Ei.

Tja.

Ich seh schon, jetzt sind Sie raus.

Nun, drücken wir es einfacher aus: Am Anfang war das Wort.

Das Vorwort.

Klar.

Und jetzt erwarten Sie natürlich was für Ihre Zeit. Denn Sie haben sich ja bereits dazu entschieden, dieses Werk zu erstehen (oder es in irgendeiner legalen oder illegalen Form an sich zu bringen). Aber ich muss Sie enttäuschen:

Da kommt nichts mehr Spektakuläres.

In diesem Vorwort.

Ehrlich.

Und außerdem: Sie rätseln doch immer noch über das Huhn-Ei-Problem nach. Stimmt's?

Ich könnte an dieser Stelle natürlich argumentieren, dass der TAT-Zeuge, das Jahrbuch des SYNDIKATS, mehr als lesenswert ist. Dass Sie dem Kriminalisten Stephan Harbort oder dem Profiler Axel Petermann, der uns einen exklusiven Einblick in die Anfänge der Fallanalyse gibt, sinnbildlich an den Lippen hängen werden. Oder, dass Sie staunen werden, wie viele SYNDIKATS-Kolleginnen und -Kollegen sich zwischen diesen Buchdeckeln ausgetobt haben.

Sie sind ja immer noch da …

Jaaahaaa, *Sieeeee*!

Meinetwegen. Also, Sie dürfen einen Blick in die deutschsprachige Krimiszene riskieren, mit allem, was dazugehört. Sadisten – die Kriminalpsychologin Lydia Benecke lässt grüßen – kommen übrigens auch drin vor. Sex vor Gericht, ein Tatsachenbericht von Alexander Stevens, Fachanwalt für Strafrecht und besser bekannt als Strafverteidiger in der Sendung *Richter Alexander Hold* – check. Echte Knochen – check. Koksende Bodybuilder – check (steigert die Auflage). Motorisierte Krimiautorinnen (kein Witz). Und ein siegreicher FC CRIMINALE (eine unfassbare Tatsache, ein Jahrtausendereignis gar).

Nützt nur nix. Liest ja niemand, das Vorwort. Also wozu die Mühe?

Natürlich, *Sie* sind immer noch da. Haben Sie zu viel Freizeit?

Na gut, lesen Sie dieses Buch …

Von vorne, von hinten, von oben, von unten.

Egal.

Und lassen Sie das Vorwort aus.

Will man nichts gesagt haben.
Herzlichst Ihre
Nadine Buranasesda

»MEIN FAHRER ...« – AUS DEM FRÜHEN LEBEN ZWEIER KRIMIAUTOREN

Richard Birkefeld

Heute sind wir Freunde, selbst wenn ich schon lange wieder in Hannover lebe. Aber unser damaliges gemeinsames Erlebnis hat uns zusammengeschweißt wie zwei Komplizen, die der akademischen Welt ein Schnippchen geschlagen haben, welches an liebenswerter Chuzpe seinesgleichen sucht. Auch wird es uns in ewiger Erinnerung bleiben.

Doch unsere Geschichte sollte für die Nachwelt konserviert werden, damit wir selbst an unserem 80. Geburtstag noch herzhaft über sie lachen können …

Es ist nämlich mittlerweile weit über zwanzig Jahre her, dass ich Andreas P. kennenlernte als Taxifahrer, damals in Wien, in irgendeiner Nebenstraße im 5. Bezirk, Höhe Bacherplatz.

Da wusst ich noch nichts über ihn, hatte keine Ahnung, wer er war oder was er trieb, da stieg lediglich ein völlig aufgelöster, nervöser Mann in meine Droschke, zupfte sich am Bart und bat mich, mit ihm um die Häuser zu fahren, ziellos, die Margareten hoch und die Castelli wieder runter oder umgekehrt oder seinetwegen auch über Mariahilf bis nach Laimgrube.

»Fahrn S' einfach drauflos! Ich sag, wann's reicht – und lassen S' sich durch mich nicht stören.«

Kaum, dass sich der Wagen in Bewegung gesetzt hatte, hörte ich ihn hinten im Fond mit häufigen Unterbrechungen monoton vor sich hinmurmeln. Immer wieder blickte er dabei auf ein mitgebrachtes Manuskript.

Ich hatte ja in Wien schon eine Menge skurriler Fahrgäste durch die Gegend kutschiert, aber dieser hier schien mir von besonderer Güte zu sein. Wie der ständig Bösartigkeiten vor sich hinbrabbelnde Vater von Sophie, meiner großen Liebe, die mich mit ihren herrlichen Dutteln einst von der hannoverschen Leine an die Wien gelockt hatte, mir aber, weil ihr Alter mich für einen unfähigen Piefke hielt, das Anfassen irgendwann verboten und mich aus ihrer Wohnung geschmissen hatte. So hatte ich mich mitten in Ottakring auf der Straße wiedergefunden, gestrandet in meiner österreichischen Lieblingsstadt, nur mit wenigen Schillingen in der Hosentasche.

Das war natürlich bitter, zumal ich ihr bis auf einige Gelegenheitsjobs auf der Tasche gelegen hatte. Mein Magisterabschluss in Soziologie half mir in Wien genauso wenig wie in Hannover, und mein Lieblingsspruch *Was sagt ein Soziologe ohne Arbeit zu einem Soziologen mit Arbeit? – »Einmal Mayo mit Pommes, bitte!«* – bewahrheitete sich auch in Austrias Metropole.

Um über die Runden zu kommen, machte ich den Taxischein, und zwar in kürzester Zeit, weil ich neben all meinen Pseudotalenten eine herausragende Eigenschaft besitze – nämlich ein nahezu fotografisches Gedächtnis. Nach nur einer Woche Einführung kannte ich alle größeren Straßen, Plätze, Gebäude, Kreuzungen, Kneipen, Discos, Kaffeehäuser Wiens und die schnellsten Verbindungen von einem Bezirk in den anderen. Selbst eingefleischte Einheimische wunderten sich oft über meine grandiose Ortskenntnis und nickten anerkennend, wenn sie erfuhren, dass ich Deutscher war und erst seit zwei Jahren in der Stadt weilte.

So kreuzte ich nun durch die benachbarten Bezirke Margaretens, fuhr gewissermaßen im Kreis und glaubte, langsam in dem Gemurmel hinter mir eine wiederkehrende Struktur zu erkennen, bis ich Wörter und Sätze unterscheiden konnte, die anscheinend zu einem Vortrag oder einer Lesung über historische Phänomene der Moderne gehörten.

»Sagen Sie mal …« Die Neugier ließ mir einfach keine Ruhe, und ich nahm im Rückspiegel Blickkontakt mit meinem Fahrgast auf. »Es geht mich zwar nichts an, aber was, in drei Teufels Namen, machen Sie da eigentlich?«

Überraschenderweise schien mein Fahrgast die Frage nicht für indiskret zu halten, denn er unterbrach seinen Singsang sofort und erklärte mir freundlich in einem elaborierten Code, der den Geisteswissenschaftler verriet, dass er promovierter Historiker sei und an der Uni im Zuge eines internationalen Symposiums mit dem Thema *Hörbigers Welteislehre und ihr Einfluss auf den Anschluss* vor einem hochkarätigen Fachpublikum ein Referat halten müsse, er aber ein solches Lampenfieber habe, dass er befürchte, seinen Vortrag völlig zu versaubeuteln, ins Stottern zu geraten oder gar den mühsam auswendig gelernten Text völlig zu vergessen. Denn vom Manuskript ablesen wolle er das Referat vor den anwesenden Koryphäen nicht, zeugte das doch wohl nicht gerade von intellektueller Souveränität. Seine Unsicherheit habe ihm keine Ruhe gelassen, ihn schließlich ins Taxi getrieben, um die Zeit bis zum Vortragsbeginn zum Lernen zu nutzen, denn das gelinge ihm erfahrungsgemäß in einem fahrenden Automobil besser als zu Hause hinterm Schreibtisch.

Ich hatte vollstes Verständnis für seine Situation, bemängelte aber etwas besserwisserisch seine Unkonzentriertheit, denn schließlich habe er ja den Text selbst verfasst, sei mit der Thematik vertraut und habe, seitdem er im Taxi säße, das komplette Referat bereits zum vierten Mal repetiert. Der Text müsste doch nun endlich sitzen.

Sein erneuter Versuch, das zu überprüfen, scheiterte nach wenigen Sätzen kläglich.

Ich fuhr rechts an den Straßenrand, bremste abrupt, stellte den Motor ab und drehte mich zu ihm um. »Hochgeschätzter Herr Doktor, das wird doch wohl für Sie möglich sein, diesen Text zu beherrschen – oder? Ich selbst kann Ihren Vortrag ja schon auswendig, nur weil ich Ihrem Gemurmel viermal zuhören musste!«

Mein Fahrgast stierte mich ungläubig an, sein Mund öffnete sich staunend. »Ehrlich jetzt? Das sagen Sie doch nur so …«

»Nein, im Ernst, mir fällt Lernen unglaublich leicht. Ich besitze nämlich ein fotografisches Gedächtnis.«

Auch um mich vor ihm, das muss ich gestehen, ein wenig dickezutun, leierte ich seinen Vortrag nun Wort für Wort, Satz für Satz in affenartiger Geschwindigkeit, aber mit leicht akzentuierter Blasiertheit herunter.

Für einen Moment blickte er mich völlig perplex an, dann bewundernd, schließlich verschwörerisch. »Wissen Sie was?«, begann er mit gesenkter Stimme. »Ich habe da eine gewagte Idee! Das Referat wird vom Bundesministerium für Wissenschaft und Forschung exorbitant honoriert. Wir – Sie und ich – machen fifty-fifty, und Sie halten an meiner Stelle den Vortrag im Audimax. Wie finden Sie das?« Er legte eine kleine Pause ein, als erwartete er Widerspruch. Als ich ihm aber interessiert zunickte, fuhr er mit seinem Vorschlag fort. »Sie haben meine Größe, tragen ebenfalls einen Bart und eine Brille. Das merkt also niemand, zumal die meisten Zuhörer aus dem benachbarten Ausland kommen und mich persönlich gar nicht kennen. Außerdem ist das Audimax so riesig, dass man die Gesichtszüge des Vortragenden bei der Entfernung zum Rednerpult eh kaum identifizieren kann. Und zu Ihrer Beruhigung nehme ich hinter Ihnen auf dem Podium an der Wand Platz. Falls irgendetwas Unvorhersehbares passieren sollte – aber das wird es nicht. Also, trauen Sie sich das zu? Sie bekämen 10.000 Schilling!« Er blickte mich erwartungsvoll an.

Dafür musste ein Taxifahrer lange um die Ringstraße kreiseln. Keine Frage, das war ein Haufen Geld, für das ich lediglich einen siebzigminütigen Text aufsagen musste. Die Entscheidung fiel mir leicht. Ich sagte zu. »Aber was ist, wenn mich irgendwer zu dem Thema etwas fragen sollte? Dann säße ich aber ganz schön in der Tinte ...«

Das würde nicht passieren, versicherte mir mein Fahrgast, da die meisten Zuhörer genauso wie er einfach Schiss hätten, sich mit möglichen dummen Fragen vor dem Auditorium zu blamieren. Falls das aber wider Erwarten doch passieren sollte, präparierte er mich mit einer passenden Antwort.

»So, alles klar? Wie ist Ihr Vorname?«

»Richard.«

»Angenehm. Ich heiße Andreas.« Er reichte mir die Hand. »Wie spät ist es?«

Ich blickte auf die Uhr. »17.30 Uhr.«

»Super, dann fahren wir jetzt zur Uni. Um 18.15 Uhr beginnt unsere Show.«

Von Andreas' anfänglicher Nervosität war nichts mehr zu spüren ...

Das Audimax mit seinen roten Klappstühlen war bis zum letzten Platz besetzt, der Balkon war rappelvoll, und selbst im Mittelgang saßen jüngere Zuhörer auf dem Boden.

Ein paar Minuten später wurde Andreas von irgendeinem Verantwortlichen vorgestellt, und wir zwei betraten das Podium. Während Andreas knapp vier Meter hinter mir auf einem Stuhl Platz nahm, eilte ich ans Rednerpult, bedankte mich artig für die netten Worte meines Vorredners und für das große Interesse des Publikums.

Dann schob ich wichtigtuerisch meine Brille auf die Stirn, schloss für einen Moment die Augen und konfrontierte die Zuhörer mit meinem ersten Satz. »Johann Evangelist Hörbinger war nicht nur der Vater von Attila und Paul, sondern auch ein Mitbegründer der sogenannten *Welteislehre*, die unter dem Titel *Hörbigers Glacial-Kosmogonie* 1912 als Buch erschien …«

Das war übrigens auch der einzige Satz in dem Referat, den ich intellektuell einzuordnen vermochte, alle anderen Passagen waren für mich böhmische Dörfer. Dennoch zog ich mein Programm durch. Exakt sechsundsiebzig Minuten benötigte ich, den Vortrag ohne einen einzigen Versprecher, ohne zu räuspern und ohne auch nur ein einziges Wort zu vergessen, wohlakzentuiert, selbstsicher und mit einem leicht autoritären Unterton in meiner Stimme abzuliefern.

Als mein letztes Wort im Audimax verhallt war, hätte man eine Stecknadel fallen hören. Zwei, drei Sekunden herrschte unter der Zuhörerschaft ergriffene Stille – und dann brach er los, der Jubel. Das Publikum tobte und belohnte mich durch stehende Ovation. Der Beifall brandete hoch, bescherte mir eine Gänsehaut und ließ mich für einen Moment vergessen, dass ich nur der reproduzierende Wissenschaftler war.

Als das Klatschen langsam abebbte, hörte ich oben vom Balkon eine Stimme, die nach und nach besser zu verstehen war. »Herr Doktor! Herr Doktor! Eine Frage bitte!«

Ich konnte einen jungen Mann erkennen, der eine Hand gehoben und sich weit über die Brüstung gelehnt hatte. Es wurde im Saal ruhiger, und Hunderte von Köpfen drehten sich nach oben. Nun war der Mann gut zu verstehen.

»Darf ich Ihnen eine Frage stellen, Herr Doktor?«

Das war zwar der worst case, aber ich fühlte mich perfekt gebrieft. »Natürlich, junger Mann, nur zu!«

»Sie erwähnten so ziemlich am Schluss Ihres Vortrags, dass Oswald Spengler die Morphologie als Methode der Naturerkenntnis auf das Sosein der Geschichte überträgt und sich erst die *Welt als Geschichte* in der Erfassung ihrer biologischen

Wesenheit erschließe. Würden sich dann nicht eher die kosmischen, sprich glazialen Flutungen des Lebens willkürlich in das chaotische Weltgeschehen ergießen, als dass sie sich vor dem philosophischen Blick zu Einheiten von großer innerer Homogenität ordneten? Oder einfacher gefragt: Wenn nach Hanns Hörbiger *Eis nicht gefrorenes Wasser, sondern Wasser geschmolzenes Eis ist*, wäre dann nicht der großdeutsche Traum bereits eine glaziale Erstarrung historischer Hybris, die im Feuer alliierter Granaten hinschmolz, nur um im reißenden Strom des Kalten Krieges zu münden?«

Hunderte von Köpfen drehten sich wieder in meine Richtung. Für einige Augenblicke ließ ich die Frage im Raum stehen, dann wandte ich mich halb um und deutete mit ausgestrecktem Arm auf den hinter mir sitzenden Andreas. Gleichzeitig tauchte ich meine Stimme in eine Melange aus Verachtung, Ironie und Arroganz, die bei Karl Kraus für eine stramme Begeisterungserektion geführt hätte, und schüttelte nahezu ungläubig den Kopf.

»Junger Mann, diese selten überflüssige, geradezu dumme Frage kann Ihnen sogar mein Fahrer hier beantworten!«

DIE BEFRAGUNG DER FRIEDRICH-GLAUSER-PREISTRÄGER UND DER HANSJÖRG-MARTIN-PREISTRÄGERIN 2016

Nadine Buranaseda

von links nach rechts: Jeannette Hammerschmidt (Loewe) in Vertretung für Ursula Poznanski (Hansjörg-Martin-Preis), Michael Böhm (Roman), Benjamin Cors (Debütroman), Jürgen Kehrer (Ehrenglauser) und Iris Leister (Kurzkrimi)

MICHAEL BÖHM

mit *Herr Petermann und das Triptychon des Todes*, Bookspot Verlag, Friedrich-Glauser-Preisträger 2016 in der Sparte »Roman«

Michael Böhm wurde 1947 im Taunus geboren und verbrachte Kindheit und Jugend in Oberursel. Als Schriftsetzer-Meister war er als Ausbilder tätig, bevor er in die Datenverarbeitung wechselte. Er lebt in der Nähe von München. Nach Veröffentlichungen in Anthologien erschienen zwei Kriminalromane rund um den Buchhändler und eigenwilligen Detektiv Homer. Der erste Teil seiner Petermann-Trilogie mit dem Titel *Herrn Petermanns unbedingter Wunsch nach Ruhe* wurde 2014 für den Friedrich-Glauser-Preis nominiert. Mit *Quo vadis, Herr Petermann?* schließt die Reihe ab.

IHR EIN-SATZ, BITTE, HERR BÖHM!

01. WIE WÜRDE DER ERSTE SATZ IN IHRER BIOGRAFIE LAUTEN?
Vielleicht so: Spurensuche – mit Blick zurück denke ich mir lächelnd nach.
02. WARUM SIND SIE ZUM TÄTER GEWORDEN?
Weil ich zu gerne mit Mutmaßungen spiele und ihnen schreibend fröne.
03. MIT WELCHEM IHRER PROTAGONISTEN WÜRDEN SIE IN EINE WG ZIEHEN? UND AUS WELCHEM GRUND?
Mit Korbinian Weilnböck, weil er ein Künstler ist.
04. WER ODER WAS INSPIRIERT SIE?
Randbemerkungen setzen meine grauen Zellen in Gang, und die Fantasie beginnt, Geschichten zu stricken.
05. HABEN SIE SCHREIBRITUALE? FALLS JA, WELCHE?
Die erste Manuskriptfassung schreibe ich immer mit der

Hand, dann erst kommt der Laptop ins Spiel. Ist das schon ein Ritual?

06. IHR WICHTIGSTER SCHREIBTIPP?

Disziplin: Immer dranbleiben, keine Ausreden.

07. TAG 1 NACH MANUSKRIPTABGABE. WAS TUN SIE FÜR SICH?

Da lockt bereits das nächste Buch.

08. IM ROMAN WELCHES KOLLEGEN WÄREN SIE GERNE EINE FIGUR?

Im *Gastmahl auf Gomera* von Janosch.

09. WELCHEN SONG VON IHRER PLAYLIST HABEN SIE ALS LETZTES GEHÖRT?

Elvis: *Green, Green Grass Of Home.*

10. IHR NÄCHSTES GROSSES HIGHLIGHT IN DIESEM JAHR?

Das Erscheinen des dritten Herrn-Petermann-Bandes und der Aufenthalt im Tessin.

BENJAMIN CORS

mit *Strandgut*, dtv, Friedrich-Glauser-Preisträger 2016 in der Sparte »Debüt«

Benjamin Cors ist politischer Fernsehjournalist und hat viele Jahre für die ARD Tagesschau, die ARD Tagesthemen und den Weltspiegel berichtet. Heute arbeitet er als landespolitischer Korrespondent für den SWR und lebt mit seiner Familie im Rheingau bei Wiesbaden. Er ist Deutsch-Franzose und hat die Sommer seiner Kindheit in der Normandie verbracht.

IHR EIN-SATZ, BITTE, HERR CORS!

01. WIE WÜRDE DER ERSTE SATZ IN IHRER BIOGRAFIE LAUTEN?

Dies ist die Geschichte von einem, der Geschichten erzählte.

02. WARUM SIND SIE ZUM TÄTER GEWORDEN?

Aus Liebe zu allem, was es mit sich bringt, ein Täter zu sein.

03. MIT WELCHEM IHRER PROTAGONISTEN WÜRDEN SIE IN EINE WG ZIEHEN? UND AUS WELCHEM GRUND?

Mit dem alten Tito, weil es immer gute Musik gäbe und ordentlich was zu trinken.

04. WER ODER WAS INSPIRIERT SIE?

Unter vielem vor allem Musik.

05. HABEN SIE SCHREIBRITUALE? FALLS JA, WELCHE?

Ein hintere Ecke in einem Café, Musik und dann die gelassene Suche nach der Gewissheit, dass alles werden wird.

06. IHR WICHTIGSTER SCHREIBTIPP?

Gute Planung und gutes Verwerfen derselbigen.

07. TAG 1 NACH MANUSKRIPTABGABE. WAS TUN SIE FÜR SICH?

In mich reinhören, es ist dort so schön leer.

08. IM ROMAN WELCHES KOLLEGEN WÄREN SIE GERNE EINE FIGUR?

In keinem, sie würden dadurch nicht besser werden.

09. WELCHEN SONG VON IHRER PLAYLIST HABEN SIE ALS LETZTES GEHÖRT?

24-25 von Kings of Convenience.

10. IHR NÄCHSTES GROSSES HIGHLIGHT IN DIESEM JAHR?

Ein Umzug und die damit verbundene Aussicht auf deutlich mehr Geruhsamkeit.

IRIS LEISTER

mit *Der Hias*, in: *BoandlKramer & andere Geschichten aus dem Bayerischen Wald*, Edition Golbet, HePeLo Verlag, Friedrich-Glauser-Preisträgerin 2016 in der Sparte »Kurzkrimi«

Iris Leister ist Autorin und gibt Schreibworkshops. Zuvor wollte sie Seiltänzerin, Astronautin, Jacques Cousteau oder

Hirnforscherin werden, weswegen sie Biologie und Linguistik studierte. Durch Zufall geriet sie ans Drehbuchschreiben, ging mit einem Stipendium nach Hollywood und wurde für verschiedene Drehbuchpreise nominiert. Sie schrieb für die Hörspielreihe *Der Ohrenzeuge* den Thriller *Novembertod* und diverse, zum Teil preisgekrönte Kurzgeschichten, von denen eine in einem Deutschlehrbuch für Dänen landete.
www.novembertod.de

IHR EIN-SATZ, BITTE, FRAU LEISTER!

01. WIE WÜRDE DER ERSTE SATZ IN IHRER BIOGRAFIE LAUTEN?
Das Einzige, worüber die Zeugen bis heute übereinstimmend berichten, ist ein himmelblauer Jaguar Sovereign und eine sehr blonde Frau mit einem Kehlkopftattoo; alles andere ist unklar.
02. WARUM SIND SIE ZUM TÄTER GEWORDEN?
Aus Veranlagung.
03. MIT WELCHEM IHRER PROTAGONISTEN WÜRDEN SIE IN EINE WG ZIEHEN? UND AUS WELCHEM GRUND?
Auf keinen Fall mit dem Killerbett … vielleicht mit Tarek und Kleini aus *Kleine Fische*, weil die sich ständig irgendwelchen kleinkriminellen Mist ausdenken und ich nur noch mitschreiben müsste.
04. WER ODER WAS INSPIRIERT SIE?
Alltagsbeobachtungen, Gesichter, zufällig mitgehörte Gesprächsfetzen, Vermischtes, Malerei, Fotos, Wissenschaftlerinnen, Filme, Politik, Forschung, Autorinnen, Bibelgeschichten, Gefühle, die Krähen im Hinterhof – alles irgendwie.
05. HABEN SIE SCHREIBRITUALE? FALLS JA, WELCHE?
Aufstehen, literweise schwarzen Tee kochen, an den Computer setzen, schreiben, währenddessen literweise schwarzen Tee trinken und bloß nicht das Netz anwerfen.

06. IHR WICHTIGSTER SCHREIBTIPP?
Bloß nicht das Netz anwerfen – bloß nicht!
07. TAG 1 NACH MANUSKRIPTABGABE. WAS TUN SIE FÜR SICH?
Literweise schwarzen Tee trinken, ungläubig und erleichtert ins Leere starren, genussvoll nichts tun.
08. IM ROMAN WELCHES KOLLEGEN WÄREN SIE GERNE EINE FIGUR?
Eigentlich wäre ich am liebsten Besatzungsmitglied der Enterprise.
09. WELCHEN SONG VON IHRER PLAYLIST HABEN SIE ALS LETZTES GEHÖRT?
Selbst aufgenommene Gibbon-Songs aus dem laotischen Dschungel.
10. IHR NÄCHSTES GROSSES HIGHLIGHT IN DIESEM JAHR?
Mal sehen.

URSULA POZNANSKI

mit *Layers*, Loewe, Hansjörg-Martin-Preisträgerin 2016

Ursula Poznanski, geboren in Wien, studierte sich einmal quer durch das Angebot der dortigen Universität, bevor sie nach zehn Jahren die Hoffnung auf einen Abschluss begrub und sich als Medizinjournalistin dem Ernst des Lebens stellte. Nach der Geburt ihres Sohnes begann sie, Kinderbücher zu schreiben. Ihr Jugendbuchdebüt *Erebos* erhielt zahlreiche Auszeichnungen (unter anderem den Deutschen Jugendliteraturpreis) und machte die Autorin international bekannt. Inzwischen ist sie eine der erfolgreichsten Jugendbuchautorinnen Deutschlands und schreibt zudem Thriller-Bestseller für Erwachsene. Sie lebt mit ihrer Familie im Süden von Wien. www.ursula-poznanski.de

IHR EIN-SATZ, BITTE, FRAU POZNANSKI!

01. WIE WÜRDE DER ERSTE SATZ IN IHRER BIOGRAFIE LAUTEN?

Von Anfang an war klar, es würde eine haarige Angelegenheit werden.

02. WARUM SIND SIE ZUM TÄTER GEWORDEN?

Weil ich mich einfach nicht zum Opfer eigne.

03. MIT WELCHEM IHRER PROTAGONISTEN WÜRDEN SIE IN EINE WG ZIEHEN? UND AUS WELCHEM GRUND?

Mit Victor aus *Erebos*, schon aufgrund seines originellen Einrichtungsstils.

04. WER ODER WAS INSPIRIERT SIE?

Alles, aber nichts Spezielles – Musik, Bilder, Gespräche, Gerüche … es lässt sich nicht vorhersagen.

05. HABEN SIE SCHREIBRITUALE? FALLS JA, WELCHE?

Keine Rituale, nur Gewohnheiten, und auch die wechseln nach Jahreszeit.

06. IHR WICHTIGSTER SCHREIBTIPP?

Dranbleiben.

07. TAG 1 NACH MANUSKRIPTABGABE. WAS TUN SIE FÜR SICH?

Mit ziemlicher Sicherheit bin ich gedanklich schon im nächsten Manuskript, aber trotzdem – belohnen geht immer, mit ein bisschen shoppen, zum Beispiel.

08. IM ROMAN WELCHES KOLLEGEN WÄREN SIE GERNE EINE FIGUR?

Ich glaube, ich wäre gern eine zwielichtige Gestalt in einem Neil-Gaiman-Roman.

09. WELCHEN SONG VON IHRER PLAYLIST HABEN SIE ALS LETZTES GEHÖRT?

Angel of Small Death & the Codeine Scene von Hozier.

10. IHR NÄCHSTES GROSSES HIGHLIGHT IN DIESEM JAHR?

Zwei Highlights: das Erscheinen von *Elanus* im August und das von *anonym* im September.

JÜRGEN KEHRER

ausgezeichnet mit dem Ehrenglauser 2016 in Würdigung seines Engagements für die deutschsprachige Kriminalliteratur und für sein bisheriges literarisches Gesamtwerk im Bereich der Kriminalliteratur.

Jürgen Kehrer, geboren 1956 in Essen, lebt in Münster. Mit neunzehn Kriminalromanen und etlichen Drehbüchern für das ZDF ist er der geistige Vater des Buch- und Fernsehdetektivs Georg Wilsberg. Neben Kriminalromanen veröffentlicht Jürgen Kehrer auch historische Romane sowie Sachbücher. Seine Gesamtauflage beträgt über 800.000 Exemplare. Zuletzt erschien von ihm *Wilsberg – Ein bisschen Mord muss sein.* www.juergen-kehrer.de

IHR EIN-SATZ, BITTE, HERR KEHRER!

01. WIE WÜRDE DER ERSTE SATZ IN IHRER BIOGRAFIE LAUTEN?
Essen-Borbeck ist kein schöner Ort, das konnte ich bei meiner Geburt allerdings noch nicht wissen.
02. WARUM SIND SIE ZUM TÄTER GEWORDEN?
Zum Täter werde ich nur, wenn ich mich in einen solchen versetzen muss, ansonsten liebe ich Abgründe und Rätsel.
03. MIT WELCHEM IHRER PROTAGONISTEN WÜRDEN SIE IN EINE WG ZIEHEN? UND AUS WELCHEM GRUND?
Nicht mit Wilsberg, der ist mir zu schlampig.
04. WER ODER WAS INSPIRIERT SIE?
Alles, was ich lese, beobachte oder höre.
05. HABEN SIE SCHREIBRITUALE? FALLS JA, WELCHE?
Immer erst eine Partie Spider-Solitaire spielen.
06. IHR WICHTIGSTER SCHREIBTIPP?
Den gibt’s nicht, jede/r schreibt anders.

07. TAG 1 NACH MANUSKRIPTABGABE. WAS TUN SIE FÜR SICH?
Ich falle in ein Loch.
08. IM ROMAN WELCHES KOLLEGEN WÄREN SIE GERNE EINE FIGUR?
Kolleginnen wären mir auch recht, Hauptsache, ich werde nicht zu schlecht gezeichnet.
09. WELCHEN SONG VON IHRER PLAYLIST HABEN SIE ALS LETZTES GEHÖRT?
Morgens zum Frühstück höre ich Radio, keine Ahnung, was die da spielen.
10. IHR NÄCHSTES GROSSES HIGHLIGHT IN DIESEM JAHR?
Ich fürchte, die Ehrenglauserverleihung lässt sich nicht mehr toppen.

EHRENGLAUSER, MARBURG 2016: JÜRGEN KEHRER

Text: Bleeck/Püttjer/»Hands Up! & The Shooting Stars« – Musik: Stretch

Wieder so ein Fall, den keiner lösen kann
Wieder so ein Mord mit allen Tricks
Wieder heißt es: *Münsterland ist abgebrannt*
Wiedertäufer, Blutmond, wieder nix

Münsterkrimi, erschienen 2013 bei Rowohlt.

Der erste Crossoverkrimi mit Petra Würth: »Blutmond – Wilsberg trifft Pia Petry«, Grafit, 2005.

Der fünfte Wilsberg-Krimi: »Wilsberg und die Wiedertäufer«, 1994 bei Grafit erschienen.

Kein Fall für Wilsberg
Der Mann will doch nur Gutes tun
In alter Freundschaft
Und die Toten lässt man ruhen
Wilsberg hat kein' Waffenschein
Ganz egal, *ein bisschen Mord muss sein*

Der vierte Wilsberg-Krimi, 1993 bei Grafit veröffentlicht.

Der zweite Wilsberg-Krimi, 1991 bei Grafit veröffentlicht, 1998 vom ZDF verfilmt, die erste Wilsberg-Verfilmung mit Leonard Lansink.

Der erste Wilsberg-Krimi aus dem Jahr 1990. Vom ZDF 1995 mit Joachim Król als Wilsberg verfilmt.

Tatsache!

Der aktuelle Wilsberg-Roman heißt »Wilsberg – ein bisschen Mord muss sein«, erschienen 2015 bei Grafit.

Wer bekommt den Ehrenglauser dieses Jahr?
Wird in Marburg heut von uns geehrt?
Wilsberg kennt in Münster wirklich jedermann
Und durchs Fernseh'n fast die ganze Welt

Der Ehrenglauser wird seit 1988 vom SYNDIKAT, Autorengruppe deutschsprachige Kriminalliteratur, vergeben. Jürgen Kehrer ist Preisträger Nummer 30.

Die Wilsberg-Reihe im ZDF feierte 2015 zwanzigjähriges Jubiläum.

Den schreibt der Kehrer
Mit viel Insider-Know-how
Ist er wie Wilsberg?
Na, da frag mal seine Frau
Fürs Lebenswerk schon früh geehrt
Dann wäre das jetzt auch geklärt

Sandra sagt Nein.

Jürgen Kehrer wurde 2016 60 Jahre jung.

Ehrenglauser, Jürgen, ist das wirklich wahr?
Siehst grad mal aus wie dreißig und ein Keks
Du schriebst schon über *Tulpen, Tod im Friedenssaal*
Und Münster-Tipps, daheim und unterwegs

Die Münsteraner Sehenswürdigkeiten sind auch als Kekse erhältlich: www.muensterplaetzchen.de.

1997 erschien im Waxmann Verlag sein historischer Krimi »Tod im Friedenssaal«, ein Jahr später »Das Geheimnis der Tulpenzwiebel«.

»Gebrauchsanweisung für Münster und das Münsterland« von Jürgen Kehrer, Piper Verlag, 2011.

Legendäre WDR-Radiosendung, seit 2003 auch im TV.

Wir gratulieren!
Ehrenglauser, Jürgen K.
Wir trinken Schampus
Du zahlst die Rechnung? Wunderbar!
Herzlichen Glückwunsch von uns all'n
Jetzt lassen wir die Korken knall'n

Wir warten immer noch …

LANDKREIS MARBURG-BIEDENKOPF MIT KRIMIVIRUS INFIZIERT

Christina Bacher

Die CRIMINALE, *Europas größter Krimibranchentreff, fand vom 17. bis zum 24. April 2016 im Landkreis Marburg-Biedenkopf statt. Dem Ruf des* SYNDIKATS *folgten mehr als 200 Krimiautorinnen und Krimiautoren in eine Region, die sonst eher für Fachwerkidylle und »ahle Wurst« bekannt ist, nicht aber für Mord und Totschlag. Das hat sich allerdings jetzt grundlegend geändert.*

Dass es nie wieder so sein würde wie zuvor, das muss allen Beteiligten von Anfang an klar gewesen sein. Bereut hat jedenfalls niemand, dass sich die Autorenvereinigung »Das SYNDIKAT« für die CRIMINALE in ihrem dreißigsten Jahr den Landkreis Marburg-Biedenkopf ausgesucht hat: An acht Tagen besuchten etwa 1.400 Gäste rund 30 Lesungen – von den Krimi-Quickies über die Anthologielesungen bis hin zur Vorstellung der für den Friedrich-Glauser-Preis nominierten Werke waren die Veranstaltungen fast alle ausverkauft. Und das, obwohl der beschauliche Landstrich in Hessen nicht gerade für seine hohe Kriminalitätsrate bekannt ist und – zum Glück! – nur ganz selten mal ein echter Mord passiert. Krimifans scheinen sich dennoch (oder gerade deshalb?) dort zahlreich zu tummeln. Für die Vorträge von Stars wie der Kriminalpsychologin Lydia Benecke, dem Profiler Axel Petermann oder Kriminalist Stephan Harbort mussten noch Stühle dazugestellt werden, so begehrt waren die Veranstaltungen im Tagungstrakt des Welcome-Hotels. Die Außenwirkung also stimmte, zu verdanken einem kleinen, engagierten Team aus

Syndikatlern und der Unterstützung von Multiplikatoren und Buchhändlern vor Ort, die sich bereits ein Jahr zuvor an die Planung und Umsetzung des größten Krimifestivals im deutschsprachigen Raum gemacht hatten.

Die vierzig Tagungsveranstaltungen – seit Büsum eine Neuerung im Criminale-Kosmos – waren nicht nur den angemeldeten Krimiautorinnen und Krimiautoren vorbehalten, sondern in den meisten Fällen auch geöffnet für das interessierte Krimipublikum. Neben den klassischen Schreibseminaren gehörten die Beschäftigung mit Hörspiel und Film genauso zum Angebot wie die Themen »VG Wort« oder »Urheberrecht«.

Wie jedes Jahr waren auch in Marburg die Verleihung der Glauser-Preise in den Sparten »Roman«, »Debüt« und »Kurzgeschichte« sowie die Vergabe des Hansjörg-Martin-Preises für den besten Kinder- und Jugendkrimi Höhepunkte des Festivals. Diesmal fiel das feierliche Event auf einen Samstag. Im Saal des Cineplex-Kinos machte der Abend allen Lust auf mehr: mehr Krimi, mehr Lesestoff, mehr Diskussionsforen rund ums Genre, dafür immer weniger Lust auf die alte Frage, wie regional ein Krimi sein darf, wenn er denn muss. Die schon lange fällige Antwort gab das Syndikat im Grunde genommen selbst: Mit einer ansehnlichen Anthologie voller Kurzkrimis, die eigens für Paten in der Region geschrieben wurden und großen Anklang bei Lesern und Presse fanden, hinterließen die Kolleginnen und Kollegen aus den eigenen Reihen wieder literarische Spuren. Spätestens durch mehr als sechzehn Lesungen aus der Anthologie *SOKO Marburg-Biedenkopf*, die im KBV-Verlag erschienen ist, wurde der schnuckelige Landkreis dann tatsächlich zum neuen (literarischen) Tatort: Denn ist es nicht gerade dieses Spannungsverhältnis aus Idylle und menschlichem Abgrund, das eine Region zum perfekten Setting für einen Krimi werden lässt? Auf der einen

Seite die Touristen, die sich im Sommer auf die Suche nach dem besten Fotomotiv begeben. Und auf der anderen Seite – selber Ort, selbe Zeit – das tote Mädchen, das in der Nähe des Flüchtlingsheims aus der Lahn gefischt wird. Oder das Treffen eines international gesuchten Verbrecherpärchens im malerischen Wallau, weil man dort ganz sicher nicht gesucht wird. Die soziale Realität gerät nicht aus dem Fokus – eines der Kriterien, weshalb Fans das Krimigenre lieben. Und weshalb das SYNDIKAT weiter europaweit sein Unwesen treiben wird mit der Mission, den Krimi salonfähig zu machen.

Wir sehen uns also 2017 in Graz. Wo es sicher nach der CRIMINALE auch nie wieder so sein wird wie zuvor. Aber das muss ja nichts Schlechtes bedeuten …

MISSVERSTÄNDNIS

Ella Theiss

Jeden Samstag greift Herr Schröder zum Besen und fegt damit die Kellertreppe.

Er hat im *Reader's Digest* gelesen, dass ein Mörder den Ort seiner Tat immer wieder kehren soll.

BEINARBEITO

Ria Klug

Aus dem Angebot der CRIMINALE 2016 hatte es mir ein Workshop besonders angetan: Tango in einer Marburger Tanzschule. Erstmals ist der Tango CRIMINALE tatsächlich eine Bewegung, ein Movement. Vielleicht gar ein Yes-we-can?

In unserem Metier wird ja generell zu viel gesessen, und ich dachte mir, es schmeichelt der Morphologie des Hinterteils, wenn sich der Mensch bewegt.

Allerdings war eine Anmeldung nur paarweise möglich, deshalb fragte ich sofort über unsere interne Mailingliste nach einer Begleitung. Workshops sind ja oft schnell ausgebucht. Siehe da, kurz darauf hatte ich ein Angebot, das ich nicht ablehnen konnte. Zu meiner Erleichterung wurde mir angezeigt, dass ich die Plätze sieben und acht gebucht hätte, also noch Luft nach oben, während über die Mailingliste ein Beleidigte-Leberwurst-Sturm brauste, weil sich Kolleg*innen um Buchungsmöglichkeiten betrogen fühlten.

Jaja, so erklärte ich mir diesen Widerspruch, das kommt vom eingefleischten Hang zum Sitzen, obwohl das doch zu unvorteilhaft geformtem Formfleisch führt. Von schlimmeren Dingen, die sich rund um den Auspuff bilden können, möchte ich lieber nicht reden.

In Marburg angekommen, setzte ich bewegungstechnisch noch eins drauf. Bei feinem Sonnenschein bergauf durch die Puppenstube Oberstadt und dann an den Hängen des Schlossbergs hinab zum Barfüßertor. Natürlich wäre es auch möglich gewesen, entlang der breiten Universitätsstraße ohne Steigungen dorthin zu gelangen. Selbst mit Stadtbus hätte sich der Kilometer bewältigen lassen.

Im vorangegangenen Workshop, der ebenfalls in der Tanzschule Henseling stattfand, wurde trotzdem Unmut geäußert, der auf dem Abstand zum Tagungshotel fußte. Kein Wunder demnach, dass das Interesse am Tanzen nicht allzu groß war.

Unter fachkundiger Anleitung versuchten wir den Grundschritt und eine Linkswendung im europäischen Tango, wobei selbst bei fachunkundigen Beinen eine gewisse Körperspannung aufgebracht werden sollte. In der zweiten Hälfte wurden wir mit dem Grundschritt und einer Wiege im Tango Argentino bekannt gemacht.

Linkes Bein und rechtes Bein, langlang, kurzkurzlang, nachlinkskurzkurzlang. Undnochmal. Undnochmal. UndjetztkommtdieEcke. Welches Bein? Vor oder zurück? Honi soit, qui ne pas possèdent la Präpositionen. Und nun zu jedem Takt einen Schritt. Auch mit Pausen. Beinkreuzen und nicht schwanken. Don't cry for me, Argentino …

Ein großer Spaß, denn es gab viel zu lachen.

Wir tanzten nur zu fünft, wenngleich mehr Teilnehmer angemeldet waren. Das paarweise Agieren mussten wir deswegen modern interpretieren.

Offenbar hatte das bergige Terrain Marburgs schon seinen Tribut gefordert. Oder es ergaben sich genügend andere Gelegenheiten und Methoden, um sich zum Obst zu machen.

ZUM VORTRAG VON STEPHAN HARBORT AUS REINER MORDLUST – DS SERIENMÖRDER-PRINZIP

Romy Fölck

»Sie sind also zu spät gekommen«, begrüßt mich Stephan Harbort freundlich, als ich den voll besetzten Seminarraum betrete. Köpfe drehen sich um, Getuschel, Gelächter. Ich bin mir keiner Schuld bewusst, bin sogar überpünktlich. Er hat tatsächlich eine halbe Stunde zu früh begonnen.

Dies ist nicht unsere erste Begegnung. Vor ein paar Jahren traf ich ihn, den führenden deutschen Experten auf dem Gebiet der Serienmörder, in der Justizvollzugsanstalt in Leipzig. Er hielt dort einen Vortrag, natürlich über Serienmörder. Ein paar ausgewählte Besucher und ich durften ihn in einem der Freizeiträume der JVA erleben. Harbort spielte von seinem Diktiergerät Interviews mit Serienmördern vor. Das Gefühl, diesen Stimmen des Todes hinter Gittern zu lauschen, habe ich bis heute nicht vergessen. Verstörend würde ich es nennen.

Da sind wir also wieder, der Stephan und ich. Und ein Raum voll mit wissbegierigen Krimiautorinnen und Seminarteilnehmern, die diesen Kurs gebucht haben. Kaum ein Stuhl ist noch frei.

Erste Frage Harborts an die Runde: »Was ist ein Serienmörder?« Wir bemühen uns um eine Antwort, diskutieren. Eine eindeutige Antwort scheint es nicht zu geben. Letztendlich sagt Harbort: »Alle Statistiken zu Serienmördern auf dem Planeten sind Makulatur. Das ist ein akademisches Problem.«

»Warum«, fragt er weiter, »ist es so schwer, einen Serienmörder zu fassen?«

Er löst die Frage schnell auf. Die wenigsten Taten sind bei Serienmördern Beziehungstaten. Täter und Opfer sind sich meist völlig fremd. Damit machen es die Mörder den Ermittlern bewusst schwer.

Er bringt ein Beispiel für ein rein zufälliges Opfer eines Serientäters in Berlin. Beispiele sind gut. Die Zuhörer hängen an seinen Lippen. Er redet von echten Morden, von echten Serientätern. So oft schreiben wir darüber. Aber das, was er schildert, ist beklemmend real.

Harbort spielt eine Audiosequenz vor. Der Täter, den er in diesem Fall interviewte, brachte zwei Norwegerinnen um. Kennengelernt hatte er sie in einer Pizzeria. Zufallsopfer. Harborts Stimme fragt auf dem Band: »Wann sind die beiden Frauen zu möglichen Opfern geworden?«

Bevor der Täter antworten kann, streikt das Diktiergerät. Ein Raunen geht durch den Raum, Batterien werden ausgetauscht. Ohne Erfolg. Der Täter bleibt uns die Antwort schuldig.

Aber Harbort erzählt. Und er macht es gut, auch mit seinen eigenen Worten. Er weiß, wie er Spannung erzeugt. Der Täter sei mit den beiden Norwegerinnen in den Grunewald gefahren. Dort habe er die eine mit der anderen Frau bedroht. »Tu, was ich sage, oder ich töte deine Freundin!« Eines der Opfer band er an einen Baum. Das andere floh in der Zwischenzeit. Er verfolgte es mit dem Auto und überrollte es mehrfach, bis es tot war. Dann vergnügte er sich die ganze Nacht mit der Lebenden und folterte sie. Die Frau war durch den Tod der Freundin paralysiert, wehrte sich nicht. Er erdrosselte sie schließlich und schlug ihr mit einem Beil den Hals durch.

Im Raum ist es still. Diese Monster, über die wir tagtäglich schreiben, gibt es wirklich da draußen! Schrecklich endete die Zufallsbekanntschaft in einer Pizzeria … Bin ich zu nett zu Fremden?, frage ich mich entsetzt.

Der Experte spricht nun über Tarn- und Lernverhalten der Täter. Bei jeder Tat eines Serienmörders kommt es in der Regel zu Abweichungen. Er lernt dazu, entwickelt sich weiter. Ich muss plötzlich an Hannibal Lecter denken, meinen Lieblingsserienmörder unter den fiktiven. Und daran, wie er seine Arbeit perfektionierte.

Harbort schließt das Thema. »Und jemand, der lügt, hat auch etwas …?«

»… zu verbergen«, beendet das Publikum den Satz. Gelächter. Durchatmen, aber die Entspannung hält nur kurz an.

Ein Beamer wirft, seit ich hereinkam, hinter Harbort ein pausbackiges Gesicht an die Wand. »Das ist Klaus Dieter S.« Er startet den Film. Das Gesicht erwacht zum Leben. Klaus Dieter S. antwortet schüchtern und lächelt. Er ist nervös. Wohl durch die Kamera, die auf ihn gerichtet ist. Er wurde nach DDR-Recht zu zwanzig Jahren Haft verurteilt, erzählt Harbort. Nach der Wende kam er raus. Doch er fiel in seine alten Verhaltensmuster zurück: Frauen vergewaltigen und foltern. Klaus Dieter S. spricht mit schlichten Worten im brandenburgischen Dialekt. Manchmal habe ich das Gefühl, er versteht die Fragen von Stephan Harbort nicht. Beinahe tut er mir leid, wie er da vor dem Experten sitzt: ein großer Schuljunge, der etwas ausgefressen hat. Er erzählt, wie er eines seiner Opfer auswählte. Es war dunkel, auf einer einsamen Landstraße. Da kam jemand mit Kapuze gelaufen. Klack, klack, klack. Eine Frau. »Das ist es jetzt!«, entschied er. Wieder ein Zufall.

Harbort fragt, woher er wusste, wie er sie töten musste. »Man hat doch Fernsehen! Das sieht man doch im Film, wie gewürgt wird.« So einfach ist das also, denke ich. Jedes Kind weiß das mittlerweile. »Schaffst du das jetzt, die umzubringen? Die ist doch eigentlich zu nett«, erzählt Klaus Dieter S. vom Treffen mit einem Opfer. Nett sein ist kein Überlebenskriterium. Er hat der Frau die Kehle durchgeschnitten.

Automatisch rutschen wir in die Fragerunde. Ein Teilnehmer fragt nach dem Intellekt von Serienmördern.

Harbort schmunzelt. »Wenn jetzt hier nur Serienmörderinnen und Serienmörder sitzen würden, wären die genauso schlau oder doof wie Sie auch.« Er hat Witz und versteht es, sein Publikum zu fesseln. Schon laufen die letzten Minuten seines Vortrags.

Es wird nach dem Unterschied zwischen Massenmördern und Serienmördern gefragt. Massenmord sei ein Mord, bei dem mindestens zehn Opfer auf einen Schlag getötet werden.

»Gibt es Serienmörder, die gern über ihre Taten sprechen?«, fragt jemand.

Stephan Harbort lächelt. »Ja klar.« Unzählige Interviews hat er mit ihnen geführt.

»Auch schon, bevor man sie gefunden hat?«

»Sie haben die Antwort schon selbst gegeben«, sagt der Experte belustigt. Natürlich, denke ich. Oft werden sie genau dadurch überführt, dass sie von ihren Taten erzählen. Auch Hannibal Lecter prahlte gern vor Clarice Starling. Okay, ich gebe zu, Thomas Harris war einer der Autoren, der mich inspirierte, Krimis zu schreiben. Aber Harbort inspiriert mich, mich noch mehr mit den echten Serientätern zu beschäftigen.

»Wie viele weibliche Serienmörder gibt es?«, fragt ein Zuhörer am Ende der Veranstaltung.

Die Zahl überrascht mich. 25 Prozent – Frauenquote mal anders.

Harbort steht auf und bedankt sich. »Sie waren ein tolles und interessiertes Publikum. Kommen Sie heute gesund nach Hause!«

Wirklich sympathisch, denke ich. Mit ihm würde ich gern an der CRIMINALE-Bar sitzen. Ich würde ihn einfach erzählen lassen. Dieser Mann hat Stoff für eine Menge Bücher im Kopf. Leider hat er einen straffen Zeitplan, das Taxi wartet schon. Bis bald, lieber Stephan Harbort. Es war auch dieses Mal ein Erlebnis.

TREIBGUT

Jens Burmeister

Rheinwellen schwappen.
Ihr kalkweißes Mondgesicht
mit Lippen so blau.

NEUE BESTSELLERAUTOREN – FRISCHES BLUT FÜR DIE KRIMISZENE

Bettina Hellwig

Talent allein reicht nicht – man braucht außerdem Mut, Fleiß, Beharrlichkeit und manchmal auch die richtigen Unterstützer. Vier erfolgreiche Debütautoren des Jahres 2015 – Theresa Prammer, Joe Fischler, Nicole Neubauer und David Frogier de Ponlevoy – stellten sich auf der CRIMINALE den Fragen von Christiane Dieckerhoff, selbst preisgekrönte Autorin und Mitglied im SYNDIKAT und bei den »Mörderischen Schwestern«, und erzählten vier unterschiedliche Erfolgsgeschichten.

Theresa Prammer: *Wiener Totenlieder* – Die Nicht-Sängerin aus Wien

Die Wienerin Theresa Prammer, geboren 1974, lernte erst mal etwas »Ordentliches« und wurde Schauspielerin, bevor sie sich ihrem Kindheitstraum, dem Schreiben, zuwandte. Ihre Erfahrungen am Burgtheater, der Volksoper in Wien und als Regisseurin kann sie dabei gut gebrauchen.

In ihrem Debütroman *Wiener Totenlieder* führt sie die Leser in die Wiener Opernwelt. Carlotta Fiore, die weniger berühmte Tochter einer weltberühmten Operndiva, ist als Opernsängerin gescheitert. Jetzt arbeitet sie als Detektivin. Als sie in einem Mordfall um Hilfe gebeten wird, lässt sie sich als Statistin in die Oper einschleusen und gerät dabei selbst in Lebensgefahr.

»Wir können beide nicht singen«, sagt Theresa über Carlotta, »aber bei mir macht's nix.« Dafür gilt Theresas Bewunderung den Tenören: »Wenn die singen, vibriert der ganze Raum.«

Von Absagen ließ sich Theresa nicht beirren. Sie hat Testleser engagiert und ihre Texte immer wieder überarbeitet. Die Mühe hat sich gelohnt: Ihr Krimi ist als Hardcover bei Ullstein erschienen und hat den Leo-Perutz-Preis der Stadt Wien erhalten. Ein ganz neues Gefühl für Theresa, denn sie hatte noch nie etwas gewonnen: Die bisher einzige Ausnahme war der erste Preis bei einem Schulskirennen. Das hat sie allerdings nur geschafft, »weil ich das schwerste Kind war«.

Ihr nächster Roman *Mörderische Wahrheiten* (Mai 2016) spielt in der Wiener High Society und handelt von einem Serienmörder, der Jugendliche umgebracht hat und im Knast stirbt. Aber das Morden ist nicht vorbei …

Joe Fischler: *Veilchens Winter* – Der vielseitige Tiroler

Der Tiroler Joe Fischler, Jahrgang1975, hat viele Talente. Eines davon ist praktischer Natur: Seine Bauanleitung für einen Kaninchenstall *Der Nager-Palast in vier Größen für Kaninchen, Meerschweinchen & Co.* erschien 1995 bei »Books on Demand« und verschönert seitdem unzähligen dankbaren Nagetieren das Leben.

Außerdem ist Joe Jurist, Banker und Blogger, und singen kann er auch. Er lebt und arbeitet in der Nähe von Innsbruck. Die Ideen für seine Bücher kommen ihm beim Nordic Walking. Seinen Verleger hat er bei einem Grillkurs kennengelernt und überzeugt. Und das hat sich ausgezahlt: Joes Debüt *Veilchens Winter* erschien Anfang 2015 und wurde im Oktober mit dem »Goldenen Buch« ausgezeichnet, das bei mehr als 25.000 verkauften Exemplaren verliehen wird.

Joe trägt ein schwarzes T-Shirt mit dem Konterfei seiner weiblichen Hauptfigur, der LKA-Leiterin Oberstleutnant Valerie Mauser. In *Veilchens Winter* kommt Valerie nach Innsbruck und erhält den Auftrag, die kleine Tochter eines russischen Oligarchen zu suchen, die aus ihrem Skikurs entführt wurde. Dabei soll Valerie möglichst keine Wellen schlagen, jedenfalls, wenn es nach dem Landeshauptmann Hubertus Freudenschuss geht.

Joes zweites Buch *Veilchens Feuer* ist im November 2015 auf den Markt gekommen. Darin sind Valerie und ihr Team gefragt. Sie sollen den Tiroler Deutschrocker Wolf Rock schützen, denn dieser wird bedroht. Der dritte Roman ist in Planung, er soll *Veilchens Blut* heißen.

Nicole Neubauer: *Kellerkind* – Die Netzwerkerin aus München

Nicole Neubauer, geboren1972, lebt in München. Sie hat sich ihren Schreibtraum während einer Auszeit vom Beruf erfüllt. Nach dem Studium der englischen Literaturwissenschaften, Jura und zehn Jahren in einer Anwaltskanzlei war eine Pause fällig. Nicole nahm ihren Debütroman *Kellerkind* in Angriff.

Zu ihrem Bedauern musste sie während ihres Sabbaticals auf die Gesellschaft ihrer früheren Kollegen und Gespräche in der Kaffeeküche verzichten. Als Ersatz hat sie sich einen attraktiven Ermittler zum Verlieben erschaffen, den Münchner Hauptkommissar Waechter. Ein toller Typ, aber im realen Leben laut Nicole für Frauen eher ein »Finger-weg«.

In ihrem Debütroman untersuchen Waechter und seine Kollegen den Mord an einer erfolgreichen Anwältin, die mit durchschnittener Kehle in ihrer Designerwohnung gefunden wird. Die Ermittler stoßen auf ein altes Verbrechen, das nie gesühnt wurde und seine Schatten bis in die Gegenwart wirft.

Mit ihrer Romanidee wandte sich Nicole an das Netzwerk der Autorinnenvereinigung »Mörderische Schwestern« und konnte die arrivierte Autorin Gisa Klönne als Mentorin gewinnen. Und das klappte bestens: Nicole kassierte keine einzige Absage, sondern fand rasch einen Agenten, mit Blanvalet Taschenbuch auch einen Verlag und schaffte es in die SPIEGEL-Bestsellerliste.

Nicoles zweites Buch mit dem Titel *Moorfeuer* ist bereits erschienen. Darin verbrennt eine alte Frau auf einem Scheiterhaufen mitten im Freisinger Moor.

David Frogier de Ponlevoy: *Hanoi Hospital* – Der Wanderer zwischen den Welten

»Die Straßen in Deutschland sind so leer, vor allem die Bürgersteige.« Die ungewohnte Ruhe ist eines der Dinge, die dem Journalisten David Frogier de Ponlevoy, Jahrgang 1976, nach seiner Rückkehr aus Hanoi aufgefallen sind. In der Metropole produzieren sechs Millionen Einwohner mit ihren Massen an Motorrollern und Autos einen ohrenbetäubenden Lärm.

Daniel hat Geschichte und Politik studiert und als Journalist viele Jahre lang aus und über Vietnam berichtet. Für Vietnam-Neulinge hat er einen *Fettnäpfchenführer* geschrieben, mit dem man »im Crashkurs zum Lächelprofi« wird, außerdem einen Kulturführer mit Texten und Fotos. »Mit Lächeln kann man in Vietnam nie etwas falsch machen«, sagt er und erklärt, mit welchen Floskeln (»Oi soi oi« für freundliches Erstaunen) man ebenfalls immer richtig liegt.

Davids Debüt *Hanoi Hospital* spielt in Vietnam und ist im Conbook Verlag erschienen. Seine Kenntnisse und Erfahrungen lässt er in die Figur der Wirtschaftsstudentin Anne einfließen, die auf Vietnamesisch Van Anh heißt. Anne hat eine deutsche Mutter und einen vietnamesischen Vater und muss ihre Identität in beiden Welten suchen. Wie die junge vietnamesische Journalistin Linh und der Gelegenheitsarbeiter Tuan wird Anne in einen medizinischen Korruptionsskandal verwickelt, der zu mysteriösen Todesfällen in Hanois Krankenhäusern führt.

Ob und wann David einen zweiten Krimi schreiben wird, kann er noch nicht sagen. Er hat zwar viele Ideen, aber da gibt es ja noch den Hauptjob.

Jeder lebt seinen eigenen Traum

Der Traum vom Schreiben sieht für jeden anders aus. Deshalb ist auch noch nicht alles verloren, wenn man weder schauspielern noch sich ein Sabbatical nehmen kann, beim Grillen sich und andere mit Soße bekleckert und vietnamesisches Essen nicht verträgt. Auf jeden Fall sollte man aber bereit sein, sehr viel Zeit mit seinen Figuren und seiner Geschichte zu verbringen.

SEHNSUCHT

Heinz Kirchner

Am Ufer ein Mann
Seine Augen geschlossen
Sucht seine Freiheit

AUTOREN ENTDECKEN DIE WELT DER KASEMATTEN – ODER EIN VERLEGER VERSCHWINDET …

Claudia Senghaas und Dominika Sobecki

»Ich fahre viel auf dem Motorrad, ich bade viel, ich liege im Gras am Teiche, bis Mitternacht bin ich mit einem lästig verliebten Mädchen im Park« – nein bewahre, diese Zeilen stammen nicht von mir, sondern von Franz Kafka, der auf Reisen oft am glücklichsten war. Glücklich waren auch die Autoren der Marburger CRIMINALE, die 2016 wieder in den Genuss kamen, in eine malerische Stadt zu reisen und diese näher kennenzulernen. Zum dreißigjährigen Jubiläum gab es nicht nur Vorträge, Lesungen und Workshops, sondern auch Führungen in die Unterwelt der schönen Universitätsstadt.

Ich frage Sie, liebe Leserin, lieber Leser: Gibt es etwas Symbolträchtigeres als ein thronendes Schloss über einer Altstadt? Im 11. Jahrhundert als Burg angelegt, diente die Festung über viele Jahrhunderte hinweg als Residenz für den Landgrafen von Hessen. Wer hätte gedacht, dass der Untergrund des Marburger Landgrafenschlosses etliche Gänge und militärische Anlagen beherbergt?

Vor der Besichtigung des Schlosses und der unterirdischen Wehranlagen stand ein steiler Aufstieg: Denn das majestätische Gemäuer ragt in fast 290 Metern Höhe über der Stadt auf. Marburg ist eine Stadt auf einem Hügel; der Gipfel ist dem Schloss vorbehalten, doch auch die Altstadt liegt weit oben. Damit ältere und weniger sportliche Marburger in dieses verwinkelte Quartier gelangen können, sind öffentliche Lifte installiert. Die beförderten während der CRIMINALE auch dankbare Autoren im Nullkommanichts zu Cafés und Restaurants in alten Fachwerkbauten. Weiter hoch zur Führung ging es aber zu Fuß. Da brauchte man viel Puste. Am leichtesten fiel der Aufstieg den Schweizer Autoren – ein Klacks, kaum zu glauben, dass diese Erhebung tatsächlich »Schloss*berg*« heißt. Aber auch Teilnehmer aus flacheren Gegenden haben den ungewohnten Aufstieg gut und stolz bewältigt.

In den Kasematten, den unterirdischen Wehranlagen des Marburger Schlosses, zückte dann manch einer das Notizbuch, um Ideen, Geistesblitze, Fantasien und Geschichten zu Papier zu bringen, tauchte man doch tief in die Historie von Stadt und Region ein. Die Touren führten in die zahlreichen dunklen Gänge der Marburger Kasematten. Der Stadtführer öffnete ein großes Vorhängeschloss an einer Brettertür mit quietschenden Scharnieren, und es ging hinab in Finsternis, Kälte und Feuchte. Gruselig war das schon, und dann noch diese vielen Stufen, die keiner Norm entsprechen …

In den Kasematten angekommen, lernen wir einiges. Von den ungemütlichen Gängen aus schoss man früher mit Kanonen auf den Feind. Was für einen Krach das verursachte, demonstriert der Führer kurzerhand mithilfe eines roten Luftballons, den er aufbläst und platzen lässt. Das hallt ordentlich und klingt in den Ohren nach.

Kurz darauf holt unser Kasematten-Experte sein nächstes Requisit hervor: eine Tüte Lakritz-Vampire, die er durch die Reihen der Zuhörer wandern lässt. Zu einem alten Gemäuer, so erklärt er, gehörten Vampire einfach dazu. Oder zumindest Fledermäuse. Das Schloss sei heute ein Hotel mit 5.000 Betten – für Abendsegler und Zwergfledermäuse. Die verbrächten jeden Winter hier in einer der größten Fledermauskolonien Deutschlands. Von einer dicken, schützenden Eisschicht umgeben (kein Witz!) schlafen die Tierchen, bis der Frühling sie auftauen lässt und zu neuem Leben erweckt.

Überhaupt ist und war das Schloss ein Paradies für »unangenehme« Tiere. Im 16. Jahrhundert patrouillierten Löwen auf dem Gelände. Heute leben in den Kasematten Riesenspinnen, die der Stadtführer nicht müde wird, uns im Licht seiner Taschenlampe zu zeigen. Es gibt auch Spinnenbabys zu sehen, schwarze Pünktchen in unheimlichen weißen Kokons, die knapp über Kopfhöhe baumeln. Nichts für Arachnophobiker.

Es geht vorbei an einem Raum, der seit 400 Jahren zugemauert ist. Niemand weiß, was sich darin befindet. Und, wieder an der Oberfläche, in den Hexenturm, in dem arme Frauen vor ihrer Folterung und Verbrennung ausharren mussten. Durch eine Deckenluke wurden sie in ein Verlies ohne Fenster und Türen geworfen – ein Entrinnen war unmöglich. Die letzte vermeintliche Hexe, Katharina Lips, starb Anfang des 17. Jahrhunderts in Marburg. Sie war eine sehr gute Köchin – das konnte nur mit dem Teufel zugehen, wie insbesondere ihre Neider fanden. So etwas beflügelt die Autorenfantasie.

Doch plötzlich haben wir ein Problem. Es hat ja so kommen müssen. Da hat man die Idee, den Autorinnen und Autoren etwas Besonderes zu bieten, und nimmt auch den Verleger nach einem gemeinsamen Mittagessen mit, und beim Verlassen der unterirdischen Gänge ist der auf einmal nicht mehr zu sehen.

Während wir auf ihn warten, beantwortet der Fremdenführer geduldig Fragen zu Persönlichkeiten der Stadt und zum Leben der Heiligen Elisabeth und freut sich über das große Interesse am Wunder der Heiligen, die so früh sterben musste. Ihr Mann hat ihr die Armenspeisungen nicht gestattet. Als er ihr den Weg zu den Armen versperrte, fand er unter dem Tuch in ihrem Korb jedoch Rosen und kein Brot. Haha, damit hatte er wohl nicht gerechnet.

Vor einer abgewetzten Torecke erklärt uns unser Begleiter eine Redewendung: Fuhren früher Pferdewagen zu nah an Mauern entlang und kerbten mit ihren Radnaben Vertiefungen hinein, »kratzten sie die Kurve«. Bei hektischen Fluchten war die Gefahr, unachtsam »die Kurve zu kratzen«, natürlich besonders groß. Wo wir schon bei Redensarten sind – wie kamen bei dem Geruckel der Kutschen überhaupt Porzellan und andere zerbrechliche Luxusartikel, die die hohen Herrschaften brauchten, sicher hinauf aufs Schloss? Ganz einfach: Man packte die guten Stücke in große Mengen Butter, um die Stöße des Pferdewagens abzufedern. So war alles sprichwörtlich »in Butter« und kam heil oben an.

Der Rundgang neigt sich dem Ende, und unser Verleger bleibt verschwunden. Warum wir ihn überhaupt mitgenommen haben, fragen Sie mich nun? Also ich bitte Sie! Ja was glauben Sie denn? Schließlich bezahlt er das alles, und man wird auch nur zu einem gefragten Mann, wenn man große Taten vorzuweisen hat. Essen, Reden und eine Führung – das ist doch was, wenn er nur da wäre.

Na ja, auch damals mussten Kriege und Krisen überstanden und die Burg deshalb auf vielfältige Weise wehrhaft gemacht werden. So entstanden diese unterirdischen Gänge, die vor Artilleriebeschuss schützten. Also wird auch der Gesuchte wieder zu finden sein. So lange kann man auch die Sonne und den Frühling genießen, die Wettervorhersagen für die nächsten Tage sind eh ungünstig. Ein Biergarten ist auch nicht weit.

Aber das wirkt doch merkwürdig, wenn man es sich nun gut gehen lässt und der Verleger weg ist. Ist er vielleicht schon vorausgegangen? Wer weiß das schon. Den ganzen Weg noch einmal zurücklegen und nach ihm suchen? Verstehen Sie mich nicht falsch, aber das geht nun doch zu weit. Schließlich ist der Mann erwachsen. Der Stadtführer läuft schon wieder weiter, der hat wohl die Teilnehmer nicht gezählt, und ein bisschen Schwund ist immer. Aufregen bringt ja nichts. Oder? Also hinsetzen, sich umschauen und ruhig bleiben. Hier kann man die Seele baumeln und die Gedanken schweifen lassen.

Aber so viele Stufen und diese Feuchtigkeit, und sein Schuhwerk ist auch suboptimal. Das war deutlich zu sehen, und diese Gefängnisse waren ungemütlich. Das hat er nun davon: Seine Mitarbeiter wollte er da reinstecken und erst wieder rauslassen, wenn alle sich mögen und nicht mehr so viel rumdiskutieren. Komische Idee. Als ob das was nützen würde. Die tun eh alle, was sie wollen.

Und dann diese 5.000 Fledermäuse, die hier überwintern und von November bis März dort schlafen. Schon eine seltsame Vorstellung, dass er da auch … Von den Decken tropft es immerfort. Blöd, wenn man ständig nass wird.

Aber ich tu ja alles Menschenmögliche. Fast alle anderen lassen sich ein kühles Bier schmecken oder sind wieder im Städtchen. Aber ich harre aus. Ich kann ja noch mal anrufen. Der Gesprächspartner ist immer noch nicht erreichbar. Eine Frechheit, dass man in diesen Gängen kein Netz hat. Da hätte man sich schon längst mal drum kümmern können.

Da fällt mir blöderweise auch noch Kurt Tucholsky ein. Der sagt: »Entspanne dich. Lass das Steuer los. Trudele durch die Welt. Sie ist so schön: Gib dich ihr hin, und sie wird sich dir geben.« Ja schon, aber einer fehlt halt, und da kann man nicht einfach weitertrudeln. So ein Blödsinn. Die Rechnung ist auch noch nicht beglichen …

Unglaublich: Die rastlosen Autoren haben fast alle das Weite gesucht, ab und an spaziert noch einer alibimäßig vorbei. Schließlich sollen auch künftig Verträge geschlossen und Bücher veröffentlicht werden. Na ja, jetzt sind sie alle weg.

Man hat ja noch einiges zu tun – und die Bar öffnet pünktlich um 22.30 Uhr. Es gibt andere Verlage, und die haben ebenfalls einen Verleger.

Und ich muss auch an mich denken …

Die Kasematten beflügelten die Fantasie …

TATORT VERLAGSVERTRÄGE: DIE SIEBEN IRRSTEN VERLAGSKLAUSELN

Tobias Kiwitt

Bei der anwaltlichen Beratung von Verlagsverträgen kommen mir bisweilen die abenteuerlichsten Vertragsklauseln unter. Und es gibt immer wieder Autorinnen und Autoren, die solche Verträge sogar unterzeichnen. Umso mehr nottut es, einige von diesen Klauseln zu veröffentlichen. Denn an ihnen lässt sich symptomatisch aufzeigen, an welchen Stellen Verlage mitunter tricksen. Der Teufel liegt bekanntlich im Detail. Ich kann nur darüber mutmaßen, was solche Verlage dazu bewegt: Entweder sind sie grottendreist, oder aber sie handeln aus Unwissenheit und haben noch nie etwas vom »Normvertrag für den Abschluss von Verlagsverträgen«* gehört. Beides spricht jedenfalls nicht für sie. Das folgende Kompendium an irren Vertragsklauseln möge dem Autor das Gespür dafür vermitteln, seriöse Verlagsverträge von unseriösen unterscheiden zu können. Es möge aber auch die Motivation steigern, selbst Einfluss auf die Vertragsgestaltung zu nehmen. Denn jeder Verlagsvertrag ist nur so gut, wie er auch vom Autor verhandelt worden ist. Kein Verlagsvertrag ist ein eisernes Gesetz.

* Der Normvertrag (auch »Rahmenvertrag« genannt) wurde vom »Verband deutscher Schriftsteller« (VS) mit dem »Börsenverein des deutschen Buchhandels« erstmals 1978 ausgehandelt und ist seitdem mehrmals nachverhandelt worden. In der seit dem 6. Februar 2014 gültigen Fassung ist er unter www.vs.verdi.de/recht-urheber/mustervertraege abrufbar. Er gibt Autoren und Verlagen eine wichtige Vertragsgrundlage. Verlage, die Mitglied im Börsenverein sind, sind an den Normvertrag gebunden.

Gehen Sie mit mir auf Spurensuche und schauen Sie sich Vertragsklauseln an, die nicht nur krimigeübte Autorinnen und Autoren das Gruseln lehren:

> **§ 1 Rechteeinräumungen**
> *Der Autor überträgt dem Verlag das ausschließliche und uneingeschränkte Recht zur Vervielfältigung in Papier-, Ton-, Film- und Mikrofilm-Form sowie zur Verbreitung des Werkes einschließlich Titel und einzelner Teile für alle Auflagen und Ausgaben für die Dauer des gesetzlichen Urheberrechts. Nach Ablauf dieser Frist verbleibt dem Verlag das einfache Nutzungsrecht. Der Verlag erhält zusammen mit dem Verlagsrecht alle rechtlich anerkannten Werknutzungs(neben)rechte sowie die Übersetzungsrechte für alle Sprachen. Der Verlag kann diese Rechte selbst wahrnehmen sowie Dritten – auch Wahrnehmungsgesellschaften – übertragen.*

Diese Klausel weicht fundamental von der Rechteübertragungsklausel des Normvertrags ab und ist geradezu dreist. Der Autor gibt für die vollständige Dauer des gesetzlichen Urheberrechts (bis siebzig Jahre nach dem Tod des Autors) seine gesamten Rechte an den Verlag ab. Das ist grundsätzlich noch nicht ungewöhnlich. Auch der Normvertrag sieht die »räumlich unbeschränkte« Übertragung »des gesetzlichen Urheberrechts« vor. Doch der Verlag nimmt sich hier sofort alle Nutzungsrechte, ohne sie im Einzelnen aufzuzählen. Vom E-Book-Recht über die Hörspielrechte, Bühnenfassungsrechte, Verfilmungsrechte bis hin zu den Merchandisingrechten. Der Verlag heimst sich alle Rechte ein, ohne im Übrigen eine Regelung über die gesonderte Vergütung der einzelnen Rechte zu treffen.

Der Verlag behält sich lapidar alle Rechte an der Verwertung des Werkes vor. Der Autor ist damit vollständig entrechtet, und er merkt es mitunter nicht einmal. Ein Indiz für die Unseriosität ist auch, dass sogar geregelt wird, dem Verlag das einfache Nutzungsrecht nach Ablauf des gesetzlichen Urheberrechts einzuräumen. Dies ist eine Selbstverständlichkeit: Siebzig Jahre nach dem Tod des Urhebers kann jeder das Werk veröffentlichen und verbreiten. Jeder hat das einfache Nutzungsrecht am Werk. Eine solche Selbstverständlichkeit gehört nicht in einen Verlagsvertrag und zeugt eher davon, dass der Verlag ziemlich unerfahren ist.

§ 2 Verlagspflichten

1. Das Buch wird als E-Book erscheinen. Nachträgliche Änderungen der Form der Erstausgabe sind möglich, darüber wird der Autor informiert.

2. Sobald fünfzig Vorbestellungen für die Printausgabe beim Verlag eingegangen sind, wird das Buch als Printbuch veröffentlicht.

3. Der Verlag ist verpflichtet, das Werk in der in Absatz 1 genannten Form zu vervielfältigen, zu verbreiten und die zu seiner Verbreitung angemessenen Vertriebswege einzuschlagen.

Hier möchte ein Verlag offensichtlich das Verlagsrisiko minimieren. Das Buch wird zunächst kostengünstig als E-Book veröffentlicht. Doch die Rechte am Werk möchte der Verlag dennoch halten, auch wenn er sie unter Umständen gar nicht vollständig umsetzt. Der Verlag behält sich sämtliche Rechte an einer nachträglichen Änderung der Erscheinungsform vor, ohne dass der Autor darauf weiteren Einfluss hat. Das heißt mit anderen Worten: Der Verlag sitzt auf allen Veröffentlichungsrechten, doch eine Pflicht, die Rechte umzusetzen, hat er nicht. Möglicherweise wird es nie ein Printbuch geben.

Autoren, die eine solche oder ähnliche Klausel unterschrieben haben, seien auf § 41 Urhebergesetz hingewiesen. Dort ist ein Rückrufrecht wegen Nichtausübung geregelt.

> ***§ 3 Auflage***
> *a) Sobald das Printbuch erscheint, beträgt die Auflagenhöhe hundertfünfzig Exemplare. Es werden drei Rezensions- beziehungsweise Werbeexemplare sowie ein Frei- beziehungsweise Belegexemplar für den Autor/die Autorin bereitgestellt. Übersteigt die Nachfrage die hergestellte Anfangsauflage, stellt der Verlag weitere Exemplare auf eigene Kosten her.*
>
> *b) Weitere Autorenexemplare kann er/sie mit 20 Prozent Rabatt auf den Verkaufspreis vom Verlag beziehen.*

Die auffallend geringe Auflagenhöhe macht bereits stutzig. Ist der Verlag selbst nicht vom Werk überzeugt?

Positiv ist durchaus, dass eine Auflagenhöhe vertraglich vereinbart wird. Wird nichts vereinbart, gilt eine Auflagenhöhe von tausend Exemplaren der ersten Auflage (vgl. §§ 5 Abs. 2, 16 VerlG). Dies ist der Regelfall.

Die Anzahl der Rezensions- und Werbeexemplare im Verlagsvertrag zu beschränken, ist indes unseriös. Der Verlag hat nach eigenem Ermessen Rezensions- und Werbeexemplare abzugeben, wenn zu erwarten ist, dass dadurch der Buchverkauf gefördert wird. Freiexemplare für den Autor sind üblich in Höhe von 0,5 bis 1 Prozent der Auflage.

An Autorenrabatt sind mittlerweile 40 bis 50 Prozent vom Nettoladenpreis üblich. Ein großer und allseits bekannter amerikanischer Internet-Buchhändler verlangt sogar 55 Prozent Buchhandelsrabatt. Lassen Sie sich nicht mit 20 Prozent abspeisen!

§ 4 Autorenhonorar
a) Der Verlag zahlt dem Autor/der Autorin Honorar ab dem ersten verkauften Exemplar seines/ihres Werkes. Er/sie erhält 5 Prozent vom Nettoverlagserlös.

b) An Honoraren aus der Verwertung der Nebenrechte erhält der Autor 25 Prozent vom Nettoverlagserlös.

5 Prozent sind sehr wenig. Die »Gemeinsamen Vergütungsregeln«, zu denen sich einige Verlage verpflichtet haben und die als Richtschnur für Vertragsverhandlungen gelten, sehen folgende Staffelung vor:

Hardcover: 10 Prozent

Taschenbuch (Staffelhonorar): 5 Prozent bis 20.000 Exemplare, 6 Prozent ab 20.000 Exemplare, 7 Prozent ab 40.000 Exemplare, 8 Prozent ab 100.000 Exemplare

In einem Wort dieser Klausel steckt der Teufel im Detail: Nettoverlagserlös. Üblich – und davon gehen auch die »Gemeinsamen Vergütungsregeln« aus – ist der Nettoladenpreis (Buchhandelspreis minus 7 Prozent gesetzlicher Umsatzsteuer) als Bemessungskriterium des Honorars. Mit dem Austausch dieses einen Wortes halbieren Sie Ihr Honorar.

Das lässt sich an einem Rechenbeispiel verdeutlichen: Ihr Buch kostet im Buchhandel 10 Euro. Umsatzsteuerbereinigt (7 Prozent) ergibt sich damit ein Nettoladenpreis von 9,35 Euro.

Der Buchhandel und der Zwischenhandel verdienen in etwa 50 Prozent hieran, also etwa 4,675 Euro. Vereinbart ist ein Autorenhonorar von 10 Prozent (Hardcoververgütung nach den »Gemeinsamen Vergütungsregeln«). Ist die Bezugsgröße für Ihr Honorar der Nettoverlagserlös (auch »Nettoverlagsabgabepreis« genannt), erhielten Sie nur eine 10-prozentige Beteiligung von 0,4675 Euro pro verkauftem und nicht remittiertem Exemplar. Ist die Bezugsgröße aber – wie empfohlen und üblich – der Nettoladenpreis, bekommen Sie doppelt so viel, nämlich 0,935 Euro pro Exemplar.

§ 5 Haftung
Der Autor ist verpflichtet, den Verlag auf im Werk enthaltene Darstellungen von Personen oder Ereignissen sowie sonstige Behauptungen hinzuweisen, mit denen das Risiko einer Persönlichkeitsrechtsverletzung verbunden ist. Der Autor stellt den Verlag von allen Ansprüchen, gleich welcher Art, frei, die gegen den Verlag beziehungsweise den Verleger aus Anlass und im Zusammenhang mit der Veröffentlichung des Buches geltend gemacht werden.

Diese Klausel ist eine Unverfrorenheit. Der Verlag möchte selbst das geringste Risiko ausschließen, dass er Kosten im Falle eines Rechtsstreits mit Dritten zu tragen hat. Er wälzt dieses Risiko einseitig auf den Autor ab. Konkret heißt dies: Wenn die Veröffentlichung Persönlichkeitsrechte Dritter verletzt, haftet hierfür allein der Autor. Dass der Autor für die Verletzung von Persönlichkeitsrechten haftet, ist nicht ungewöhnlich, sondern die Regel. Aber dass der Verlag sich gar seiner Prüfungspflicht und Mitverantwortung entzieht, ist unglaublich. Ein Verlag haftet, wenn er das Manuskript nicht geprüft hat und damit im Rahmen seiner Prüfungspflicht mit hinreichender Wahrscheinlichkeit alle Verletzungen von Persönlichkeitsrechten ausschließen konnte, gegenüber Dritten – und das ist auch richtig so! Denn der Verlag ist es, der das Werk in den Rechtsverkehr bringt. Er hat nicht nur die Rechte (Rosinenpickerei), sondern natürlich auch die Pflichten aus der Veröffentlichung des Werkes.

§ 6 Verramschung, Makulierung
1. Der Verlag kann die gedruckten Ausgaben des Werkes verramschen. Am Erlös ist der Autor in Höhe seines Grundhonorarprozentsatzes beteiligt. Erweist sich auch ein Absatz zum Ramschpreis als nicht durchführbar, kann der Verlag die Restauflage makulieren.

2. Der Verlag informiert den Autor vor einer beabsichtigten Verramschung beziehungsweise Makulierung nach pflichtgemäßem Ermessen.

Machen Sie es dem Verlag als Autor so schwer wie möglich, zu verramschen und zu makulieren. Diese Klausel ist geradezu ein Freifahrtschein zur Verramschung und Makulierung. Schreiben Sie stattdessen bitte konkret fest, ab wann verramscht und makuliert werden darf. Sie können zum Beispiel vereinbaren, dass in zwei aufeinanderfolgenden Kalenderjahren nicht mehr als fünfzig Exemplare des Werkes verkauft worden sein dürfen, damit der Verlag verramschen darf. Der Normvertrag hilft Ihnen auch hier weiter.

§ 7 Schlussbestimmungen
Der Autor räumt dem Verlag für die Dauer des Vertrags alle durch die »Verwertungsgesellschaft Wort« wahrgenommenen Rechte nach deren Satzung, Wahrnehmungsvertrag und Verteilungsplan zur gemeinsamen Einbringung ein. Der Autor ist damit einverstanden, dass der Verlag den ihm nach den jeweils geltenden Verteilungsplänen der »Verwertungsgesellschaft Wort« zustehenden Verlags- und Autorenanteil direkt ausgezahlt erhält.

Mutig, dass sich ein Verlag so etwas traut. Nein, der Verlag hat keinen Anspruch auf den Autorenanteil bei der »VG

Wort«. Lassen Sie sich auf so eine Regelung auf keinen Fall ein!

Als Faustformel lässt sich sagen: Ein Verlagsvertrag, der sich nicht am »Normvertrag für den Abschluss von Verlagsverträgen« hält, sollte von vorneherein verworfen werden. Vergleichen Sie jeden Satz Ihres Verlagsvertrags mit dem des Normvertrags. Weicht der Vertrag vom Normvertrag ab, werden Sie skeptisch. Änderungen geschehen sicherlich im Regelfall nicht zu Ihrem Vorteil.

Sodann heißt es: Verhandeln, verhandeln und nochmals verhandeln!

Im aktuellen *Handbuch für Autorinnen und Autoren*, Uschtrin Verlag, 8. Auflage 2015 (S. 596–638), finden Sie eine umfassende Kommentierung des aktuellen Normvertrags mit einer Checkliste und wertvollen Tipps für Ihre Vertragsverhandlungen.

ÜBERWACHUNGSPROTOKOLL ÜBER EIN JM ANLÄSSLICH SEINER REISE VON A NACH B UND DARÜBER HINAUS

Horst Prosch

Interne Erläuterungen der Überwachungskommission
JM – Jurymitglied des Friedrich-Glauser-Preises (kurz FGP)
A = Wohnort von JM
B = Tagungsort Jurysitzung

Samstag, 21. Januar, 6.23 Uhr

JM steht am Bahnsteig in A. Leichter Nieselregen. Eine unbekannte Person, männlich, reicht ihm einen Regenschirm. JM spannt diesen auf. Die Sicht ist kurzfristig behindert. Die unbekannte Person entfernt sich. JM klappt den Regenschirm zusammen, sieht sich unauffällig um und schiebt ein braunes Kuvert in den Mantel. Einstieg in den Regionalexpress. JM setzt sich zu einer jungen Frau (SJ). Kopfnicken. Schuhspitzen berühren sich. Das im Hemdkragen von JM versteckte Mikro überträgt folgendes Gespräch:

Sie: »Die Lust lockt.«

JM: »Wohin?«

Sie: »Erfrischungsabteil, in zehn Minuten.«

JM folgt ihr zum WC. Das Mikro zeichnet diverse Geräusche auf. Die junge Frau weist auf ihren Beitrag zum FGP hin. JM verspricht, sich dafür einzusetzen.

7.12 Uhr. Umstieg in den ICE nach B. JM versorgt sich mit Verpflegung, tauscht diese kurz darauf gegen die Tüte eines Fast-Food-Restaurants seines neuen Sitznachbarn (männlich, unauffällig gekleidet, mit Hut) ein, blickt hinein, lächelt und fragt, wo der Schlüssel versteckt sei. Antwort: In einer Mauernische des Eingangsportals, gleich neben der Garageneinfahrt. Dort stehe dann auch der Porsche, wenn die Sache mit dem FGP erledigt sei.

JM nickt. Das Frühstück (Schinkenbrötchen und Kaffee im Pappbecher) wird gemeinsam eingenommen, kein weiterer Wortwechsel. Der Herr mit dem Hut verlässt in W den Zug und wünscht gutes Durchsetzungsvermögen.

11.43 Uhr. JM erreicht B. Ein Taxi bringt ihn zum Club X. Nach einer Stunde verlässt JM diesen, steigt verschwitzt in das wartende Taxi und lässt sich zum Hotel bringen. Check-in 13.22 Uhr. JM duscht und entdeckt das Mikro im Hemdkragen. Unschöne Äußerungen. Das Hemd wird in der Wäschekammer des Hotels entsorgt. JM prüft seine Reisetasche und alle Utensilien aufs Genaueste, entdeckt den Sender und das zweite Mikro in der Schuhsohle allerdings nicht.

14.48 Uhr. Verleger S ruft an. JM verlangt eine Erhöhung seiner Tantiemen, damit er sich für den Autor des Verlegers S einsetzt. S bietet eine Einmalzahlung an, dazu für JM eine Lesereise für das nächste Buch und Fernsehauftritte. JM erklärt, es sei schwierig, den Autor des Verlegers S in die Nominiertenliste zu bringen, die Qualität … Aber wenn er die Einmalzahlung als monatlichen Dauerauftrag anlegen würde, dann … Verleger S legt auf.

15.00 Uhr. Beginn der Jurysitzung zum FGP. Alle Mitglieder sind anwesend. Sachliche Diskussion. Reduzierung auf Top Ten. JM wehrt sich heftig gegen die Aussortierung eines Beitrags (Verfasserin: SJ), wird aber überstimmt.

16.58 Uhr. Die Nominierten stehen fest. JM schwitzt. Er bittet um eine Pause und geht auf sein Zimmer. Aus dem Umschlag, den er am Bahnhof in A erhalten hat, entnimmt er ein Bündel Geldscheine und steckt dieses ein. Auf dem Flur im dritten Stock trifft er aJM (anderes Jurymitglied). Geldscheine wechseln den Besitzer. AJM sichert seine Unterstützung zu.

17.27 Uhr. JM betritt den Sitzungsraum. Er verschließt die Tür von innen, öffnet die bereitgestellte Thermoskanne mit Kaffee und gibt einige Tropfen einer unbekannten Substanz hinein, ebenso in alle bereits geöffneten Getränkeflaschen. Anschließend versteckt er die Ampulle in einem Blumentopf auf dem Fensterbrett und schiebt Erde darüber.

17.32 Uhr. Fortsetzung der Sitzung. Drei Jurymitglieder trinken Kaffee, auch aJM verlangt danach, obwohl JM versucht, ihm ein Zeichen zu geben. Kurz darauf entschuldigen sich SM, RJ und BA wegen Unwohlsein. Wenig später verlässt auch aJM fluchtartig den Raum.

17.49 Uhr. JM und der Jurysekretär sind allein. Warten. Info vom Hotel: Alle anderen Jurymitglieder sind unpässlich und können nicht mehr an der Sitzung teilnehmen. Aufrichtiges Bedauern. Ob ein Arzt verständigt werden sollte? JM unterdrückt ein Lächeln, winkt ab. Er zieht den Jurysekretär in einen Nebenraum und lässt ihn in einen Umschlag blicken. Heftiger Widerspruch. Der Sekretär zückt sein Handy, es wird ihm von JM aus der Hand gerissen.

18.08 Uhr. JM verlässt das Hotel. Telefoniert auf der gegenüberliegenden Straßenseite. Wortlaut unvollständig wegen vorbeifahrender Autos.

Auszug: »Marbella … mit dem Hut … reicht nicht … lebenslange Rente … Sekretär weigert sich … Ausschalten.«

18.21 Uhr. Sekretär steht am Hotelempfang und verlangt ein Telefon. JM packt ihn am Arm und zieht ihn nach draußen. Lautstarker Streit auf der Straße. Ein Wagen nähert sich. Nicht-EU-Kennzeichen, schwarze Limousine, der Motor heult auf. JM springt zur Seite, reißt Sekretär mit. Gestikuliert:

»Habe dir das Leben gerettet. Du weißt, was du mir verdankst.«

JM läuft ins Hotel, eilt ins Sitzungszimmer, nimmt den Umschlag, den der Sekretär abgelehnt hatte, an sich, gießt sämtliche Flüssigkeiten in Blumentöpfe und begibt sich auf sein Zimmer.

18.41 Uhr. JM telefoniert. Erhält Anweisungen (nicht ins Protokoll aufgenommen, geheim). Es klopft an der Tür.

Ein Herr mit Hut und langem Mantel betritt das Zimmer. Überreicht weiteren Umschlag. JM sieht hinein, geht zum Hotelier. Kurzes Gespräch. Die anderen Jurymitglieder sind noch immer in ihren Zimmern. Auf Anfragen per Telefon oder direkt an der Tür reagieren sie nicht.

19.12 Uhr. Der Jurysekretär willigt in den Vorschlag von JM ein. Nimmt Umschlag an sich, protokolliert den Zuschlag für den FGP und die Nominierungen, leitet die Entscheidung per E-Mail weiter und begibt sich auf sein Zimmer. Das traditionelle Essen aller Jurymitglieder entfällt wegen Unpässlichkeit.

20.05 Uhr. JM reist ab. In der Bahnhofstoilette von B entdeckt er den zweiten Sender und tauscht seine Schuhe mit einem Obdachlosen.

Seinen weiteren Weg versucht JM, systematisch zu verschleiern. Vom Bahnhof M nimmt er ein Taxi nach R. Dort geht er als blinder Passagier an Bord eines Kohlefrachters, wechselt auf ein Personenschiff, wo er als Unterhalter für alleinstehende Damen nach W gelangt, anschließend nach G. Mehrfach verändert er sein Aussehen (zunächst Vollbart, dann Schnauzer, schließlich graues Stoppelfeld). Weiterreise als Crewmitglied auf einem Containerschiff, längerer Aufenthalt auf F (Insel). JM nimmt einen neuen Namen an, ändert die Frisur und seinen Kleidungsstil. Er hat Nebeneinkünfte als Ghostwriter und verfasst Biografien, fährt aber keinen Porsche!

Interner Vermerk

Der Aufenthalt des JMs ist dank des Senders im Backenzahn bekannt. Der Akku wird durch Kaubewegungen aufgeladen. Ein AMIGO (Zahnarzt) hat diesen kurz nach der Ernennung von JM zum Jurymitglied des FGPs anstelle einer Amalgamfüllung eingesetzt.

JM vermietet inzwischen Liegen und Sonnenschirme am Strand von M im nichteuropäischen Ausland. Seine Tage sind gezählt. Über die genaue Vorgehensweise seiner spurenfreien Eliminierung berät derzeit das Sprecherteam. Durchführbare Vorschläge werden im Geheimbereich gerne entgegengenommen.

Die Entscheidung über den FGP für die Sparte, in dem oben genannte Vorkommnisse protokolliert wurden, übernahm kurzfristig eine andere Jury in einer Marathonsitzung. Alle Termine zur Bekanntgabe des FGPs wurden eingehalten. Die hierfür entstandenen besonderen Auslagen (insbesondere unbelasteter Gin Tonic) wurden von einem Limonadenhersteller gesponsert, der anonym bleiben möchte.

ALLE MAL AUFGEMERKT: MORAL UND RECHT SIND NICHT DASSELBE! – VORTRAG UND LESUNG SEX VOR GERICHT MIT ALEXANDER STEVENS

Tatjana Kruse

Er steigt gleich mal hammerhart ein. *Die Menschenhändlerin* heißt die Geschichte aus seinem Buch *Sex vor Gericht* (Knaur, 2016), mit der Alexander Stevens – medienaffiner Rechtsanwalt aus München, vielen durch zahlreiche Fernsehauftritte bekannt – seinen Vortrag beginnt und mit der er auf nachdrückliche Weise dem Publikum darlegt, wie sehr wir uns von gängigen Moralvorstellungen täuschen lassen.

Stolperlos liest er den Text ab, jedoch ohne aufzusehen. Eine junge Frau, so liest er, meldet sich bei der Polizei – sie sei von Menschenhändlern entführt und zur Prostitution gezwungen worden. In einem Nobelbordell kann sie in einem unbeobachteten Moment den Notruf absetzen. Sie sagt aus, mit ihr seien noch weitere Mädchen in einem Kellerloch eingesperrt gewesen, ohne Essen und Trinken, bis auch sie sich nicht länger gegen ihr Schicksal wehren würden. Die Adresse des Kellers kennt sie aber nicht. Die Polizei nimmt die Betreiber des Bordells fest: eine Frau und zwei Männer aus Bulgarien. Alle drei schweigen beharrlich. Alexander Stevens wird Pflichtverteidiger der Frau. Er macht ihr klar, dass sie ihr Strafmaß mildern kann, wenn sie kooperiert. Aber seine Mandantin leugnet die Tat und schweigt ansonsten. Er gibt zu, dass ihre mangelnde Kooperation ihn wütend machte.

»Die Situation berührte mich«, erzählt er. Im Laufe seiner

langjährigen Erfahrung sei er natürlich routiniert geworden und könne Arbeit und Freizeit trennen. Aber das Schicksal der Mädchen, die womöglich verdursten würden, wenn sich die drei Angeklagten nicht zur Lage des Kellers äußerten, beschäftigt ihn auch zu Hause. Schlaflos zappt er sich durch das Nachtprogramm und bleibt zufällig bei der Wiederholung einer alten *Tatort*-Folge hängen, die hohe Koinzidenzen zu seinem aktuellen Fall aufweist. Am nächsten Morgen leitet er seine Erkenntnisse an die Staatsanwaltschaft weiter, und bald stellt sich heraus – Tusch! –, dass das Mädchen ebenfalls genau diese *Tatort*-Folge gesehen hat. Darin geht es um eine junge Prostituierte, die des Geldes wegen in einem Nobelbordell anschafft, aber eines Tages einem ganz besonderen Freier gegenübersteht – ihrem Vater. In ihrer Not erfindet sie die Geschichte vom Mädchenhändlerring. Wie im aktuellen Fall der jungen Prostituierten! Die vermeintlich brutalen Bordellbetreiber waren von Anfang an unschuldig – in Wirklichkeit hatte sich das »Opfer« der fälschlichen Bezichtigung schuldig gemacht.

Alexander Stevens schlägt das Buch zu und lächelt verschmitzt. Niemals mit einer vorgefassten Meinung an einen Fall gehen, lautet die Quintessenz. Wenn er plaudert, wirkt er lockerer, das Gefühl von Distanz verschwindet. Er erläutert, welche Geschichten es aus den über tausend Fällen, die er schon bearbeitet hat, in sein Buch geschafft haben – nicht seine »härtesten Fälle«, wie es reißerisch im Untertitel heißt, sondern die mit einem überraschenden Ende.

Wir hören in der nächsten Geschichte, *Lola stöhnt*, von einem vorbestraften Arbeitslosen, der einen unbescholtenen Manager bezichtigt, ihn permanent – als Frau getarnt – mit Anrufen von »grob ungehörigen Inhalten und abrupten Stöhnunterbrechungen« zu belästigen. Keiner glaubt ihm. Der Arbeitslose bezieht bockig Stellung vor einem Polizeirevier, und als der nächste Anruf eingeht, läuft er ins Revier und hält den Beamten das Handy hin. Kollegen von der Streife klingeln daraufhin an der Tür des Managers und ertappen ihn in flagranti – im Damenkleid, mit glockenheller Stimme und mit einem Pferdeschweif im unbekleideten Gesäß. Nachdem Stevens das Kapitel beendet hat, schaut er auf und schmunzelt. Man hat das Gefühl, er macht sich mit dem Neu-Durchleben dieser Erinnerungen immer wieder selbst eine Freude. Wenn Stevens erzählt, spürt man: Da kennt sich einer aus auf seinem Gebiet. Er hat sich als einer der ganz wenigen ausschließlich auf das Sexualstrafrecht spezialisiert. Erstaunlicherweise kommt das Sexualstrafrecht in der Ausbildung von Anwälten nicht vor, was ein wenig so ist, als würde man im Medizinstudium alle Geschlechtsteile auslassen. Stevens hat festgestellt, dass da eine Lücke klafft, dass sich selbst viele Richter nicht in diesem Bereich auskennen. Im Gegensatz zu Sachdelikten, die in Deutschland zu 97 Prozent aufgeklärt werden, verhält es sich bei Sexualdelikten genau umgekehrt. Auf die drängende Frage aus dem Publikum, wie er es mit sich vereinbaren könne, Sexualstraftäter vor Gericht zu verteidigen, antwortet er, dass es ja nicht darum geht, einem Kinderschänder den Knast zu ersparen, sondern darum, für einen Menschen, der sich schuldig gemacht hat, eine *angemessene* Strafe zu finden.

Mit ernster Miene kommt er zum traurigen Höhepunkt seiner Lesung: *Die Strafe der Liebe*. Eine junge Syrerin wird mit einem 34 Jahre älteren Mann verheiratet, der sich an ihr regelmäßig grausam vergeht. Die Frau schweigt lange, sie fürchtet, Schande über ihre Familie zu bringen. Aber durch den ständig wiederholten, höchst brutalen Vaginal- und Analverkehr leidet sie an inneren Blutungen und Inkontinenz. Irgendwann flüchtet sie ins Frauenhaus und wird von einer dortigen Betreuerin zu Alexander Stevens gebracht.

Stockend schildert sie ihm detailreich ihr Martyrium. Stevens ist zutiefst erschüttert. Schon am nächsten Tag kann er einen Termin bei der Staatsanwaltschaft arrangieren, zu dem eine vereidigte Dolmetscherin geladen wird. Doch nun schweigt die junge Syrerin. Das passiert oft: Bei der »Sekundär-Viktimisierung« durch amtliche Befragungen erleben die Opfer ihre Leiden immer wieder neu und machen traumatisiert dicht. Die Dolmetscherin redet lange auf die junge Syrerin ein, die wird immer einsilbiger. Daraufhin sind der Justiz natürlich die Hände gebunden: Wo kein Kläger, da kein Richter. Zur großen Verärgerung von Stevens endet die Sache wie das Hornberger Schießen. Kurz darauf trifft ein Brief der jungen Syrerin in seiner Kanzlei ein, weitergeleitet vom Frauenhaus. Darin entschuldigt sie sich – die Dolmetscherin habe ihr während der Befragung streng zugesetzt, ihren Mann nicht anzuzeigen, das gehöre sich nicht! Eine anständige Frau habe ihren Mann glücklich zu machen und müsse alles mit Würde erdulden, was er ihr angedeihen lässt.

Wenige Tage später ist die junge Syrerin tot. Selbstmord. Die Dolmetscherin ist dagegen immer noch im Amt …

Stevens entlässt die Zuhörer nicht mit dieser deprimierenden Geschichte. Er lädt zu Fragen ein und gibt den begeistert lauschenden Anwesenden auch ganz praktische Tipps an die Hand: Ein Mann im Bademantel beispielsweise, der an Hotelzimmertüren klopft und, sobald eine Frau die Tür öffnet, den Bademantel lüftet und ihr seine Kronjuwelen zeigt, macht sich strafbar. Im umgekehrten Fall geht die Frau jedoch straffrei aus.

Einer Frau in den Hintern zu kneifen, ist dagegen nicht strafbar. Sollte sich eine Frau so sehr darüber aufregen, dass sie dem Kneifer eine schallende Ohrfeige versetzt, so hat sie sich wegen exzessiver Notwehr strafbar gemacht.

Solche Tipps für den Alltag gibt es noch einige. Manch einer schreibt mit. Wer das nachstellen möchte, sollte sich allerdings tagesaktuell bei einem Anwalt seines Vertrauens schlaumachen – kein anderer Bereich des Strafrechts wird so oft aktualisiert wie das Sexualstrafrecht!

PSYCHEDELIK

Raphael Zehnder

Raststätte Kölliken Süd. Zwischen Unrat und Brennnesseln steht eine Autobatterie. Angerostet, vermutlich ausgelaufen. Vor Jahren hat sie Tankwart Jacky Fontana dort hinaus in den Regen geworfen. Immobilienunternehmer Othmar Peter ist seit dreiundzwanzig Jahren nicht mehr aufgetaucht. Er wäre heute achtundfünfzig.

Falsch! Er *ist* es, doch weiß noch jemand davon? Irgendwann haben alle mit Zählen aufgehört. Weil ewig vermissen, einen wie Othmar? Unwahrscheinlich. Nicht, dass er ein Unsympath gewesen wäre. Doch mit Menschen verhält es sich wie mit archäologischen Stätten: Sie sinken allmählich in die Tiefe, weit unter den Boden, weit unter die Erinnerung. Othmar Peter, erst gesucht, dann vermisst, für verschollen und schließlich für tot erklärt.

Aber er ist nicht tot! Der wahnsinnige Tankwart Jacky Fontana hat ihn geschrumpft und dann eingesperrt. In dieser Autobatterie, die hinter der Raststätte Kölliken Süd überwuchert zwischen Unrat in den Brennnesseln liegt. Was geschehen ist, werden wir nie erfahren. Denn auch Fontana ist verschwunden, fünfzehn Jahre her.

NOIR-KRIMI

Christoph Ernst und Eric Niemann

Was ist ein Noir-Krimi? Eine Kriminalstory mit dunkleren Zügen? Oder mehr? Ein Spiegelbild der modernen Massengesellschaft, der Entwurzelung des Einzelnen im Tollhaus entfesselter Ökonomisierung, Bürokratie und Entfremdung?

Im Gegensatz zu klassischen Detektivgeschichten, die oft mit emotionaler Distanz arbeiten, katapultieren Noir-Stoffe uns mitten ins subjektive Erleben des Helden, in die Hölle seiner Welt. Noirs lieben Rückblenden, das Ende als Auftakt des tragischen Wegs, der Einstieg kurz vor dem Finale und der letzten Klimax.

Rückblenden schaffen Spannungsbögen, die es erlauben, die ganze Geschichte über zu zittern, um am Schluss nach einem Twist vielleicht doch noch so magisch wie glimpflich, statt in die Katastrophe zu rasseln, ins glückliche Ende zu gleiten. Die subjektive Warte (im Film Voice Over) schafft eine zusätzliche Ebene, die das Geschilderte interpretiert, bricht und ironisiert.

»Noir« heißt »schwarz« und bezieht sich auf die Filme der *Schwarzen Serie*, die ab den 1940ern in den USA entstehen. Der französische Kritiker Nino Frank prägt den Begriff 1946, als er über Streifen wie den *Malteser Falken*, *Double Indemnity* oder *Out of the Past* schreibt. Dabei spielt er auf die Namensgebung des Gallimard-Verlags an, der ab 1945 hartgesottene Kriminalromane in der *Série noir* veröffentlicht.

Franks Bezeichnung verbreitet sich rasch in Europa. In den USA wird es bis in die späten Sechziger dauern, bis man von »Film noir« oder »Noir novels« zu sprechen beginnt.

Nach deutschem Verständnis handelt es sich bei Noirs

um ein Subgenre von Kriminalromanen. Aber wir würden sagen, mittlerweile bedient sich fast jede sozialkritische, politische und psychologisch reflektierte Kriminalliteratur mehr oder minder stark stilistischer Elemente des Noir, oft ohne es selbst zu wissen.

Klassische Noirs sind realistisch. Ihr wesentlichstes Merkmal ist ihre moralische Vieldeutigkeit. Noirs rücken Entwurzelte in den Fokus, Heimatlose, Einzelgänger, Leute, die aus der Bahn geworfen werden oder längst neben der Spur laufen, weil ihr innerer Halt zu Bruch gegangen ist, selbst wenn sie sich noch in scheinbar intakten Strukturen bewegen.

Die Trennung zwischen Gut und Böse entfällt. Noir zeigt zerbeulte Typen, Getriebene, verfolgt von den Schatten der Vergangenheit, undurchsichtigen Mächten ausgeliefert, die verzweifelt nach Geld, Gold, Gerechtigkeit oder Liebe suchen, etwas, das sie aus ihrer Trostlosigkeit erlöst. Obwohl sie wissen, dass Erlösung eine Illusion ist. Ihre größten Gegenspieler sind oft sie selbst, auch korrupte Politiker oder Polizisten, und in der Regel stolpern sie über Frauen.

Noir-Storys sind bevölkert von Menschen, die wie Fremde durch ihr eigenes Leben irren. Ihre Welt scheint der unseren zwar vertraut, aber wir spüren, dass hier keiner mehr wirklich zu Hause ist.

Im Übrigen ähneln Noirs Eisbergen. Sichtbar ist nur das Zehntel überm Wasser. Der Rest treibt unter der Oberfläche, bleibt verborgen, lässt sich höchstens ergründen, wenn wir uns ins Dunkel der Tiefe wagen, wo neben der Erkenntnis immer auch das Verderben lauert.

Das bevorzugte Biotop des klassischen Noirs ist die Stadt bei Nacht, der Asphaltdschungel, wo jeder sich selbst der Nächste ist. In Filmen wird das glamouröse Glitzern der Metropolen, das Dickicht der Städte zum Spiegel des inneren

Labyrinths. Düstere Gassen und entvölkerte Straßen konterkarieren das Neonlicht der Nachtclubs und Bars. Der Held steht im Schatten, bleibt draußen, ist der Fremde aus dem Dunkeln der Hintertür, selbst wenn er durch den Haupteingang marschiert.

Wer sich in feindseligen Biotopen zu viele Blößen gibt, ist verloren. Noir-Helden müssen zäh sein. Früher tranken sie tapfer gegen ihre Unsicherheit an und versteckten sich hinter den Rauchschleiern zahlloser Zigaretten. Heute geben sie sich zeitgemäßer rauchfrei cool. Doch ihre Entfremdung ist genauso groß oder größer. Sie erfasst alle Ebenen, ist individuell, seelisch und gesellschaftlich.

Noir-Krimis kommen selten explizit politisch daher, aber stehen in der literarischen Tradition des sozialen Realismus, sie zeichnen Psychogramme, erhellen die Abseiten des Umfelds, behandeln erotische Obsessionen, Armut, Rassismus, Korruption und Gier. Die ethischen Grenzen verschwimmen dabei, sind oft so widersprüchlich und ambivalent wie die Seelenzustände der Protagonisten, wobei Gesetz und persönliche Moral selten deckungsgleich sind – und die Vertreter des Gesetzes oftmals böse. Noir führt in den Irrgarten des Unterbewussten, dringt in die Schattenseiten der Seele, dorthin, wo verdrängte Dämonen toben.

Einer der ersten deutschsprachigen Noir-Autoren ist Friedrich Dürrenmatt, der ab 1950 drei tiefschwarze Kriminaldramen verfasst: *Der Richter und sein Henker*, *Der Verdacht* und *Das Versprechen*. Dürrenmatt rührt an ethische und metaphysische Tabus, fächert den Widerspruch von Gesetz und Gerechtigkeit auf und erzählt vom Scheitern der Hoffnung auf Erlösung.

Doch auch bei Dürrenmatt ist der Böse nie bloß böse. Es spiegelt nur ein mögliches Extrem. Genauso wenig wird der

Gute es schaffen, gut zu bleiben. Will er aus seinem Dilemma raus, muss er sich unterwegs die Finger schmutzig machen. Moralisch »richtig« oder »falsch« ist nicht die Option. Es gibt nur die Wahl zwischen Fehlern. Als schuldloser Engel überlebt niemand. Auch Dürrenmatts Helden, von Haus aus Polizisten, müssen sich außerhalb des Gesetzes stellen, um das »Richtige« zu tun. So nähern sie sich dem, was sie bekämpfen, auf gewisse Weise immer mehr an.

Tatsächlich interessiert sich Noir weniger für das Verbrechen als für die Krise – oder das Verbrechen nur als extremen Ausdruck der Krise. Wichtig sind die sozialen und emotionalen Momente, die in die Krise führen, und letzten Endes muss der Held für sich entscheiden, welchem Kodex er folgt – dem von Recht oder Gerechtigkeit, Lüge oder seiner subjektiven Wahrheit. Diesem Dilemma entgeht niemand.

Noir zeigt zerrissene, widersprüchliche Helden, die sich oft härter geben, als sie sind – und den Frauen unterliegen, auf die sie treffen.

Frauen im Noir sind selbstbestimmt, smart, sexy, schlagfertig und ehrgeizig, Wesen, die ihre Sinnlichkeit leben und erotische Macht nutzen. Dass auch sie mit Brüchen und Traumata durchs Dasein laufen, offenbart sich darin, wie sie für den Protagonisten zur Femme fatale werden.

Liebe ist vermintes Terrain. Wer sich Gefühle erlaubt und sie obendrein zeigt, hat beste Chancen, dafür teuer zu zahlen. Noir ist emotional unterkühlt. Über Gefühle wird kaum gesprochen, falls doch, sind sie meist falsch. Echte Gefühle bedrohen die Unabhängigkeit, sie machen verwund- und verletzbar. Wer schwach wird und der Liebe gehorcht, bleibt auf der Strecke.

Trotzdem sind Noirs voller Gefühle. Doch die bleiben meist unausgesprochen. Oder werden verwechselt mit Obsessionen.

Noirs vermitteln subtil, was verbotene Fantasien befeuert, skizzieren Fetische und zelebrieren Exotisches, aber sie meiden die Langeweile expliziter Buchstäblichkeit.

Was für Gefühle und Sex gilt, gilt auch für Gewalt. Einige Noirs sind extrem gewalttätig, doch die Darstellung von Gewalt bedient keine voyeuristischen Begierden. Sie beschränkt sich aufs Notwendige, deutet an, statt auszuwalzen.

Ansonsten ist Noir so existentialistisch wie gottlos. In fast allen Geschichten geht es um Schein und Sein, die Vexierbilder von Illusion und Wirklichkeit. Sämtliche Figuren, egal, wie sehr sie sich unterwegs belügen, werden letztlich mit ihrer persönlichen Wahrheit konfrontiert. Entsprechend selten sind sonnige Happy Ends.

Noirs sind oft schonungslos. Sie vermitteln grundlegende Skepsis gegenüber allzu glatter Optik: Wenig ist, wie es scheint. Das wirft die Frage auf, was denn nun wirklich ist. Doch auch da bleibt die Antwort offen. Am Ende müssen wir uns zwar entscheiden, aber wir ahnen, es gibt mindestens noch eine andere Seite, eine weitere Ebene, eine Realität, die außerhalb der Dimension dessen liegt, was wir zu erkennen meinen.

Eben dieser Grundzweifel ist womöglich auch das, was die Aktualität des Noir ausmacht. Noir ist weniger eine Form als die Haltung, eine Weltsicht, die den Mut hat, existentielle Vieldeutigkeit und ethische Abgründe auszuloten, auf moralische Konzepte zu verzichten, weniger zu werten, als zu ergründen.

Dahinter steht der Wunsch, zu versuchen zu verstehen. Noir ist eine Form künstlerischer Auseinandersetzung, die uns zwar ernüchtert und desillusioniert, aber die dadurch, dass sie aufzeigt, wie die Dinge stehen, immer auch die Frage nach ihrer Veränderung aufwirft.

PIGMENTNÖTE

Christoph Ernst

Vier Jahre nach der Rückkehr aus dem Sudan saß ich mit Karen an einem Teich im Central Park und beobachtete Stockenten. Es war einer der ersten lauen Abende im späten März. Tags darauf wollten wir nach Jacksonville fliegen, an die Nordgrenze von Florida, um von dort aus die Küste von Georgia nach South Carolina hochzuradeln. Wir hatten Schlafsäcke gekauft. Nun lagerten wir neben unseren Rädern und picknickten.

Ich kaute gerade an einem Stück Brot herum und genoss die Dämmerung, als er hinter uns auftauchte. Karen stieß einen leisen Warnlaut aus. Ich erhob mich, ging ihm ein paar Schritte entgegen. Er war jung, noch keine zwanzig, vielleicht erst siebzehn. Schwarz. Ein Getto-Kid, den Schal ums Kinn geschlungen, seine Mütze halb über die Augen gezogen. Fragte nach einer Zigarette. Ich hielt ihm meinen Tabak hin.

Er schleuderte das Päckchen auf den Boden. Mit der Rechten. Die Linke blieb in der Jackentasche. Ich solle keine Bewegung machen, oder er blase mir den Kopf weg. Fast hätte ich laut aufgelacht. Am Nachmittag hatte ich dreihundert Dollar abgehoben. Beinahe alles, was ich besaß. Karen trug ähnlich viel bei sich, für unsere Tickets, die wir am Flughafen kaufen wollten. Eine teure Vesperpause. Zwanzig Minuten vorher hatten wir noch überlegt, ob es weise war, mit so viel Geld am Leib einen Abstecher in den menschenleeren Park zu machen. Wer will schon ständig Großstadtparanoia pflegen?

Ich überflog meine Chancen. Vielleicht war er wirklich Linkshänder.

Zieht er die Waffe, bleibt dir bestenfalls eine Viertelsekunde. Aber du warst noch nie schnell. Vermutlich greifst du daneben. Schießt er so, bleibt nicht mal mehr die Zeit, ihm eine zu verpulen. Bevor du das Loch in seiner Jacke siehst, spritzt dein Hirn über den Frühlingsrasen. Keine hübsche Vorstellung. Übrigens hätte sich Oscar Wilde auch nie träumen lassen, sein Dasein zwischen hässlichen Tapeten zu beschließen.

Karen hatte sich erhoben und stand ein paar Meter weiter. Hoffentlich war er ein schlechter Schütze, sodass sie wegkam. Doch egal, wie schlecht er zielte, auf zwei Armlängen Abstand konnte er bei mir nicht viel falsch machen. Das brachte mich zurück zu der Reise, die drohte, zusammen mit Teilen meines Schädels in einem New Yorker Ententeich baden zu gehen.

Natürlich scheint es dir absurd. Jeder macht ein dummes Gesicht und denkt, es sei bloß ein Missverständnis. Die Art Erstaunen lässt sich nicht vorerfahren. Das ist der kleine kognitive Bonbon zum Abschluss …

Plötzlich waren meine Ohren in Watte gepackt. Ich fragte mich, ob das der Schock sei, während mir die tiefere Bedeutung des deutschen »Dranglaubenmüssens« aufging. Dann rief ich mich innerlich zur Ordnung.

Laut sagte ich: »Lass mich erst mal aufkauen.«

Mir fiel nichts Besseres ein. Immerhin war es naheliegend, schließlich hatte ich den Mund voll.

»Was?«, fragte der Junge entgeistert.

»Auf-kau-en«, wiederholte ich langsam, Silbe für Silbe, während mein Unterkiefer verzweifelt mahlte und ich die Sekunden zählte.

Wenn ich bis neun komme, dachte ich, *drückt er nicht mehr ab. Bis neun. Will er mich töten, schießt er sofort. Alles andere wäre unökonomisch. Lässt er mich aufkauen, ist er ein Mensch.*

Dann hab ich eine Chance, kann ihn besabbeln und komm hier lebend raus.

Ich kaute, würgte, kaute weiter. Er ließ mir Zeit. Er war ein Mensch. Bei zehn gab es mich noch. Ich schluckte und war glücklich, Zähne, Zunge und Gaumen zu spüren. Es sind eben oft die kleinen Dinge im Leben, die Freude bereiten.

Die Spannung wich. Ich räusperte mich und zog die Schultern zurück.

»Du brauchst mich nicht zu bedrohen, Mann. Du kannst auch fragen. Wenn ich genügend hab, gebe ich dir was.«

Ich sprach langsam, breit, so »cool« wie es irgend ging. Meine Stimme zitterte. Das hätte allerdings auch Wut sein können.

»Drei Dollar hab ich dabei«, log ich. »Einer ist vielleicht über. Nur bedroh mich nicht!«

Er zögerte eine Sekunde, dann zuckte er mit den Schultern, machte einen Schritt zurück, hob meinen Tabak auf.

»Tut mir leid, Mann. Wirklich.«

Er reichte mir das Päckchen. Mit langem Arm.

»Ich weiß auch nicht, was in mich gefahren ist. Es ist nur so, ich wollte mit meiner Braut weggehen, weißt du. Morgen is Sonnabend. Ohne Knete läuft nichts.«

Ich stand starr. Vor ungefähr zwanzig Sekunden hatte ich mit meiner Existenz abgeschlossen, mich damit angefreundet, unter »männlich, weiß, Alter: 24« die New Yorker Mordstatistik zu bereichern. Nun entschuldigte er sich. Ich grunzte fassungslos.

Offenbar interpretierte er meine Laute falsch.

»Ich hab das noch nie gemacht. Echt, Mann. Ich hab euch da nur gesehen und mir gedacht, versuch's, vielleicht rückt der Typ ja was raus.« Er grinste angestrengt. »Wirklich. Kein Scheiß, Mann, nur so.«

»Na und?«

»Was?«

»Willste den Dollar?«

Die Frage überraschte ihn. Er schüttelte energisch den Kopf.

»Nein, Mann, nein. Wirklich nicht. Behalt ihn. Ich will dein Geld nicht …«

Ich bot ihm noch mal den Tabak an. Er konnte nicht drehen. Also rollte ich ihm eine. Meine Fingerspitzen tanzten und ich leckte die Gummierung falsch an. Er gab mir Feuer. Dreimal musste er die Zündwalze drücken, bis die Flamme brannte. Seine Hände flogen. Er rauchte ein paar Züge, dann schob er die Linke in die Tasche, wedelte mit der Rechten und machte auf dem Absatz kehrt.

»Macht's gut …«

Als er zehn Meter entfernt war, drehte er sich um, lachte erleichtert.

»Weißt du, ich hatte noch nicht mal was dabei. Stell dir vor, wenn du jetzt eine Wumme in der Tasche gehabt hättest.« Damit verschwand er zwischen den Büschen.

Karen ächzte laut.

Eine halbe Minute später tauchte der weiße Polizist wieder auf. Den hatten wir kurz vor der Begegnung mit dem Kid auf der anderen Seite des Teichs gesehen. Er trödelte an uns vorbei. Was hatte er in den letzten fünf Minuten getrieben? Vermutlich zugesehen und Popel gerollt. Anscheinend sprang bei simpler Verbrechensverhütung nichts für ihn raus. Sobald der Schwarze in mein Gesicht abdrückte, hätte er ihm einen Blattschuss verpasst. Nur dafür wäre er belobigt worden.

Natürlich fragte ich mich hinterher, ob der Junge eine Viertelstunde später die gleiche Nummer anderswo abzog oder sich fürs nächste Mal mit einem echten Eisen ausstattete. Trotzdem war ich nicht wirklich sauer auf ihn. Wenn überhaupt, war ich sauer auf den Polizisten. Doch auch nur in

Grenzen. Möglich, dass es aus der Entfernung gar nicht wie ein Überfall ausgesehen hatte, obwohl er sich dann eigentlich für meinen Tabak hätte interessieren müssen. Wahrscheinlich fehlte ihm bloß die Lust, sich einzuschalten.

Wäre ich Bulle in New York und müsste ständig durch die Gesäßritzen des stinkenden, kreischenden Molochs aus Armut, Wahnsinn, Gewalt und Korruption kriechen, als verhasster, hoffnungslos unterbezahlter Büttel einer höchst zweifelhaften Ordnung, wäre ich auch nicht überengagiert. Für Ritter ohne Furcht und Tadel ist in der Stadt wenig Platz. Die sterben früh, einsam und verlacht. Wer zu viel Gefühl hat, verroht oder geht unter. Integrität ist die Ausnahme, Nachsicht riskant, Geduld Luxus. Im Alltag ziemlich unerschwinglich.

Ich sehe noch den schwarzen Junkie vor mir, der von der Parkbank gerutscht war und verkrümmt am Boden lag, und wie die Nachtschicht, die am Washington Square Streife fuhr, ihn begutachtete. Beide waren erst Anfang zwanzig und weiß. Mann und Frau. Nachdem sie eine Weile beratschlagt hatten, hockten sie den Burschen wieder hin, mit dem Rücken gegen die Bank, falteten seine Arme, stiegen ins Auto und fuhren ab. Von Weitem sah es fast zivil aus. Als schliefe er. Mit angewinkelten Beinen, das Kinn auf die Brust gesackt. Doch die Mühe, ihm die halb offenen Lider zu schließen, hatten sie sich gespart. Sonst hätte ich gar nicht gemerkt, dass er bereits tot war.

Übler war die Geschichte mit der italienischen Touristin, die eines Abends heulend auf der Achten Avenue saß, wo Karen sie auflas. Sie hatte sich verlaufen und zwei Polizisten nach dem Weg gefragt. Die luden sie in ihren Streifenwagen und versprachen, sie zum Hotel zu bringen. Stattdessen fuhren sie mit ihr zum Fluss, wo sie sie vögelten und ihr das Geld abknöpften. Karen lud das Mädchen zu einer Dusche ein, schenkte ihm eine frische Unterhose und das Kleingeld für die U-Bahn.

Ein anderes Mal wurde ich Zeuge, wie Sanitäter sich eines Stadtstreichers entledigten. Das war im Januar, direkt vor meiner Haustür in der Lower East Side. Ich wohnte in der Siebten Straße zwischen den Avenues C und D, in Alphabet City. Jenseits der Ersten Avenue sagte man zu der Gegend »combat zone«.

Dort wohnten damals kaum Weiße. Dutzende von Gebäuden standen leer, waren ausgebrannt oder zugemauert. Von meinem Zimmer blickte ich auf die Rückseite der Sechsten Straße. Kein einziger Bau besaß intakte Fenster, doch in den meisten Ruinen hausten Menschen. Andere verkrochen sich in Autowracks, Pappkartons oder Mülltonnen.

Die Masse der Obdachlosen waren Schwarze, überwiegend Männer, viele alkohol- oder drogensüchtig. Die einzigen legalen Geschäfte im Viertel, die florierten, waren die Schnapsläden, wo Verkäufer sich und ihre Ware hinter mit Draht verstärktem Panzerglas verschanzten und die Kundschaft durch eine Klappe bedienten. Auf dem Schulhof um die Ecke gab es Crack und Heroin. In den Hauseingängen ringsum hockten die Drücker. Mitunter schafften sie es nicht mal mehr bis auf die Stufen, standen mitten auf dem Asphalt, gegen ein Auto gelehnt, zerrten mit Zähnen an Lederriemen und suchten auf der grindigen Haut nach einem passablen Entree für die Nadel.

Ich ging gerade nach Hause. Es war nachts, gegen halb eins, und weit unter null Grad. Die roten Lichter einer Feuerwehr und eines Ambulanzfahrzeugs leckten über die Fassaden. Hinter der Ecke Siebter und Avenue C lag ein in Lumpen gekleideter Mensch auf dem Trottoir, schwarz, noch nicht alt. Anfang zwanzig. Statt Stiefeln trug er Lappen an den Füßen. Ich sah, dass er aus Nase, Mund und Ohren blutete.

Einer der Sanitäter hatte sich gerade über ihn gebeugt. Wenige Meter weiter standen fünf Latinos aus der Nachbarschaft, traten frierend von einem Bein aufs andere und rauchten. Ich sah, wie sich der Sanitäter abwandte, um seinem Kollegen etwas zuzurufen. Der zuckte mit den Schultern. Der erste kniete sich wieder hin, griff in seine Jackentasche und zog eine Ampulle heraus, die er mit ein, zwei raschen Handbewegungen schüttelte. Es knackte. Dann schwenkte er die Ampulle vor der Nase des Bewusstlosen hin und her. Der Kopf taumelte hoch, verharrte einen Augenblick reglos in der Luft, bevor er mit einem Gurgellaut ruckartig seitwärts abglitt. Der Sanitäter schleuderte die Ampulle weg, erhob sich ächzend. Ein Feuerwehrmann trat hinzu, zog den rechten Handschuh ab und befühlte die Halsschlagader des Mannes. Zwei andere brachten eine Bahre, zogen seinen Körper darauf und verstauten ihn im Krankenwagen. Sie ließen sich Zeit. Einer der Puerto Ricaner hustete laut. Es klang wütend.

Zwar waren alle Krankenhäuser verpflichtet, Verletzten zu helfen, aber die meisten Notaufnahmen waren hoffnungslos überlastet. Patienten, die nicht zahlen konnten, nahmen sie nicht an, sondern schickten die Ambulanz weiter. Das Riechsalz war bequemer. Keiner würde nachfragen. Im Bericht stünde »bei Ankunft tot aufgefunden«. Alt wird man eh nicht auf der Straße. Die Winter in New York sind kalt.

Eine Stadtszene. Eine von vielen.

Nach wenigen Monaten in Manhattan hatte ich genügend davon auf Lager, um nächtelang zu erzählen. Oder es runterzuschlucken. Etwa das Bild der drei Männer, die sich am Weihnachtsabend bei zehn Grad minus auf dem Rost eines U-Bahn-Schachts aneinanderkauerten, in Löffelstellung, während die Polizei vier Häuserblocks weiter Sperrgitter aufzog, damit die Prominenz in Nerz, die acht Meter langen Stretchlimousinen entstieg, ohne Belästigung durch den Pöbel die St. Patricks Kathedrale betreten konnte, um an der Mitternachtsmesse teilzunehmen.

Am selben Abend erstrahlten über der Vierten Avenue die Fenster des Pan-Am-Gebäudes als gigantisches Lichtkreuz. Währenddessen zog sich die Schlange der Wartenden vor der Suppenküche an der Bowery bis hinunter auf die Houston Street. Ähnlich gespenstisch, nur weniger glanzvoll.

Nein, ich war nicht sauer auf den Jungen. Welche Spielräume blieben ihm? Und wo? Etwa auf der Lenox Avenue in Harlem, in der Süd-Bronx oder Bedford-Stuyvesant? Damals dröhnte die Message von Grandmaster Flash gerade ständig aus geschulterten Gettoblastern. Die ersten Zeilen gingen etwa so:

Überall zerbrochenes Glas, Leute pinkeln ins Treppenhaus, Mann, das ist denen alles egal, ich halt den Gestank und den Krach nicht mehr aus, aber hab kein Geld, also auch keine Wahl. Vorne Abzocker, hinten Räuber, und im Hof Junkies mit 'nem Baseballschläger. Ich musste abhauen, aber kam nicht allzu weit, weil der Typ von der Steuer meinen Wagen kassiert hat. Also schubs mich nicht, ich bin zu nah an der Kante, ich versuch hier, nicht irre zu werden. Manchmal ist es wie ein Dschungel. Ich frag mich, was mich davon abhält, unterzugehen …

Hatte ich Lust, für knapp zwei Dollar bei McDonald's Tische abzuwischen oder meine Haut an die Armee zu verkaufen und mir vom Spieß in den Hintern treten zu lassen? Was, wenn die Armee mich nicht nahm, weil das Gebiss miserabel war? Die wenigsten Afroamerikaner unter zwanzig haben einen Job. Mit Mitte zwanzig gilt ein Schwarzer in Los Angeles, New York und anderen Städten als alt. Viele sterben jünger.

Wann immer ich an die Szene im Central Park denke, erinnere ich mich an Leroy. Den traf ich eines Nachmittags auf den alten Piers. Im Sommer darauf. Leroy war neunzehn und fiel in die Kategorie schwarzer Jugendlicher, die weiße

Sozialarbeiter »Drifter« nennen. Frei übersetzt bedeutet das Stromer. Das klingt fast so niedlich wie Huckleberry Finn. Gemeint sind Kinder, die verloren haben, bevor sie ins Rennen gehen. Weil keiner sie wollte und will.

Die Anleger stammten aus der Zeit des Kriegs, verrotteten seit Jahrzehnten und waren voller Löcher. Nach Einbruch der Dunkelheit gehörten sie den Schwulen. Die Mädchen, die in der Gegend anschafften, ließen sich da selten blicken. Man hatte einen Blick über den Hudson, die Industrieanlagen am Ufer von Hoboken und die Skyline von Jersey City. Nichts Umwerfendes, nur etwas Platz und Himmel und der Charme einer sterbenden Industrielandschaft. An heißen Tagen, wenn die Luft in den Straßenschluchten wie Blei war, spürte man hier die Ahnung einer Brise, roch Brackwasser, moderndes Holz und den Teer, hörte Möwen schreien und konnte dem Sonnenuntergang zusehen.

Leroy war ein schlaksiger, hoch aufgeschossener Junge in Jeans und T-Shirt. Die Bänder seiner Turnschuhe steckten offen unter der Lasche. Das galt als schick. Über den Ohren hatte er ein futuristisches Kopfhörerradio, dessen Antenne ihn um zwei Köpfe überragte. Er schlenderte gemächlich zum äußersten Ende des Piers, setzte müde über die morschen Bohlen, hielt zwischendurch inne und graste mit langen Blicken den Horizont ab. Nachlässig hockte er sich neben mich und nickte mir zu. Als ich mir eine anzündete, guckte er, und ich gab ihm eine ab.

Er lebte auf der Straße, schlief manchmal in Parks, häufiger aber an der Westseite in der Nähe der alten Anleger. Er kenne da einige Plätze, sagte er, die ziemlich sicher seien. Keine Polizei, keine Diebstähle und Räubereien. Tagsüber verdiene er sich Geld mit Straßenverkauf. Er verticke Sportsocken. Vier Paar für drei Dollar. Seine Sachen und die Ware habe er in einem Schließfach im Pennsylvania-Bahnhof. Dort wasche er sich auch. Die Socken bekäme er ganz günstig über einen Einzelhändler im Garment District. Manchmal gebe ihm der alte Jude auch Grossistenpreise. Mehr als zwei Dutzend habe er sowieso noch nie auf einen Schlag kaufen können. Das Schließfach koste. Außerdem verscherble jeder gottverdammte zweite Mann in dieser Stadt Socken.

Es wimmelte von schwarzen Straßenhändlern in New York. Sie verkauften Socken oder Baumwollhemden. Einer unterbot den anderen. Käufer sah man selten. Wurde er zehn Pakete am Tag los, machte er einen glänzenden Schnitt. Meist reiche sein Tagesprofit nur für ein paar Hot Dogs und Pommes. Doch manchmal, wie heute, werde er überhaupt nichts los.

Er träumte von »was Größerem«. »'ne Nummer, Mann, eine, die dich auf einen Schlag aus der ganzen Scheiße rausholt.« Seine Stimme klang dabei nicht zornig, eher mutlos und erschöpft. Erst beim letzten Satz gewann sie an Tempo. Früher habe er einen richtigen Job gehabt. Auch eine Bleibe. Das sei noch gar nicht so lange her. Dann sei er eines Tages auf dem Weg zur Arbeit eingeschlafen. Die Bahnangestellten weckten ihn an der Endstation mit Schlägen. Er wehrte sich, wurde verhaftet. Bis zur Verhandlung hielt man ihn fest.

Die Strafe sei »'n Witz« gewesen, meinte er. »Bloß alles andere war im Eimer.«

Als er nach sechs Wochen rauskam, war er Arbeit und Zimmer los. Seine Mutter lebte in Jersey. Die konnte ihn nicht aufnehmen. Er sei alt genug, um für sich selbst zu sorgen. Sie habe einen neuen Macker. Mit dem dürfe sie es sich nicht verscherzen. Sie müsse schließlich irgendwie die drei jüngeren Geschwister satt kriegen.

»Was sollte ich tun? Vor ihr auf die Knie gehen?«

Nun hause er eben auf der Straße und verticke Socken. Was bliebe ihm anderes übrig? Zum Stehlen sei er zu arm. Dinger wolle er außerdem nicht drehen, nur »ganz normal« leben.

»Ein Dieb muss gut aussehen. Mir sieht man's schon an, wenn ich durch die Tür komm. Gib mir 'nen Job und 'ne Hütte und ich bin der glücklichste Mann auf diesem ganzen gottverdammten Planeten.«

Beim Abschied pumpte er mich um fünf Dollar an. Er wolle sie mir zwei Tage später wiedergeben.

»Lass man. Ist schon in Ordnung.«

»Nein, Mann, bestimmt. Ich hab meinen Stolz. Wo kann ich dich treffen?«

Wir verabredeten uns Central Park, Ecke Fifth Avenue. Sechs Uhr nachmittags. Ich ging hin. Mehr aus Neugierde als aus Überzeugung. Er wartete bereits. Das Geschäft sei ganz gut gelaufen. Dann gab er mir den Fünfer. Wir rauchten eine. In seiner Armbeuge entdeckte ich frische Einstiche. Die waren mir bei unserem ersten Gespräch nicht aufgefallen. Ob er öfters drücke? Manchmal, gab er zurück. Wenn er es sich leisten könne.

»Das gibt dir 'n gutes Gefühl. Dann kannst du den ganzen Mist vergessen. Ein bisschen zumindest.«

Er lachte. Ich schüttelte den Kopf.

»He, was ist, Mann? Ist toll. Wirklich. Willst du's nicht auch mal probieren? Ich besorg dir was.«

Das sei keine brillante Idee, meinte ich. Fragte ihn, warum er nicht mal zu den Leuten von CORE ginge.

»Zu wem?«

»Zu CORE: Kongress für rassische Gleichberechtigung. 'ne Bürgerrechtsorganisation. Schwarze. Keine Weißen. Oder kaum Weiße.«

»Eine was?«

»Bürgerrechtsorganisation.«

»Klingt kompliziert.«

»Das sind Leute, die sich drum kümmern, dass du nicht mir nichts dir nichts in den Bau gehst, wenn Arschlöcher von der

Metropolitan Transit Authority dir die Fresse polieren. Die dir erzählen, wie du dich wehren kannst, was für Rechte du hast, vielleicht auch, an wen du dich wenden kannst wegen Arbeit oder Wohnen.«

»Und die können das?«

»Weiß nicht. Denke schon.«

»Und wo sitzen die?«

»Keinen Schimmer. Aber die gibt's in New York. Frag die Auskunft.«

Er nickte. Ich hatte einen Kloß im Hals und fühlte mich mau. Immerhin war CORE keine Einrichtung voller privilegiert aufgewachsener, weißer Bürgerbubis mit Schuldkomplexen, sondern eine schwarze Organisation für Schwarze. Da würden, hoffte ich, Leute mit ihm reden, die wussten, wo er herkam. Und ihn auf den Topf setzen, wenn sie die Nadelspuren auf seinen Armen sahen.

»Soll ich anrufen? Ich mein, zusammen mit dir?«

»Nee danke.«

Ein paar Monate später meldete er sich. Damals, bei unserer zweiten Begegnung im Central Park, hatte ich ihm meine Telefonnummer gegeben. All die Zeit über hatte er sie aufbewahrt. Sogar meinen Vornamen sprach er noch richtig aus. Er sagte, dass er in einen Fahrerdienst eingestiegen sei. Zusammen mit ein paar Kumpels in Harlem. Ob ich ihn nicht mal im Büro besuchen wolle? Seine Stimme klang ausgelassen und fröhlich.

»Wer hätte das gedacht, Mann.«

Im Hintergrund hörte ich das Lachen von Männerstimmen. Wo das Büro denn sei? Hundertachtundzwanzigste und Lenox.

»Komm längs. Ich fahr dich nachher nach Hause.«

Ich druckste rum. Vertröstete ihn. Ich hätte dieser Tage viel zu tun und kaum Zeit. Es klang engherzig. So, als gönnte ich es ihm nicht. Aber ich hörte bloß das Lachen der jungen Männer im Hintergrund und dachte an meine Haut. Daran, wie bleich sie schimmerte. Jenseits der Sechsundneunzigsten Straße im Osten. Oder der Hundertsechzehnten im Westen. Besonders nach Einbruch der Dunkelheit. Und daran, dass ich mich auf der Hundertfünfundzwanzigsten und Lenox binnen einer halben Stunde dreimal fast um mein Fahrrad hatte schlagen müssen. Am helllichten Tag. Und dass es jetzt Abend war. Das überwog.

Die Enttäuschung in seiner Stimme war hörbar. Jedenfalls wünsche er mir viel Glück. Vielleicht ein andermal, sagte ich. Wir wussten im selben Moment, dass er nie wieder anrufen würde. Ja, vielleicht, kam es.

Als er auflegte, fühlte ich mich weiß, reich und feige. Und sehr klein.

Auszug aus *Im Spiegellabyrinth* mit freundlicher Genehmigung des Hallenberger Media Verlags

LEBEN ODER TOD?

Nadine Buranaseda

Midnight in NY
Brooklyn Bridge zum Sterben schön
Lichter gleißen grell

SOZIALER REALISMUS UND NEO-NOIR – ANDREW VACHSS UND RUDI GIULIANI REVISITED

Christoph Ernst

Meinen Einstieg in den Neo-Noir verdanke ich Andrew Vachss. Seine düsteren Schilderungen New Yorks deckten sich mit dem, was ich dort Anfang der Achtziger erlebte, sei es am Times Square oder in Alphabet City, der Lower East Side und auf den zerfallenden Docks am Hudson. Vachss traf den Zungenschlag der Straße. Er schrieb aus der Sicht der Außenseiter, aus der sonst kaum einer schrieb. Was er da schilderte, war zwar eine bizarre, fremde Welt, doch zugleich vertraut. Wer mit offenen Augen durch die Stadt lief, kam nicht umhin, die strukturelle Brutalität und Willkür der Polizei zu registrieren, ständig über die Lügen der Macht zu stolpern, schräge, schrille und oft bitterböse Szenen mit anzusehen.

In keiner anderen Metropole habe ich so viele Sterbende und Tote auf der Straße erlebt wie in Manhattan, doch was mich als sozialstaatsverwöhnten Europäer daran am meisten verstörte, war weniger das Leid, sondern die Haltung der »Bürger«. Viele legten Scheuklappen an, sagten »Don't get involved« und liefen weiter ihrem jeweiligen Wahn von der Traumstadt nach. Ihre Kälte pendelte zwischen panischer Borniertheit und abgewichstem Zynismus.

Vachss entlarvte diese Abgebrühtheit. Er zeigte, wohin sie führte. In einer Härte und Konsequenz, die echt schmeckte. Andrew Vachss begann Romane zu schreiben, um seinem zentralen Lebensthema – dem Kampf gegen die Misshandlung von Kindern – mehr Publizität zu verschaffen. So entstanden ein paar großartige Geschichten, die das Lebensgefühl, den Rhythmus, den heißen, hungrigen, fauligen Atem des Big Apple konservieren – aus jenen Tagen, als man noch auf der Straße rauchen durfte und sich die Junkies in den Hauseingängen der Fifth Street neben dem Schulhof die Gummikompresse um den Arm zerrten, weil sie es nicht mal mehr in die zerbombten Kakerlakenburgen schafften.

Egal, wie fiktiv seine Plots waren, sie boten Einblick in den Überlebenskampf derer, die nur als Statistik auftauchten und durch den Kanalrost fielen, gaben ein Abbild des Molochs, der für jeden Gewinner hundert andere frisst. Schon damals warf die politisch korrekte Front ihm vor, er verherrliche Gewalt. Tatsächlich hielt Vachss der Gesellschaft nur den Spiegel vor, an Stellen, wo sie es verbiestert vermied hinzusehen.

Fragte mich einer, wie war denn so die Stimmung damals in New York, bevor Rudi Giuliani Manhattan aufhübschte, sagte ich ihm, lies Andrew Vachss.

Erst Jahre später, als ich auf Umwegen über vergessene Vorlagen des Film noir auf James M. Cain, W. R. Burnett und Horace McCoy stieß, dämmerte mir, in welcher Tradition Vachss schrieb, und dass auch andere Schreiber wie Ross Macdonald, Elmore Leonard, Donald E. Westlake oder James Lee Burke, Daniel Woodrell und Don Winslow undenkbar wären ohne diese Vorläufer. So verdankt Josh Bazells *Schneller als der Tod*, der eigentlich *Schlag den Sensenmann* heißen müsste, seinen Witz und Biss nicht nur Vachss, sondern auch jemandem wie Cornell Woolrich, der Jahrzehnte zuvor die Abseiten menschlicher Seelen ausleuchtete.

Es gibt in den USA seit ungefähr neunzig Jahren sozialkritische Kriminalstorys, die um die Hybris der Moderne im Dickicht des Asphaltdschungels kreisen. Sie präsentieren uns beschädigte, verstrickte, zerrissene Helden, die selten die Wahl zwischen Gut und Böse haben, sondern bestenfalls zwischen schlimm und weniger schlimm. Dieses Genre wurde so lange als »Pulp fiction« denunziert, bis Raymond Chandler mit *The Big Sleep* die Hürde zur Hochliteratur nahm. Davor erblassten selbst blasierteste Kritiker.

Chandlers Brillanz bezaubert bis heute, aber es ist bezeichnend, dass erst ein Brite daherkommen musste, bevor die Huren und Hinterhofschläger endlich auch auf dem Papier so sprechen durften, wie sie es in der Realität taten.

Lässt sich Noir-Literatur transponieren? Ist es nicht ein spezifisch US-amerikanisches Phänomen? Ursprünglich vielleicht.

Doch das Berlin der 1920er war auch finster. Wer *Blutsbrüder* liest, Ernst Haffners Roman über jugendliche Obdachlose, 1932 erschienen und 1933 von den Nazis verboten, ahnt, dass es anderswo ähnlich herbe zuging.

Haffner fasst den Alltag seiner Helden so: »Auf den Strich gehen, gelegentlich einen Taler dabei verdienen, und sonst hungern und hungern, dass die Schwarte knackt. Obdachlos, so lange schon obdachlos, dass eine Matratze in einer Massenherberge das Paradies ist. Oder aber sich einer anderen Clique anschließen. Wieder unter einem Führer arbeiten, Taschendiebstähle, kleinere Einbrüche, Autoräubereien […]. Was gerade Spezialität der Clique ist.«

Bei meinem letzten Besuch in New York, der inzwischen auch schon wieder achtzehn Jahre zurückliegt, hatte Rudi Giuliani Manhattan bereits schick gemacht. Die Junkies sind aus der Gegend verschwunden, und die fensterlosen Mietskasernen luxussaniert. Ich musste bis Coney Island reisen, um der Atmosphäre wieder zu begegnen, die mir von früher vertraut war: Wir waren unterwegs nach Little Odessa in

Brighton Beach, neben der Straße, abgezäunt durch mannshohen Maschendraht, sah ich ein offenes Trödlerlager voller herausgerissener Technik und Altmetall: Fernseher, Autoradios, Kupferrohre. Offensichtlich Hehlergut. Optisch erinnerte es stark an das, was Vachss bei Burke über die Behausung des Maulwurfs schreibt. Im Vorbeigehen gönnte ich mir einen langen Blick. Amüsiert und neugierig, eben so, wie man als Tourist guckt. Ich lächelte noch ganz verträumt, als der Trödler mir halblaut zuzischte: »What'cher looking at, y' fuckin' scumbag?«

Da musste ich fast laut lachen. Endlich nicht mehr in Rudis Disneyland, sondern auf Andys »Turf«.

FREIGANG

Werner Färber

Seit Tagen warten schon vergebens
Beamte und der Staatsanwalt
auf jenen Mann, welcher lebens-
lang sitzt in der Vollzugsanstalt.

Vom Freigang hat er mitgeteilt,
er wolle künftig draußen leben.
Weil er nun nicht mehr darin weilt,
sei seine Zelle zu vergeben.

IST DAS KUNST ODER KANN DAS WEG? – DER KRIMINALROMAN ZWISCHEN SCHUND UND LITERARISCHEM ANSPRUCH

Sabina Altermatt und Gisa Klönne

Nur wenige Krimis erscheinen als Hardcover. Im Feuilleton spielt Kriminalliteratur kaum eine Rolle. Zu Recht? Ist »literarischer Stil« im Spannungsgenre überhaupt erstrebenswert – oder ein Auflagenkiller? Über diese Fragen diskutierten auf der CRIMINALE in Marburg unter der Leitung von Bestsellerautorin Gisa Klönne:

Antje Tietz, Buchhandlung Roter Stern, Marburg
Sylvia Staude, Feuilleton-Redakteurin und Jurorin Krimi-ZEIT-Bestenliste und »Deutscher Krimi Preis«
Martin Breitfeld, Cheflektor KiWi-Taschenbuch
Dr. Manuel Bauer, Universität Marburg, Germanist mit Forschungsschwerpunkt Verbrechensliteratur

Was ist denn überhaupt ein Krimi?

»Ein Krimi handelt von einem Verbrechen und dessen Aufklärung«, bietet Gisa Klönne als kleinsten Konsens an. Dem stimmen zwar alle zu, doch eine taugliche Definition ist das allein noch nicht.

»Die Erzählökonomie muss klar auf Spannung ausgerichtet sein«, meint Manuel Bauer. Und daraus ergibt sich für den Literaturwissenschaftler auch: »Krimi ist lustbetonte Lektüre.« Martin Breitfeld, Lektor unter anderem von Glauser-

Preisträger Tom Hillenbrand, sieht es ähnlich. »Ich will mich nicht langweilen.«

Was aber ist spannend? »In einem Krimi handeln Menschen in Extremsituationen«, sagt Buchhändlerin Antje Tietz. Aber: »Was schließlich ein Krimi ist und was nicht, entscheiden die Buchhändler, indem sie das Buch in das entsprechende Regal stellen.«

Dass sich tatsächlich auch Verlage nicht immer sicher sind, ob ein Buch ein Krimi ist oder nicht, bestätigt Martin Breitfeld. »Oft sind die Manuskripte von Anfang an etikettiert. Grenztitel sind immer auch Angsttitel.« Hochliteratur oder Krimi? Wie ein Buch positionieren? So fragten die Verlage manchmal die Buchhändlerinnen und Buchhändler, welcher Sparte sie das Buch zuordnen sollten.

Wie steht das Feuilleton zum Kriminalroman?

Für Manuel Bauer ist das Verhältnis zum Kriminalroman ein schamhaftes. Zwar sieht er eine Öffnung der Literaturwissenschaft hin zu populären Stoffen, doch vollzieht sich diese nicht mit rasender Geschwindigkeit. »Wir haben mit dem Spaß und der Lust ein Problem. Im angelsächsischen Raum gibt es keinen Unterschied zwischen E und U.«

Das war offenbar nicht immer so. »Im Gegensatz zu heute durften Krimis zur Jahrtausendwende noch im Feuilleton besprochen werden«, stellt Sylvia Staude fest. Doch für sie gilt auch: »Mit den Jahren steigt das Bedürfnis, etwas Neues zu lesen, man will überrascht werden.« Will heißen: Ein Krimi muss aus der Masse der Veröffentlichungen herausstechen, um im Feuilleton wahrgenommen oder gar für preiswürdig befunden zu werden. Es reicht dafür nicht, das Genre nur virtuos und nach allen Regeln der Kunst zu bedienen.

Das Buch ist mehr als ein Krimi

Diese Aussage hört man öfters, wenn ein Krimi gelobt wird. Für Sylvia Staude besteht dieses »Mehr« in der Überraschung. Martin Breitfeld präzisiert: Figuren, Setting, Plot würden dazu beitragen, dass ein Krimi hervorsteche. »Man will die Genremuster nicht direkt erkennen, aber ein Krimi muss dieses Muster dennoch haben.« Für ihn ist ein Krimi dann herausragend, wenn er auch Leser zu fesseln vermag, die sonst keine Krimis lesen.

Dem Publikum sei das Etikett »Roman« oder »Krimi« letztlich egal, behauptet die Buchhändlerin Antje Tietz. »Ein gutes Buch ist ein gutes Buch. Die Lektüre muss fesseln – und zwar auch durch die Erzählweise.«

Gisa Klönne zitiert in diesem Zusammenhang den Kritiker Ulrich Noller. Für ihn ist nämlich ein Krimi gut, wenn er an den Grenzen des Genres operiert und die Regeln bricht. Doch wichtig ist auch: Was in einem Moment innovativ sein kann – wie einst der Regionalkrimi –, wird ein paar Jahre später zum Normalfall. Wer auffallen will, muss also möglichst nicht für den Markt schreiben oder Trends folgen, rät Martin Breitfeld.

Wann aber werden so viele Regeln gebrochen, dass ein Buch das Krimigenre nicht mehr bedient?

Auch das, so Sylvia Staude, sei nicht eindeutig zu beantworten. Für sie sei zum Beispiel *Havarie* von Merle Kröger kein Krimi mehr. Doch ihre Co-Juroren sahen das anders und vergaben für diesen Titel 2016 den »Deutschen Krimi Preis«.

Buchhändlerin Tietz ist derselben Auffassung: *Havarie* sei eindeutig ein Krimi – es gehe um die Aufklärung eines Verbrechens. Und außerdem: »Viele unserer Kunden mögen genau solche Grenzfälle.«

Steht eine literarische Sprache der Spannung entgegen?

»Ein guter Krimi hat eine saubere und originelle Sprache. Ich sortiere ganz stark nach der Sprache aus«, sagt Staude, ihres Zeichens Feuilleton-Redakteurin. Sie wolle nicht beim Lesen im Kopf redigieren müssen.

Für den Literaturwissenschaftler Bauer muss der Stil dem Inhalt entsprechen, und für ihn als Lektor darf die Sprache nicht zu einfach sein. »Der Ton ist wichtig, der muss begeistern – aber auch unbedingt zum Buch passen.«

Manuel Bauer ergänzt: Je weniger die Aufklärung eines Kriminalfalls und die Jagd nach dem Täter im Mittelpunkt stehe, desto eher könne man von »Verbrechensliteratur« sprechen, zu der für ihn ganz klar zum Beispiel auch Goethes *Faust* zählt.

Hardcover versus Taschenbuch. Was wird wie verpackt?

Laut Martin Breitfeld gibt es im Verlag Kiepenheuer & Witsch lange Diskussionen in Lektorat, Marketing und Presseabteilung darüber, welcher Titel wie erscheinen und beworben werden soll. »Wir verlegen auch anspruchsvolle Bücher als Taschenbücher.« Hardcover oder Taschenbuch? Feuilleton- oder Bestsellerware oder beides? Es sei kein Raster möglich, und es gebe auch Fehlentscheidungen. Wolfgang Schorlaus erster Krimi etwa funktionierte im Hardcover nicht. Die Folgebände erschienen im Taschenbuch und der aktuellste aufgrund des Erfolgs nun als Klappenbroschur.

Dem Feuilleton ist das nach Staude egal: Sie und andere Kritiker unterschieden nicht zwischen Hardcover und Taschenbuch. Und: Auf den Erfolg hätten Rezensionen ohnehin wenig Einfluss.

Die Buchhändlerin Antje Tietz hingegen nervt, dass ein Titel schon als Bestseller angeboten wird, bevor er auf dem Markt ist. In ihrer – unabhängigen – Buchhandlung sortieren und empfehlen sie und ihre Kollegen die Titel nach ihrem eigenen Geschmack. Genau dafür würden sie von den Kunden (deren Geschmack sie sehr genau kennen) geschätzt. »Unsere Bestseller sind Geheimtipps, dabei spielt unsere eigene Begeisterung die größte Rolle.« In den großen Ketten und Bahnhofsbuchhandlungen sei das natürlich anders.

Und was können wir tun, damit Krimis auch von einem Literarischen Quartett besprochen werden?

»Wir müssen in Deutschland unbedingt die Berührungsängste fallen lassen. Wir dürfen nicht der Anerkennung nachlaufen. So bauen wir uns selber eine Schranke«, sagt Manuel Bauer. »Hochliteratur, die von der breiten Masse wahrgenommen wird, ist meist auch Kriminalliteratur. Hochliteratur wird dann massenkompatibel, wenn sie sich das Gewand des Kriminalromans überstreift.«

Dem stimmt Lektor Breitfeld zu: »Der Kriminalroman eignet sich hervorragend zur Behandlung der ganz großen Fragen: politisch, philosophisch, existenziell.«

Letztendlich aber finden alle vier Diskutanten: »Ein herausragender Krimi muss einen Nerv treffen.«

Und das ist nicht planbar.

FEDERLEICHT

Connie Roters

Der süßliche Duft der Neuköllner Linden wehte über die breite Straße, bog um die nächste Ecke, waberte über den Kanal und legte sich sanft auf den toten Mann.

DER MÖRDER SCHREIBT DIE STORY! – DIE KUNST DES WHO-DONE-IT-KRIMIS

Oliver Buslau

Ein Mord geschieht, und alle wollen wissen: Wer hat es getan? Unzählige Krimis in Buchform oder Film folgen diesem Muster der Krimidramaturgie, in der Fachsprache »Who-done-it« genannt. Gibt es ein »Rezept« für die Entwicklung eines solchen Plots? Nein – aber es gibt einen Plan, mit dem man sich die Arbeit erleichtert. Einen solchen Plan durfte ich in einem Vortrag auf der CRIMINALE 2016 in Marburg vorstellen.

Was ist eigentlich ein Krimi? Es gibt ja etliche Spielarten des Genres, aber egal ob Landhauskrimi, Hard-Boiled-Krimi, Locked-Room-Mystery, Gerichtskrimi, historischer Krimi: Wenn das Publikum einen Krimi erwartet, dann ist das stets eine Geschichte, die erzählt, wie ein Verbrechen begangen wird, wie es aufgeklärt wird – oder beides.

Das ist die Krimi-Definition, die man auch in den Literaturlexika findet. Und auf dieser Basis ergeben sich zwei Unterarten. Wie man sie exakt benennt, sollen Literaturwissenschaftler entscheiden. Für die Praxis nenne ich sie so:

Der Thriller. Am Anfang steht eine Bedrohung. Wenn niemand etwas unternimmt, wird etwas Schreckliches geschehen. Die Frage an die Handlung, aus der sich die Spannung ergibt, lautet: Wird es dazu (Attentat, Mord, Entführung oder was auch immer) kommen? Im Thriller darf der Leser erfahren, wer der Böse ist. Der Thriller muss übrigens kein Krimi sein. Die Bedrohung kann ja zum Beispiel auch von einer Naturkatastrophe ausgehen. Dann handelt es sich nicht um einen Krimi, sondern um einen Katastrophenthriller.

Zweitens der Who-done-it-Krimi (Verballhornung des englischen »Who's done it« – »Wer hat es getan«): In einer solchen Geschichte ist bereits etwas Schreckliches geschehen (klassisch: ein Mord). Die Hauptfigur klärt diese Tat, ihre Hintergründe und die Identität sowie das Motiv des Täters auf. Wenn sie nichts unternimmt, wird das Rätsel nicht gelöst. Die Spannung entsteht aus der Frage: Wer hat es getan – warum und wie? Selbstverständlich bleibt die Identität des Mörders hier bis zum Schluss unbekannt. Die Geschichte, die wir lesen oder sehen, ist die Geschichte der Ermittlung der Täterfigur.

Natürlich mischen sich diese beiden Idealformen des Krimis in der Praxis. Man sollte sich vor der Erstellung eines Plots aber entscheiden, auf welche Art von Spannung man in erster Linie setzt. Eine berühmte Ausnahme ist übrigens die Serie *Columbo*, die dem Zuschauer zu Beginn ausführlich zeigt, wer wen warum und wie tötet. Dann erst tritt der scheinbar trottelige Inspektor auf den Plan, und die Handlung trägt sich allein durch dessen extrem gut entwickelte Persönlichkeit.

Für Who-done-it-Autorinnen und -autoren besteht die Herausforderung somit darin, die Informationen zur Lösung des Falls geschickt zu platzieren und sie dem mitdenkenden und mitratenden Publikum so lange vorzuenthalten wie möglich. Und um die Sache spannend zu machen, ihr dramaturgische Tiefe und Abrundung zu geben und die Hauptfigur und ihre Ermittlungsmethoden in allen Facetten leuchten zu lassen, entfaltet sich dies in der folgenden dramaturgischen Struktur (ich nenne die Ermittlerfigur darin »Held« – nicht weil sie ein heldenhafter Charakter sein muss, sondern im Sinne ihrer dramaturgischen Funktion, natürlich sind Heldinnen mit gemeint):

1. Akt: Vorstellung des Helden, der seine Fähigkeiten oft bereits vor dem eigentlichen Fall zeigt.

Erzählung, wie der Held an den Fall kommt – so, dass die Figur zur Ermittlung gezwungen wird, etwa durch Geld, Moral, Schuldgefühle oder Karrierestreben. Der Held muss kein Polizeibeamter sein. Die Aufklärung muss aber dringend erfolgen.

Es gibt Rätsel, Rätsel und noch mal Rätsel.

2. Akt: Der Held ermittelt gemäß seinen normalen Fähigkeiten, scheitert – und erhält eine neue Sichtweise auf den Fall, die auch seine bisher gelebte moralische Haltung ankratzt. Er muss daher über seinen Schatten springen, innovativere Ermittlungsmethoden anwenden – und läuft Gefahr, in seinem gesellschaftlichen oder beruflichen Umfeld sein Gesicht respektive seine Reputation zu verlieren.

Er geht verschiedenen Spuren nach – und das drohende Scheitern wird Realität. Und das möglichst noch schlimmer, als man es sich vorgestellt hat.

»Schwarzer Moment«: Die Lösung ist in dieser Phase scheinbar komplett ausgeschlossen.

Nach dem »Schwarzen Moment« taucht ein Indiz auf, das dem Helden die Richtung zur Lösung weist und ihm eine letzte Chance zur Aufklärung des Falls gibt.

3. Akt: Der Held folgt dieser Spur und ermittelt weiter – physisch und moralisch unter extremen Bedingungen.

Die letzte Wendung: Ermittlung des Täters und dessen Überführung.

Lösung der Konflikte, die sich neben der Ermittlung im Lauf der Handlung ergeben haben.

Je steiler man diesen Bogen konstruiert, desto mehr wird sich die Hauptfigur durch die Handlung psychologisch verändern – was im Prinzip gut ist, allerdings bei Serienfiguren nicht im selben Maß funktioniert, denn sie sollen ja in jeder Folge »gleich« sein. Daher sind Serienfolgen in dieser Hinsicht oft »flacher« konstruiert.

Wie entwickelt man nun eine solche Handlung?

Der wichtigste Rat: Was wir später aus dem Ärmel zaubern, verstecken wir vorher dort. Diese Empfehlung stammt übrigens vom Nicht-Krimiautor Rudi Carrell.

Vor dem Bau der Handlung, die wir unseren Leserinnen und Lesern präsentieren, planen wir das, was zum aufzuklärenden Verbrechen geführt hat (die Vorgeschichte). Und vor deren Bau planen wir die Figur, die das Verbrechen begeht. Denn mit ihr beginnt die Krimihandlung (nicht die erzählte Handlung, sondern das Geschehen) ja im Grunde. Was die Ermittlerfigur später leistet (und was wir erzählen), ist nur eine Reaktion darauf, deren Wesensart letztlich von der Vorgehensweise der Täterfigur abhängt. Amerikanische Schreiblehrer fassen das in dem schönen Satz zusammen: »Der Mörder schreibt die Geschichte.«

Wir haben also einen Arbeitsplan, der aus vier großen Schritten besteht:

Entwicklung der Täterfigur: Entwickeln Sie die Figur mit ihrer Biografie und ihren Motiven. Versetzen Sie sich in die Figur, soweit Sie das strafrechtlich verantworten können, um ihr Handeln zu entwickeln und zu verstehen.

Entwicklung der Vorgeschichte: Schreiben Sie die Geschichte »Ihres« Mordes genau auf. Nicht literarisch, sondern journalistisch. Es kommt auf die genauen (!) Fakten und auf Plausibilität an. Klären Sie Details wie Mordwaffe oder Umstände am Tatort ab. Wie verhindert der Täter, verraten zu werden? Gibt es Mitwisser? Wie schaltet er sie aus oder bringt sie zum Schweigen? Wie verhindert er, dass man ihn bei der Tat sieht oder hört? Wie verhindert er, Spuren zu hinterlassen? Wie verhindert er, dass er überhaupt zu den Verdächtigen gehört? Die Biografie des Täters, die Sie skizziert haben, weist sicher auf andere Figuren und Motive, die den Ermittler später auf falsche Fährten locken könnten. Hier kann man sich auch schon mal Notizen machen, welche Spuren die Ermittlerfigur später finden könnte.

Entwicklung der Ermittlerfigur oder des Ermittlerteams: Was ist die Stärke des Ermittlers, wie ist seine Haltung dem Leben gegenüber? Wie äußert sich diese Haltung in Handlung?

Und erst jetzt folgt die Entwicklung der eigentlichen Krimihandlung, die man später erzählen will.

Viele beginnen erst beim dritten oder vierten Punkt mit der Planung. Doch irgendwann kommt man in die Situation, die ersten Punkte nachzuholen – und wenn es am Ende der Handlung ist, wo ja alles erklärt werden muss.

In der Raffinesse der Täterfigur, in ihrem Bestreben, ihre Spuren zu verwischen, liegt eine Quelle für die in der Handlungskonstruktion so wichtigen falschen Fährten (»Red Herrings«). Eine zweite entsteht durch die Verkettung der Täter- oder Opferfigur mit weiteren, nicht ganz so schwerwiegenden, aber von den Betroffenen geheim gehaltenen Delikten. Die Ermittlerfigur wird darauf stoßen und sie mit Hinweisen zum eigentlichen Fall verwechseln. Das sind Bausteine für das Scheitern.

Für die erste Plotskizze ordnet man die Informationen, die man der Ermittlerfigur zukommen lässt, so an, dass man den Helden von der Lösung fernhält. Daher steht das sogenannte »Kardinalindiz« so weit hinten, dass nach dem »Schwarzen Moment« die Lösung des Falles »aufschließt«. Legen Sie dieses Indiz als Erstes fest. Es ist die Information, die die Ermittlerfigur unbedingt braucht, um den Fall lösen zu können.

Danach legt man das Indiz fest, das der Ermittler benötigt, um wiederum das Kardinalindiz zu verstehen. Da es eine Brücke bildet, nenne ich es »Brückenindiz«. Es kommt etwa in der Mitte der Handlung. Stehen diese beiden Indizien, können Sie andere nachfüllen, und sicher kommen Sie dabei auf Ideen, wie Sie Ihre Hauptfigur diese Informationen finden lassen. Es ist wichtig, den Ermittler mit Erkenntnissen über die (ihm verborgene) Vorgeschichte zu füttern – natürlich in möglichst verwirrender Reihenfolge und vermischt mit anderen Informationen, sodass die volle Lösung bis zum Schluss zurückgehalten wird.

Am Ende ein Tipp zum Üben: Krimiserien wie *Monk*, *Castle*, *Navy CIS*, *Death in Paradise* et cetera schauen (das geht schneller, als Bücher lesen) und sich danach Folgendes notieren:

Wie verlief die Vorgeschichte?

Was war das Kardinalindiz? Was war das Brückenindiz?

Sie werden Plots mit neuen Augen sehen!

AUSGEKOCHT

Raoul Biltgen

Einst: Koch in Köchin
Dann: Koch in Küchenhilfe
Jetzt: Koch in Aspik

SADISTEN – TÖDLICHE LIEBE

Thomas Kowa

»Warum schauen Frauen Pornos zu Ende?« – »Weil sie warten, bis geheiratet wird.«

Was hat dieser zugegebenermaßen etwas flache Witz mit Literatur zu tun? Mehr, als man denkt. Doch beginnen wir am Anfang. Beim Vortrag von Lydia Benecke anlässlich der CRIMINALE in Marburg blieb – wie schon im Vorjahr in Büsum – kein Stuhl unbesetzt. Es saßen Autorinnen und Autoren im Saal, externe Besucher und sogar ein paar Rechtsmediziner und Polizisten.

Lydia Benecke ist die ehemalige Frau des bekanntesten deutschen Kriminalbiologen Mark Benecke und arbeitet in einer Ambulanz für Sexualstraftäter sowie in einer Sozialtherapeutischen Anstalt, einer speziellen Form von JVA, mit erwachsenen Sexual- und Gewaltstraftätern sowie mit sexuell delinquenten Jugendlichen. Damit therapiert sie jene Täter, die schuldfähig sind. Und sie hatte wieder ein spannendes Thema mitgebracht, denn dieses Mal sollte es um Sadisten gehen – und um tödliche Liebe.

Zunächst lieferte Benecke eine Definition von Sadismus: Ein Sadist ist ein Mensch, der sexuelle Lust oder Befriedigung dadurch erlebt, andere Menschen zu demütigen, zu unterdrücken oder ihnen Schmerzen zuzufügen. Es folgte ein geschichtlicher Abriss des Phänomens. Der Begriff »Sadismus« wurde wie der »Masochismus« erstmals 1890 in Richard von Krafft-Ebings sexualwissenschaftlichem Werk *Neue Forschungen auf dem Gebiet der Psychopathia Sexualis* erwähnt. Beide Begriffe leitete der Psychiater und Gerichtsmediziner interessanterweise von Schriftstellern ab, den »Sadismus«

von Marquis de Sade (1740–1814), den »Masochismus« vom Österreicher Leopold Ritter von Sacher-Masoch (1836–1895). Daher immer schön aufpassen, was man schreibt, jedenfalls, wenn man nicht als vermeintliches Krankheitsbild unsterblich werden will.

De Sade hatte in seinen pornografischen, philosophischen und gesellschaftskritischen Schriften einige erniedrigende sexuelle Handlungen beschrieben, die nicht einvernehmlich erfolgten und bei denen dem Partner Schmerzen zugefügt wurden. Dies prägte – und prägt immer noch – das Bild der Sadisten, die selbst heutzutage noch vorschnell als »pervers« tituliert werden, obwohl nur eine Minderheit von ihnen nicht-einvernehmliche Praktiken anwendet.

Das Wort »Sadomasochismus« wurde inzwischen weitgehend vom Begriff »BDSM« abgelöst, er steht für die Anfangsbuchstaben der englischen Bezeichnungen »Bondage & Discipline«, »Dominance & Submission«, »Sadism & Masochism«.

Auch der Begriff »Perversion« entspricht nicht mehr der aktuellen wissenschaftlichen Terminologie, stattdessen redet man von »Paraphilie«, denn im Gegensatz zum Wort »Perversion« ist diese neutral und kein Schimpfwort, sondern steht für ungewöhnliche sexuelle Vorlieben.

Nach der Einführung kam Lydia Benecke schon bald zum zentralen Punkt ihres Vortrags: der Unterscheidung in einvernehmliche Sadisten und gefährliche Sadisten.

Gefährliche Sadisten weisen eine schwache Verhaltenskontrolle auf. Die Kontrolle entgleitet den Betroffenen, sie zeigen zwanghaftes Verhalten ohne Bezug zur Vernunft. Sie verfügen über eine schlechte Realitätswahrnehmung. Bei ihnen gibt es eine fließende Grenze zwischen Fantasie und Handlungsausführung. Gefährliche Sadisten haben einen Hang zu Tagträumen und denken häufig in sexuellen Drehbüchern. Das sexuelle Gegenüber wird als wertloses Objekt empfunden und wahrgenommen, vergleichbar mit einem benutzten Taschentuch. Ihre Leitmotivation ist die Gewalttätigkeit, diese ist in ihrer Fantasie sexuell erregend. Häufig werden Gewaltmaterial aller Art und nicht streng pornografisches Material als Stimulanzien bevorzugt. Die zwischenmenschliche Intimität wird bei gefährlichen Sadisten durch Macht und Kontrolle ersetzt, sie vermeiden Intimität, weil diese in ihnen Ängste und ein Gefühl von Bedrohung auslöst. Als Beispiel aus der Popkultur nannte sie den Song *Where the Wild Roses Grow* von Nick Cave und Kylie Minogue, der davon handelt, dass er sie umbringt, als sich eine Liebesbeziehung entwickelt, da er damit nicht umgehen kann. Als Beispiel aus der echten Welt für gefährliche Sadisten führte Lydia Benecke die bekannten Serienmörder Jack Unterweger (1950–1994) und Jürgen Bartsch (1946–1976) an.

Jack Unterweger war ein österreichischer Mörder und Schriftsteller. Für seine Haftentlassung hatten sich viele Kulturschaffende eingesetzt. Er galt als Musterbeispiel für gelungene Resozialisierung, bis sich herausstellte, dass er nach seiner Entlassung innerhalb von nicht einmal zwei Jahren elf Morde an Prostituierten begangen hatte.

Jürgen Bartsch war ein pädosexueller Serienmörder, der als »Kirmesmörder« bekannt wurde, nachdem er vier Jungen ermordet hatte. Bartsch wollte sich während seiner Haft kastrieren lassen und starb bei der Operation, mutmaßlich an einem Kunstfehler.

Straftäter mit sadistischer Motivation sind also im Regelfall gefährliche Sadisten, davon klar zu trennen sind laut Lydia Benecke die einvernehmlichen Sadisten, denn die könne man unter folgendem Motto einordnen: Die tun nix, die wollen nur spielen.

Einvernehmliche Sadisten verfügen über eine normale Verhaltenskontrolle, sie üben kontrollierte und an Vernunft orientierte Handlungen aus. Dies belegen auch die in der BDSM-Szene anerkannten Prinzipien: sicher, vernunftorientiert, einvernehmlich. Einvernehmliche Sadisten besitzen außerdem eine normale Realitätseinschätzung, die Unterschiede zwischen Fantasie und Realität sind ihnen bewusst, das sexuelle Gegenüber ist gleichwertig. Ihre Leitmotivation sind Dominanz und Unterwerfung, wobei es nicht um rohe Gewalt geht, sondern um das physische Erleben von Hingabe. Bei ihnen steht die zwischenmenschliche Intimität im Vordergrund, und ein hohes Maß an Vertrauen ist Voraussetzung für sexuelle Interaktion.

Was hat das alles nun aber mit dem Witz vom Anfang des Berichts und vor allem mit Literatur zu tun?

Nun, in den letzten Jahren wurde das Bild von Sadisten vor allem von einem Buch geprägt: *Fifty Shades of Grey*.

Der Roman führte zu einer Romantisierung und Kommerzialisierung von Sadismus. Wie Benecke zeigte, hatte beispielsweise die Drogeriemarktkette Rossmann unter dem Label »Fifty Shades of Grey« eine Riemenpeitsche namens »Please, Sir« im Angebot. Damit wird wieder ein einseitiges Bild des Sadismus gezeichnet, denn Christian Grey ist alles andere als ein einvernehmlicher Sadist, sondern weist einige Merkmale eines gefährlichen Sadisten auf. Wobei, wie Lydia Benecke in einem lustigen Bildvergleich nachwies, *Fifty Shades of Grey* im Grunde nur eine Nacherzählung von *The Twilight Series* sei – und das sei wiederum eine Nacherzählung von *Die Schöne und das Biest*. Denn so groß die Unterschiede zwischen den Protagonisten am Anfang auch sein mögen, am Ende wird – im Gegensatz zum Porno – immer geheiratet.

Im Fall von *Fifty Shades of Grey* also definitiv kein Happy End, denn dass es nicht erstrebenswert ist, einen gefährlichen Sadisten zu heiraten, daran hatte nach dem Vortrag niemand mehr den geringsten Zweifel.

WIE MAN COMPUTER & CO. VOLLENDS UNGLAUBWÜRDIG DARSTELLT

Chris Ditze-Stephan

Der Konferenzraum ist voll. Es geht um Computer und um das Netz. Vor allem die anwesenden Krimiautorinnen und Krimiautoren interessiert, ob eine sichere Recherche im Netz überhaupt möglich ist. Und was ist das Darknet? Kann man das einfach so googeln oder macht man sich damit verdächtig? Das Darknet ist nicht mit einem Portal wie Facebook zu vergleichen. Anmelden und schon ist man drin. Ja, es gibt eine URL www.darknet.com, aber die ist Nonsens.

Das Darknet ist wie das Rotlichtviertel einer Großstadt in den Achtzigern. Wenn man irgendetwas brauchte, bekam man es gegen sechs Uhr in der Frühe in den einschlägigen Vierteln: Waffen, Drogen, Menschen, Papiere. Nicht selten kommt hier ein Netz im Netz zum Einsatz, in dem jede Kommunikation zwischen den Kommunizierenden vollständig verschlüsselt wird.

An dieser Stelle interessant: sogenannte »Baby Harvester«. Sie züchten nicht real existierende Identitäten, angefangen mit einer einfachen Geburtsurkunde über gefälschte Gesundheits- und Schulzeugnisse bis hin zu Konten, Pass und Führerschein. Eine solche Identität platzt nicht – und kann am Ende teuer verkauft oder erworben werden. Eine hochwertige Alternative, um eine Identität zu erwerben oder einen Totenschein zu vermeiden.

Käuflich sind Menschen in allen Facetten. Man kann sich ganze Hacker-Teams mieten, die für die entsprechende Summe auch vor Einbruch nicht zurückschrecken.

Berufs- oder Amateurkiller können über einen Assassins Market beauftragt werden. Und hierbei zahlt nicht nur der

Auftraggeber, auch Dritte können Geld in den Topf werfen, zum Beispiel dann, wenn es sich um eine prominente Zielperson handelt, die aus dem Weg geräumt werden soll. Ist die Summe entsprechend hoch, findet sich auch ein Interessent, der die Tat ausübt.

Technologisch fußt das, was man unter Darknet versteht, auf »Tor«, einem Netzwerk zur Anonymisierung von Verbindungsdaten mit eigenen Programmen für die verschiedenen Computertypen.

»Tor« ist ein Netz im Netz, in dem man nach aktuellem Stand der Technik ein Höchstmaß an Anonymität erreichen kann. »Tor«-Technologie ist ein Netz, eine Software, ein Browser. Setzt man »Tor« richtig ein und verhält sich aufmerksam, bleibt man zumindest von nicht-staatlichen Organisationen unerkannt. Staatliche Organisationen haben Macht, unzählige Personalressourcen und im Zweifelsfall Waffen, da müssen wir uns nichts vormachen. Nicht-staatliche Organisationen sind beschränkt. Vor allem weil diese nicht die Server meines Providers durchsuchen können oder eben mal meine Gerätschaften beschlagnahmen dürfen.

Selbst Experten neigen bei der Nutzung von »Tor« zu Fehlern. Ein Fehler kann bedeuten, die gewünschte Anonymität zu verlieren. Oder einige der Tollbohrer, die via »Tor« im Darknet unterwegs sind, versorgen einen mit Trojanern und Viren.

Die Journalisten dieser Welt haben offenbar mehrheitlich beschlossen, vorwiegend die böse Seite dieser Technologie zu betrachten: Drogen, Mordaufträge, Missbrauchsvideos und so weiter. Nur wenige sehen die Technologie, die hinter diesem Netz steckt, als Möglichkeit, sanktionsfrei zu kommunizieren. Dieser Umstand wird zwar erwähnt, bleibt jedoch eine Fußnote. Die Hälfte der Menschheit bedarf anonymer Kommunikation, um – ohne Strafe fürchten zu müssen – an ihrer physischen und politischen Freiheit zu arbeiten. »Tor« ist dabei eines der Werkzeuge.

Allerdings haben wir in unserer westeuropäischen Welt heute kaum mit Sanktionen aufgrund unserer Herkunft oder Gesinnung zu rechnen. Also müssen wir uns nicht damit beschäftigen. Ich nehme an, dass die Zuhörerinnen und Zuhörer meines Vortrags nicht die Absicht haben, kriminellen Aktivitäten nachzugehen.

Soll ein Autor nun im Darknet recherchieren? Nein. Wenn es nicht unbedingt sein muss. Das wäre in etwa so, als würde man für einen Afghanistan-Krimi nach Afghanistan reisen und die Taliban zum Spielen auffordern – die Folgen wären nicht absehbar.

So auch in dem Netz, das man »Darknet« nennt. Im besten Fall erliegt man einem Troll, einem Provokateur, von dem einige meinen, er würde das Netz reinigen, von dem andere jedoch nur genervt sind. Trolle, die die Möglichkeit nutzen, antiseptisch zu vagabundieren – und ohne Unterlass friedlich Foren oder Chatnutzer zu reizen. Im schlimmsten Fall kam und kommt es zu Todesfällen. Entweder, weil sich Opfer von Trollen das Leben nehmen, oder die Trolle ihrerseits von nunmehr gewaltbereiten Trollopfern erkannt, aufgesucht und manchmal – wenn auch selten – zusammengeschlagen oder gar getötet werden. Der erstere Fall ist häufiger und betrifft meist junge Menschen. Da erscheint die Unterbrechung der persönlichen Karriere noch als harmloses Resultat einer verlorenen Trollschlacht.

Ich erinnere daran, dass Netze wie »Tor« nicht nur für die Unterwelt von Bedeutung sind, sondern im Wesentlichen einen gewaltigen Beitrag leisten, wenn es darum geht, Quellen zu schützen oder in und aus politisch kritischen Gegenden der Welt zu kommunizieren. Und das, ohne um Leib und Leben für sich oder Angehörige und Freunde zu bangen.

In der Digitalen Forensik spielt die IP-Adresse zur Identifikation eines jeden Netzteilnehmers genauso eine Rolle wie die Endgeräte, etwa Smartphones oder Tablets.

Es ist auch möglich, medizinische Geräte zu manipulieren. Dabei können elektromagnetische Impulse oder Funkjammer die Apparate stören. Oder Hacker verändern die Dosierung von Medikamenten durch einen Zugriff auf das Krankenhaus-Netzwerk.

Mich überrascht, wie viele Teilnehmer den Begriff »Ransomware« nicht kennen, am Ende jedoch von einem Programm gehört haben, das unsere Software per Verschlüsselung in Geiselhaft nimmt und nur per Zahlung einer bestimmten Menge Bitcoins wieder freigibt. Bitcoins, die bereits heute eine nicht unwesentliche Rolle spielen und in Zukunft eine noch größere Rolle spielen werden, sind nicht nur eine Möglichkeit, bargeldlose Zahlungen zu veranlassen oder zu erhalten. Bitcoins sind eine staats- und bankenunabhängige Währung. Sie erfüllen alles, was ein Zahlungsmittel erfordert. Die Blockchain-Technologie sorgt dafür, dass Zahlungen ohne das Zutun von Servern möglich sind. Bitcoins nutzen nicht nur Geiselnehmer. Die alte Regel »Folge dem Geld« gilt daher nicht mehr uneingeschränkt.

Die heute von uns eingesetzte Technik ist bei herkömmlicher Nutzung kaum in der Lage, Daten ausreichend vor forensischer Ermittlung zu verbergen. Eine Fotografie, zum Beispiel mit einem Smartphone, findet sich am Ende nicht nur auf dem Smartphone, sondern auch in unserer Sicherung, in der Sicherung der Sicherung, in irgendeinem Cloud-Service. Und vielleicht sind Fragmente oder sämtliche Daten zudem auf den Geräten der Kommunikationspartner gespeichert. Wenn man Cloud-Services wie »Dropbox« nutzt, sollte man die Daten wenigstens angemessen verschlüsseln, zum Beispiel mit »Veracrypt«. Eine Maßnahme, die man in jedem Fall ergreifen sollte, möchte man die eigenen Daten vertraulich archiviert wissen. Ein Werkzeug namens »Boxcryptor« macht die Verschlüsselung übrigens für den einen oder anderen Anwendungsfall noch reibungsloser. Zudem führt banales Löschen nie zur vollständigen Eliminierung von Daten.

Hat man erst einmal alles konfiguriert, ist es einfach, verschlüsselt zu kommunizieren oder Daten verschlüsselt abzulegen. Wenn Sie vermeiden möchten, bei Ihrer nächsten USA-Reise direkt am Flughafen aufgehalten zu werden, legen Sie Daten in Cloud-Diensten lieber verschlüsselt ab. Sonst kann Ihnen Ihr letzter Roman, in dem Terroristen eine bedeutende Rolle spielen, und der Sie veranlasste, das eine oder andere Recherchefragment abzulegen, zum Verhängnis werden. Es wird heute davon ausgegangen, dass US-Services via Schlüsselwörter, auch »Selektoren« genannt, bei den ortsansässigen Unternehmen anklopfen und Rückmeldung erbitten, wer wann was mit wem unter Benutzung dieser Key Words so getan hat.

Bei »Tail« handelt es sich um einen virtuellen Computer. Das Programm kann entweder auf dem eigenen Rechner oder über ein separates Startmedium wie einen USB-Stick ausgeführt werden. Nach einem Neustart »vergisst« »Tail« einfach alle Einstellungen und Dokumente. Bei dieser Gelegenheit habe ich eine SD-Microcard vorgestellt, die mit einer maximalen Größe von einem Quadratzentimeter an den unmöglichsten Stellen versteckt werden kann. Wer für vertrauliche und zu transportierende Daten USB-Sticks oder gar USB-Festplatten als Medium nutzt, ist »von gestern«.

Fest steht: Digitale Daten sind bei allen Maßnahmen, die wir heute treffen können, niemals sicher. Exemplarisch habe ich den Teilnehmern einen »Keyghost«-Adapter gezeigt, der, zwischen Tastatur und Computer gesteckt, sämtliche Tastaturanschläge mitschneidet und von keinem Malware-Scanner entdeckt wird. Zwar würde ein Blick unter den Tisch genügen, aber kaum jemand erkennt einen solchen Adapter im üblichen Kabelsalat. Diese Teile gibt es in unterschiedlicher Form und Farbe. Der Spion lässt den Adapter einfach ein paar Tage dort hängen und holt ihn bei nächstbester Gelegenheit wieder ab. Für Spione, die etwas schlechter zu Fuß sind, gibt es auch Modelle, die man per Funk auslesen kann oder die einem automatisch das Geschriebene zusenden, einige sogar direkt per E-Mail. In solchen Fällen hilft dagegen nicht einmal ein separierter und nicht vernetzter Computer. Auch ein Virenscanner schützt nicht.

Warum ist die Darstellung von Computern in Buch und Film oft unglaubwürdig, und was könnte man besser machen? Es gibt Teilnehmer, die sollen gehört haben, dass Autorinnen und Autoren schnell Unsinn produzieren, wenn sie über Computer, Netze und anderes neumodisches Zeugs schreiben. Die steigende Zahl der computeraffinen Leserschaft nimmt ihnen das böse rezensierend übel.

Ich erkläre, dass ein Smartphone nicht eben mal schnell von einem Kriminaltechniker geknackt werden kann. Und sich auch nicht immer alle Daten rekonstruieren lassen. Manchmal geht da einfach nichts. Zum Beispiel, wenn man es mit sich selbst löschenden Computern oder Smartphones zu tun hat. Hier genügt es, Passwörter zu oft falsch einzugeben. Oder jemand steuert das Löschen von irgendeinem Ort auf der Welt aus.

Und am Ende noch ein Hinweis: Die Digitale Forensik dient eigentlich der Sicherung von Hinweisen und Beweisen, die einer Gerichtsverhandlung standhalten. Für mich kann jedoch ein Rechnersystem überhaupt keine beweisfähigen Informationen beinhalten. Und ein Cloud-Service wie »Dropbox« ist erst recht nicht in der Lage, irgendeinen Nachweis zu stellen. Das sind alles nur Bits. In Sekunden lassen sich ganze digitale

Profile platzieren, die einem Ermittler vorgaukeln, dass der User ein übler links-rechts-islamistischer Terrorist sein »muss«.

MITTAGSRUHE

Gerlinde Dal Molin

Bumm tock
Verdammte Kinder

Bumm tock
Mit dem Ball gegen die Wand

Bumm tock
Schon seit einer Stunde

Tock bumm
Na also, endlich Ruhe!

WARUM WIR KEINE MIMI, SONDERN EINEN GLAUSER HABEN – DREISSIG JAHRE SYNDIKAT, DREISSIG JAHRE DEUTSCHER KRIMI

Brigitte Glaser

Ja, es macht Sinn, einen Blick zurückzuwerfen. Denn nach dreißig Jahren hat das SYNDIKAT bereits eine Geschichte, und niemand ist so bewandert darin wie Reinhard Jahn, Gründungsmitglied, Listmaster und Kenner der deutschen Kriminalszene, sowie Almuth Heuner, Archivarin des SYNDIKATS, Fachfrau für die (deutsche) Krimiszene, Krimiforscherin und -sammlerin.

In Marburg hat Almuth Heuner zur Talkrunde zum Thema *Dreißig Jahre SYNDIKAT, dreißig Jahre deutscher Krimi* geladen. Als Gäste neben Reinhard Jahn haben Jürgen Kehrer, Sprecher von 2005 bis 2010, und Ivonne Keller, Mitglied seit 2014, auf dem Podium Platz genommen. Jeder steht für eines der drei Zeitfenster, in die Almuth Heuner die Geschichte des SYNDIKATS aufteilt.

1986

1986 ist der sogenannte »Sozio-Krimi« Mode, sprich: Sozialkritische Themen bestimmen den deutschsprachigen Krimi. Im *Tatort* läuft Schimanski zur Höchstform auf. Als einzige Frau im Reigen der *Tatort*-Kommissare ermittelt die im Vergleich zu Schimanski biedere KK Wiegand in Baden-Baden.

Überhaupt ist 1986 ein gutes Jahr für den deutschsprachigen Krimi. Auf dem Buchmarkt erscheinen 174 deutschsprachige Krimis. 1986 lobt das Bochumer Krimiarchiv, gegründet von Reinhard Jahn und Werner Puchalla, den »Deutschen Krimi Preis« aus. Zudem lädt der Krimi- und Drehbuchautor Fred Breinersdorfer im selben Jahr Kollegen zur Gründung einer Vereinigung deutschsprachiger Krimiautoren ins Schriftstellerhaus nach Stuttgart ein. Zwei deutliche Signale, die das Selbstbewusstsein der Kollegen zeigen, die beginnen, den deutschen Krimi aus der Schmuddelecke der Nachkriegszeit herauszuholen und das Genre in der Literaturszene zu etablieren.

In Stuttgart also treffen sich zwanzig Autorinnen und Autoren, um das SYNDIKAT zu gründen. Viele Kollegen der ersten Stunde sind auch als Drehbuchautoren unterwegs, man ist gewerkschaftlich orientiert, will auch das SYNDIKAT so verstehen. Das Genre »Krimi« gilt noch als anrüchig und wird im Feuilleton weder erwähnt noch rezensiert. Eine eigene Krimischreiber-Vereinigung hat somit etwas von Underground – daher ja auch der Name »SYNDIKAT« – und macht einen coolen Eindruck. Die Gründung geht unspektakulär über die Bühne, die Verwaltung übernimmt Breinersdorfers legendäre Sekretärin Schmidtchen, die alles im Griff hat. Im Anschluss an die Gründung schickt man eine dpa-Meldung heraus. Et voilà: Das SYNDIKAT ist geboren.

Die Gründungsmitglieder wollen unbedingt auch einen Preis vergeben. Leider ist der Name »Deutscher Krimi Preis« bereits besetzt, also hält man nach Alternativen Ausschau. »Edgar« ist natürlich sofort auf dem Tisch, nicht wegen der Edgar-Wallace-Konnotation, sondern weil die US-Autoren einen »Edgar Allan Poe Award« (kurz: Edgar) vergeben. Der kommt aber nicht infrage, denn das SYNDIKAT will einen deutschsprachigen Krimi prämieren. »Mimi«, in Anspielung auf den berühmten Schlager *Ohne Krimi geht die Mimi nie ins Bett*, suggeriert für die Gründungsväter und -mütter nur harmlose Unterhaltung, umfasst also nicht die ganze Bandbreite des Genres. Es ist Frank Göhre, der Glauser ins Spiel bringt. »Schweizer – okay. Krimis geschrieben – okay. Literarische Bedeutung – okay. Buntes Leben – doppel-okay«, so Reinhard Jahn. Obwohl kein Geld vorhanden ist, will man, im Gegensatz zum »Deutschen Krimi Preis«, den Glauser von Anfang an dotieren. »10.000 Mark in kleinen Scheinen …« Das erste Preisgeld wird laut Jahn über eine Filmoption bei der Bavaria akquiriert, erst danach wird der Preis – später die Preise – über die Mitgliedsbeiträge finanziert.

Für den ersten Glauser wurden 32 Krimis eingereicht. In der ersten Jury 1986 saßen Alexander U. Martens, Hansjörg Martin, Stefan Murr, Astrid Schumacher und Bruno Kreisky. Denn ein Prominenter sollte nach Vorstellung unserer Gründer immer in der Jury sein. Den ersten Glauser hat Sam Jaun 1987 für *Die Brandnacht*, erschienen bei Benzinger, gewonnen.

Die Krimitage 1987 in Gelsenkirchen gelten als sogenannte »0-CRIMINALE«.

2001

Fünfzehn Jahre nach der Gründung des SYNDIKATS beherrschen die Regiokrimis die deutschsprachige Krimiszene. Im *Tatort* wird weiter vorrangig in den deutschen Großstädten ermittelt: Berlin, Hamburg, Köln, München. Nur das nicht ganz so große Ludwigshafen und die bis heute unverwüstliche Lena Odenthal sind schon mit von der Partie.

In diesem Jahr erscheinen bereits 400 original deutschsprachige Krimis, und das SYNDIKAT ist auf 250 Mitglieder gewachsen. Das Internet verändert die Kommunikation, Kontakt und Austausch werden einfacher. Netzwerken wird zu einem Schwerpunkt des SYNDIKATS, eine erste Website wird entwickelt. Auch die CRIMINALE wird von Jahr zu Jahr größer. Jeder Autorin, jedem Autor, der zur CRIMINALE fährt, ist eine Lesung mit einem Honorar von 250 Euro garantiert. Viele Kolleginnen und Kollegen betrachten das SYNDIKAT bereits als Servicegesellschaft.

Professionalisierung ist in dieser Zeit ein großes Thema, erzählt Jürgen Kehrer, der seit 1991 Mitglied im SYNDIKAT ist und von 2005 bis 2010 Sprecher war. Die Erstellung einer neuen, von Profis gebauten Website, die stetig wachsende CRIMINALE und die Einrichtung einer Geschäftsstelle auf Minijob-Basis werden auf der CRIMINALE 2007 in Neustadt heftig und kontrovers diskutiert. In den folgenden Jahren zeichnet sich zusehends ab, dass die CRIMINALE angesichts der steigenden Zahl von Mitgliedern und Krimifestival-Teilnehmern auf Dauer nicht mehr zu finanzieren ist. Nach vielen Diskussionen wird 2014 daher in Nürnberg ein stark verändertes Konzept beschlossen und 2015 in Büsum erstmals verwirklicht.

Weitere wichtige Themen in Jürgens Amtszeit waren die Einführung des Jahrbuchs und des Oscar-Modus bei den Glauser-Nominierungen, die juristischen Auseinandersetzungen mit der Stadt Moers, die den Namen »CRIMINALE« für ein Moers-Krimifest verwenden wollte, und die überaus schwierigen Verhandlungen mit dem Finanzamt München über den Status der Gemeinnützigkeit des Vereins.

2001 wurden 179 Krimis für den Glauser eingereicht. In der Jury waren Helmut Eikermann, Uta-Maria Heim, Gabriele Korn-Steinmetz, Ralf Kramp und Gitta List. Den Glauser gewonnen hat Horst Eckert mit *Die Zwillingsfalle*, erschienen bei Grafit. In diesem Jahr wurde neben dem Glauser zum fünfzehnten Mal der Ehrenglauser (Fred Breinersdorfer) und zum zweiten Mal der Hansjörg-Martin-Preis (Rudolf Herfurtner) vergeben. Die Glauser-Preise in den Sparten »Debüt« und »Kurzkrimi« werden erst seit 2002 verliehen.

2016

Der deutschsprachige Krimi ist allgegenwärtig und hat sich in viele Untersparten ausdifferenziert. Alles ist abgegrast, so Almuth Heuner: die Serienmörder, die Rechtsmedizin, der Cybercrime. Die Büchertische bersten vor einem (Über-) Angebot an Krimis. Als Tendenz macht Heuner aus, dass es 2016 wieder mehr politische Krimis gibt. Der *Tatort* kommt nun auch aus Weimar und Regensburg, vielerorts trifft man sich in Kneipen zum *Tatort*-Gucken.

2016 erscheinen weit über 500 deutschsprachige Krimis, und das SYNDIKAT ist auf 750 Mitglieder angewachsen. Seit Büsum ist die CRIMINALE kein großes Lesefest mehr, sondern eine Fachtagung mit zahlreichen Fortbildungsveranstaltungen. Das SYNDIKAT besinnt sich auf die Fachkompetenz in den eigenen Reihen, lädt aber auch Expertinnen und Experten aus dem Buchmarkt und der Kriminalistik ein.

Ivonne Keller ist seit Ende 2014 Mitglied im SYNDIKAT, für langjährige SYNDIKATS-Mitglieder also ein Frischling. Keller kam über die »Mörderischen Schwestern« zum SYNDIKAT. Die Möglichkeit, mit anderen Schreibenden in Kontakt zu treten und sich zu vernetzen, ohne etwas veröffentlicht zu haben, hat sie zur Mitgliedschaft bei den »Mörderischen Schwestern« bewogen. Unsere Ehrenwerte Gesellschaft betrachtet sie zunächst von außen, sie kommt ihr elitär vor. Andere »Mörderische Schwestern« haben sie zum Eintritt ermuntert. Als Neuling wäre sie sich sehr fremd vorgekommen, hätte sie nicht mit anderen über Facebook- oder Mentoring-Gruppen kommuniziert. Sie betont, wie wichtig die Patenschaften sind, um eine Ansprechpartnerin zu haben, die man alles fragen kann. Für die »alten Hasen« sei vieles so selbstverständlich, dass darüber vergessen werde, was Neue wissen sollten. »Die Identifizierung mit einem Verein muss wachsen wie eine Freundschaft«, meint Ivonne.

Auch wenn vieles im Anekdotischen blieb, haben Geschichten aus dreißig Jahren SYNDIKAT neugierig auf mehr gemacht. Interessant ist sicher auch, einmal zu betrachten, wie Entscheidungen zustande kommen, wie sich Entscheidungsprozesse ändern oder nicht ändern. Noch ist das SYNDIKAT jung, noch sind viele »Altvordere« unter uns. Die Chance sollten wir nutzen, um unsere Geschichte lebendig zu halten.

Und der Vollständigkeit halber zum Schluss: Für den Glauser 2016 in der Sparte »Roman« wurden rund 480 Krimis eingereicht. In der Jury waren Almuth Heuner, Petra Mattfeld, Judith W. Taschler und Sophie Sumburane.

ERNTEZEIT

Kurt Lehmkuhl

Man glaubt es kaum:
Der Gatte,
den sie hatte,
fiel vom Baum.
Die Leiter, die ihn tragen sollte,
kippte um – weil sie es wollte.

KRIMI AUF RÄDERN – WENN KRIMIAUTORINNEN EIN DOKU-ROADMOVIE DREHEN

Barbara Saladin

»Wie kommen Sie auf Ihre Ideen?«

»Warum schreiben Sie ausgerechnet Krimis?«

Und immer wieder: »Kann man vom Schreiben leben?«

Alle Mitglieder des Syndikats kennen Fragen wie diese wohl zur Genüge. Sie werden einem bei Lesungen gestellt, im Internet, im Bekanntenkreis – und manchmal stellt man sie sich auch selbst. Immer wieder glaubt man, in den Stimmen der Fragenden diesen leicht mitleidigen Ton zu hören, der mitschwingt und hinzufügen will: »Warum tun Sie sich das überhaupt an?«

Ja, warum? Wir wissen zwar, dass alle Welt Krimis liebt. Aber ist die Welt auch bereit, ihre Krimiautoren zu ernähren? Warum sind wir nicht Hauswirtschafterin, Buchhändlerin oder kaufmännische Angestellte geblieben, sondern haben unsere bisherigen Berufe an den Nagel gehängt und die genauso unsichere wie abenteuerliche Laufbahn der Schriftstellerin eingeschlagen?

Diesen Fragen – und noch einigen anderen – gehen die drei Krimiautorinnen Gina Greifenstein (Südpfalz), Anne Grießer (Breisgau) und ich, Barbara Saladin (Nordwestschweiz), im Dokumentarfilm *Krimi auf Rädern* nach.

Wir alle drei sind Autorinnen mit mehreren Veröffentlichungen, haben uns für das Leben als Freiberuflerin entschieden und können vom Schreiben leben. Allerdings nicht vom Krimischreiben allein: Gina backt, Anne spielt Theater, und ich arbeite auch als Journalistin und Texterin. Alle drei befinden wir uns irgendwo im großen, unübersichtlichen Mittelfeld der Autorengemeinschaft. Und obwohl noch nie ein Bestseller aus unserer Feder kam (außer ein Buch von Gina, allerdings Rezepte über einen Teig …), fanden wir, dass wir durchaus etwas zu unserem Beruf zu sagen haben.

Die Idee, einen Film über das Leben von Krimiautorinnen zu drehen, schlummerte bereits seit Jahren in den Köpfen einer Handvoll Kolleginnen, bis die Sache 2015 Form annahm. Wir planten und diskutierten, konkretisierten das Projekt und trafen uns schließlich im September 2015 zur Drehwoche. Begleitet wurden wir von unserem Wiener SYNDIKATS-Kollegen und Filmemacher Günther Zäuner und seiner Frau Elisabeth. Er übernahm Kamera und später Schnitt, sie den Überblick.

Die Tour, auf der wir unser Doku-Roadmovie realisierten, begann in Würzburg und führte uns durch die baden-württembergische und rheinland-pfälzische Provinz. Wir hatten zwei Gemeinschaftslesungen auf dem Land organisiert, die wir erfolgreich bestritten. Daneben blieb viel Zeit zum Filmen und Diskutieren über Recherche, Urheberrecht, Marketing und »den guten alten Krimi«. Es war ein spannender Selbstversuch, der viel Spaß gemacht hat: eine Reise nicht nur durch spätsommerliches deutsches Hinterland, schöne Landschaften und hübsche Städtchen, sondern auch durch den eigenen Beruf, die eigenen Wertvorstellungen, Utopien und Desillusionen.

Wieder zurück an unseren Wohnorten in Deutschland, der Schweiz und Österreich, erfolgte der Schnitt. An der Vorpremiere in Marburg auf der CRIMINALE im April 2016 konnten wir allerdings leider erst den Rohschnitt zeigen, oder, was besser klingt, den Director's Cut. Die Zeit hatte nicht bis zum Abschluss und Feinschliff gereicht, denn da waren irgendwie diverse Romane, Anthologien, Lesereisen und Ähnliches dazwischengekommen …

Die XL-Version von Marburg war zu lang. Aber zurechtgestutzt wurde der Film gut. Im Frühsommer prüften wir den Streifen noch einmal auf Herz und Nieren und setzten die große Schere an: keine Gnade für Nebensächlichkeiten, für Wiederholungen und Banalitäten schon gar nicht. Auch eine lange Reihe von Darlings wurde gekillt. Nun liegt die Filmlänge bei rund neunzig Minuten. Uff. Und nach dem letzten Farb- und Tonabgleich geht's an die Vermarktung.

Dass weder »Arte TV« noch Hollywood auf uns warten, wissen wir. Ziel ist es, unseren Film in kleineren Kinos, auf Festivals, Branchenveranstaltungen und an Schulen zu zeigen. Mit im Angebotspaket ist eine anschließende Diskussion, damit das Publikum Themen, die im Film angeschnitten werden und die auf den Nägeln brennen, mit jemandem von uns direkt ausdebattieren kann.

Während der Arbeit am Projekt haben wir viel gelernt – und gelacht. Wir haben Fragen gestellt und Antworten gesucht. Manchmal haben wir auch welche gefunden.

Und wenn unser Film dazu beitragen kann, dass die interessierte Öffentlichkeit da draußen einen ebenso kurzweiligen wie realistischen Einblick in die eigenartige Welt des Schriftsteller-Daseins erhält, dann hat dieses Projekt sein Ziel erreicht.

Man darf also gespannt sein.

Wir sind es sowieso.

DIE SPITZE DES EISBERGS – VON DER IDEE BIS ZUR LADENTHEKE: BÜCHER MACHEN

Kathrin Heinrichs

Talkrunde mit:
Jürgen Kehrer, Autor
Klaus Kluge, Verleger Bastei Lübbe
Sabine Langohr, Agentin Keil & Keil
Peter Prange, Autor
Bettina Steinhage, Lektorin Bastei Lübbe
Mariella Terzo, PR-Agentin
Moderation: Wiebke Lorenz, Autorin

Es war ein großer Eisberg, um den es in der Talkrunde ging: Rund 90.000 Bücher überschwemmen jährlich den deutschen Markt. Allerdings, so wusste Bestsellerautor Peter Prange zu berichten, werden von den gekauften Büchern nur 16 Prozent tatsächlich gelesen. Stellt sich als Autor die Frage, was frustrierender ist: verlegt zu werden, aber nicht gekauft? Gekauft, aber nicht gelesen? Oder aber gar nicht erst verlegt?

Die von Wiebke Lorenz exzellent moderierte Talkrunde mit hochkarätiger Besetzung konnte zu allen Schritten der Buchproduktion Gehaltvolles sagen – und eines wurde klar: Es ist komplizierter geworden.

Jürgen Kehrers Bericht über seinen Start in den Buchmarkt mutete da noch geradezu gemütlich an. 1990 einen Münster-Krimi erdacht, zum Grafit Verlag nach Dortmund gefahren (um als Journalist über den Verlag zu berichten) und dabei nebenbei das eigene Manuskript erwähnt. Inzwischen gibt es neunzehn Buchbände und unzählige Fernsehfilme der berühmten Wilsberg-Serie – eine Erfolgsstory.

So leicht fällt der Einstieg in den Buchmarkt den wenigsten Autoren. Ohne Agentur scheint es – zumindest bei großen Verlagen – fast nicht mehr zu gehen. Bastei-Lübbe-Lektorin Bettina Steinhage kann nach vielen Berufsjahren nur von zwei Fällen berichten, in denen aus unverlangt eingesandten Manuskripten ein Buch wurde. Die Agenturen übernehmen damit eine Art Vorsortieren für die Verlage. Für durchschnittlich 15 Prozent vom Autorenhonorar kümmern sie sich um einen passenden Verlag und die anschließenden Vertragsverhandlungen. Im Idealfall betreut eine Agentur ihre Autorinnen und Autoren über längere Zeit, sucht mit ihnen geeignete Themen, geht auf Weiterentwicklungen der Schreibenden ein. Sabine Langohr von der Agentur Keil & Keil erzählt, dass sie auch inhaltlich auf ein Manuskript Einfluss nehme, da sie hundertprozentig hinter einem Text stehen müsse, um es gut vertreten zu können. Wichtig sei das Vertrauen zwischen Autor und Agentur. Schwierige Situationen kämen allemal, und da sei es unumgänglich, auf einer Linie zu sein.

Was aber macht ein Manuskript interessant für eine Agentur? Langohr sagt, sie will vom Text gepackt sein. Thema, Charaktere, Beziehungen – alles solle passen. Wichtig sei natürlich auch die Sprachebene – ein Text müsse seinen eigenen Ton haben. Ein kurzes, knackiges Exposé und eine zehnseitige Leseprobe reichen, um diesen Eindruck zu vermitteln.

Für Bastei Lübbe sei mit Blick auf die Verlagstradition »gute Unterhaltung« oberstes Gebot, erzählt Verleger Klaus Kluge. »Drei Blicke«, dann könne man einschätzen, ob ein Manuskript etwas sei. Und das sei nur bei 5 Prozent der eingehenden Texte der Fall, bestätigt die Agentin.

Hat ein Manuskript es dann – meist über den Königsweg Agentur – in den Verlag und ins Lektorat geschafft, braucht der Prozess vom ersten Gespräch bis zum Herstellungsbeginn bei Bastei Lübbe ungefähr ein Jahr. Hinzu kommen etwa vier Monate Herstellung. Zwei aktuelle Manuskripte begleitet Lektorin Bettina Steinhage in der Regel. Hinzu kommen anstehende Produktionen – insgesamt fünfzehn Projekte in verschiedenen Stadien. Die Betreuung kann unterschiedlich intensiv sein. Gelegentlich liest die Lektorin parallel zum Schreibprozess und beeinflusst die Entstehung des Textes sehr direkt. Wenn das Manuskript vollständig vorliegt – bei Debütanten ist das unerlässlich –, ist die Bearbeitung häufig aufwendiger, sagt Steinhage, manchmal werde dann sogar noch einmal zusammen geplottet. Bei Hausautoren mache sie durchaus auch Themenvorschläge (»Kroatien ist aktuell ein beliebtes Reiseland – da könnte mal ein Krimi spielen«) oder überprüfe von Autoren eingebrachte Ideen auf ihre Markttauglichkeit hin.

Dass man sich als Autor vom Marktgedanken leiten lässt, hält Peter Prange für keine gute Idee. Der Autor müsse für ein Thema brennen, sonst merke man das dem Text an. Jürgen Kehrer räumt ein, dass er sich beim Schreiben nicht beeinflussen lasse, dass er bei der Auswahl des Themas aber durchaus berücksichtige, ob es geeignet sei.

Möglicherweise hat das Thema ja auch Einfluss auf die Marketingstrategie des Verlags. Verleger Kluge berichtet, wie Spitzentitel gesetzt werden – und dann manchmal trotz aller Bemühungen floppen – und dass Verlage von Zufallserfolgen leben. Markantes Beispiel: Dan Brown, der als Auslandsangebot bereits auf dem Absagestapel lag und dann im Vorbeigehen noch einmal von einem Kollegen (wegen des interessanten Covers) angeschaut und für 3.000 Euro eingekauft wurde.

Kluge schildert, dass man als Verlag die Mitbewerber durchaus im Blick habe und möglicherweise einen Titel vorziehe, wenn die Konkurrenz einen ähnlichen Spitzentitel setze. Die Platzierung ist schwieriger, weil Verkaufsflächen geringer und Forderungen der Buchhandelsketten höher geworden sind. Wichtig ist es, auf Vertretertagungen Begeisterung für einen Titel zu wecken. Gelegentlich wird ein Autor zu einem solchen Treffen eingeladen, um das Buch zu pushen.

Im Buchhandel muss ein Titel einerseits *sichtbar* sein, andererseits ist die Empfehlung nach wie vor unersetzlich, genau wie Besprechungen im Internet. Ein Titel wie *Altes Land* von Dörte Hansen (übrigens von Sabine Langohr vertreten) ist auch durch Mundpropaganda zum Megabestseller geworden. Und Sebastian Fitzeks *Die Therapie*, damals bei Droemer nur mit einer halben Seite im Verlagsprospekt beworben, hat es laut Kluge so zum Durchbruch geschafft.

Wenn es darum geht, ein Buch zu promoten, zählen vor allem gute Kontakte zu Journalisten, erklärt PR-Agentin Mariella Terzo. Sie persönlich anzusprechen sowie Blogger und Netzwerke mit besonderen Infos zu versorgen, ist Aufgabe einer guten PR-Agentur. Auch ausgefallene Events, Live-Präsenz und Aktivität in sozialen Netzwerken können hilfreich sein, sofern sie dem Autor liegen.

Gerade beim Self-Publishing ist man auf Formen der Selbstvermarktung angewiesen. Für Verlage sind die Self-Publisher bislang noch keine allzu große Konkurrenz, wenngleich ihre Preise meist unter denen der Verlags-E-Books liegen. Vor allem Vielleser stellen auf E-Books um, weiß Jürgen Kehrer, manchmal spielt dabei der Autorenname keine große Rolle mehr. Die klassische Verbindung von Leser zu Autor oder Verlag gehe auf diesem Wege verloren.

Einig ist man sich, dass die Zukunft des Buches nicht im Dumpingpreis liegt. Bücher seien zu billig, vertritt Verleger Klaus Kluge, man habe bei der Umstellung auf den Euro eine Angleichung verpasst. Mit einem Preis von 10 oder 12 Euro fürs Taschenbuch sei die Arbeit von Verlag und Autor schlecht bezahlt. Ziel seines Verlags sei daher eine Aufwertung des Buches.

Die emotionale Dimension des Buchkaufs könnte verstärkt werden, ist allgemeiner Konsens. Die Freude am Buch müsse größer sein als der Schmerz, Geld dafür auszugeben. Eine Imagekampagne fürs Buch wäre nötig – das Buch, dessen Status zwischen Gebrauchsgegenstand und Kulturgut immer schon schwierig war, muss sich schön und ansprechend darstellen. Ein runder Preis statt X,99 Euro kann die Wertigkeit vielleicht unterstreichen.

Der ästhetische Wert des Buches spielt auch eine Rolle, wenn man bedenkt, dass Bücher in der Regel verschenkt werden. Dass sie anschließend oftmals nicht gelesen werden, wurde ja schon zu Anfang dieses Berichts erwähnt. Dafür macht man sich insgesamt ziemlich viel Arbeit damit – angefangen von der ersten Idee bis zur Präsentation im Quality-Bookshop. Aber es lohnt sich auch für die 16 Prozent, die es dann wirklich lesen – oder etwa nicht?

NUN REDEN SIE SCHON – CRIMINALE-SEMINAR INTERVIEW-TRAINING

Andreas J. Schulte

»Könnten Sie wohl bitte die Schreibtischlampe anders drehen? Das Licht blendet doch ziemlich.«

»Nein, können wir nicht. Sie wissen doch, wie das läuft, also beschweren Sie sich nicht! Erzählen Sie uns, was wir hören wollen, umso schneller kommen Sie wieder nach Hause.«

»Ich habe Ihnen doch schon alles erzählt …«

»Dann erzählen Sie es eben noch mal. Mein Kollege Mayer und ich sind da ganz Ohr. Nun reden Sie schon!«

»Wirklich alles noch einmal? Ich weiß gar nicht, wo ich anfangen soll.«

»Also gut, Sie wollen es also auf die harte Tour. Bitte schön, wir haben Zeit. Kollege Mayer hat ja alles mitgeschrieben. Mayer, bitte!«

»Was, Chef?«

»Mayer, würden Sie Herrn Schulte vorlesen, was er bisher ausgesagt hat?«

»Sicher, Chef. Also, Tatzeit war Freitag, der 22. April 2016 in Marburg. Wir vermuten von 14.30 bis 16 Uhr.«

»Das müssen Sie nicht vermuten, das können Sie überall nachlesen.«

»Lassen Sie mal unsere Sorge sein, was wir wo nachlesen. Bitte Mayer, weiter!«

»Uns fehlen noch die Tatbeteiligten, Chef.«

»Herr Schulte, Sie haben es gehört. Wer war dabei?«

»Es waren elf, nein, zwölf Teilnehmer, ein dreizehnter Teilnehmer kam später noch dazu und saß hinten im Raum, aber dessen Namen kenne ich nicht.«

»Haben Sie die Tatbeteiligten, diese ›Teilnehmer‹, wie Sie sie nennen, vorher schon einmal getroffen?«

»Ja sicher, da gibt es eine Kollegin, mit der ich bereits länger in Kontakt stehe, und zwei Teilnehmer waren Freunde vom Bonner Krimi-Stammtisch.«

»Mayer, schreiben Sie auf: Diesen angeblichen Krimi-Stammtisch müssen wir noch überprüfen. Also weiter …«

»Nichts weiter, die übrigen Teilnehmer kannte ich vorher nicht.«

»Sie wollen uns also weismachen, dass die einfach so zu Ihnen, einem Wildfremden, gekommen sind. Und wo sie schon mal da waren, sind sie dann anderthalb Stunden sitzen geblieben.«

»Natürlich, das war ja der Sinn des Seminars.«

»Und dieses ›Seminar‹ war von langer Hand geplant?«

»Nee, also, ich meine, nicht wirklich.«

»Was nun? Für wie dumm halten Sie uns? Gleich erzählen Sie noch, dass die Elke Pistor Sie angeschrieben hat, ob Sie nicht mitmachen wollen.«

»Eigentlich hatte ich das zunächst nur mit Nadine Buranaseda besprochen.«

»Ach, noch ein Name. Und der fällt Ihnen jetzt erst ein?«

»Chef, diese Buranaseda hat da ganz dick die Finger drin, die taucht hier in den Unterlagen mehrfach auf.«

»Gut, Mayer, machen Sie sich eine Notiz! So und nun zurück zu Ihnen, Freundchen. Wie muss ich mir das vorstellen? Nadine Buranaseda sagt: ›Hey, Andreas, du könnest doch in Marburg was erzählen.‹ Etwa so?«

»Ja, so ungefähr …«

»Für wie blöd halten Sie uns? Ich will jetzt Fakten, und zwar flott. Worum ging es?«

»Es ging um Interviews und wie ich mich darauf vorbereiten kann.«

»Aha, da kommen wir der Sache doch schon näher, plötzlich ging es also um etwas Konkretes. Warum nicht gleich so?«

»Aber das habe ich doch schon erzählt.«

»Mayer!«

»Ja, Chef?«

»Was haben Sie denn dazu im Protokoll?«

»Herr Schulte hat ausgesagt, dass er zunächst über die veränderte Medienlandschaft gesprochen hat und was das für ein Interview bedeutet.«

»Haben Sie gehört, Schulte, Medienlandschaft. Und Sie wollen uns einreden, es ginge um Interviews.«

»Aber so war es. Radio und Fernsehen sind heute Begleitmedien. Die durchschnittliche Sehdauer beträgt 210 Minuten pro Tag, Radio hören wir sogar 240 Minuten pro Tag. Unsere Wahrnehmung hat sich durch die ganzen Realityshows verändert. Viele denken: Jeder kann im Fernsehen präsent sein, und deshalb müsste auch jeder in der Lage sein, einen optimalen TV-Auftritt hinzulegen. Aber das ist natürlich Blödsinn, das muss man lernen.«

»Klar, und bei Ihnen kann man das lernen …«

»Ganz genau. Wussten Sie, dass eine Botschaft zu 38 Prozent durch die Stimme, den Tonfall und die Wortwahl wirkt? Unsere Körpersprache hat einen Anteil von 55 Prozent, der Inhalt dagegen hat nur einen von 7 Prozent. Ich habe den Teilnehmern klargemacht, dass man sich seiner Stimme und Körpersprache bewusst sein muss, um sich besser auf den Inhalt konzentrieren zu können. Na ja, das war jedenfalls einer der Punkte. Und die Zeiten der langen Radiodokumentationen sind bei vielen Sendern auch vorbei. Da sind kurze Antworten gewünscht, das muss man wissen.«

»Weiter, nur weiter.«

»Na ja, das war halt der Einstieg, dann habe ich über den Dresscode geredet.«

»Dresscode?«

»Beispielsweise die Bussibär-Krawatte von Herrn Mayer würde nur von seinen Antworten ablenken, und in einer Diskussionsrunde würde man womöglich seine Batman-Socken sehen. Wäre Ihr Kollege eine Frau, sollte sie keine groß gemusterten Blusen tragen.«

»Mayer, morgen ziehen Sie was anderes an!«

»Ja, Chef.«

»War es das jetzt, Schulte?«

»Nein, natürlich müssen eine Autorin und ein Autor knapp zusammenfassen können, worum es im aktuellen Buch geht. Ich empfehle immer, dass man sich drei Kernbotschaften vornimmt, die auf jeden Fall untergebracht werden sollen. Zum Beispiel den Buchtitel, den Plot und das Erscheinungsdatum. Damit ist die Pflicht erfüllt, der Rest ist Kür. Eine Antwort sollte immer nur drei Aussagen enthalten, sonst wird sie zu lang. Ach ja, bei einem Statement empfehle ich meine PEKKI-Regel …«

»PEKKI-Regel? Junge, Junge, Sie reiten sich da gerade ganz tief rein. Geht es auch genauer?«

»PEKKI steht für **p**ersönlich, **k**nackig, **k**ompetent und **i**nteressant. Wenn dann noch die Aussage maximal 30 bis 40 Sekunden lang ist, kann ein Redakteur sie optimal in einem Radio- oder Fernsehbeitrag einsetzen. Ich habe über das Verhalten vor der Kamera gesprochen, unter anderem, dass man niemals auf Objekte außerhalb der Kamera zeigt, dass eine Aufzählung jedoch mit einer Zählgestik unterstützt werden kann. Bei einer Antwort senkt man auch nicht den Blick, das würde nur Unsicherheit signalisieren. Gut ist es, den Kameramann vorher zu fragen, welchen Bildausschnitt er wählt. So ist klar, ob die Hände im Bild sind oder nicht.«

»Soso …«

»Ganz wichtig: vor dem Interview klären, ob der Redakteur nur ein kurzes Statement benötigt und für welchen Sender das Interview ist. Na ja, das waren so die wichtigsten Punkte. Am Ende habe ich noch Fragen aus der Runde beantwortet.«

»Diese sogenannten ›Teilnehmer‹ hatten also Fragen?«

»Ja, etwa wie man reagieren soll, wenn man nicht sofort eine Antwort weiß.«

»Chef, das würde mich jetzt aber auch interessieren.«

»Mayer!«

»Sorry, Chef …«

»Also, da könnten Sie die Frage wiederholen, um Zeit zu gewinnen. Und wenn es eine Unterstellung in der Frage gibt, empfehle ich, sich gegen diese Unterstellung zu wehren und erst dann zu antworten. Grundsätzlich gibt es zwei entscheidende Regeln. Ich sage immer in den Seminaren: Kein Mensch zwingt euch, vor der Kamera das Opfer zu sein. Es ist euer Interview! Oder anders gesagt: Nur ihr entscheidet, ob, wann und was ihr sagt.«

»Sie können uns ja viel erzählen. So kommen wir nicht weiter. Mayer, lassen Sie uns mal kurz vor die Tür gehen.«

»Und, Chef? Der ist 'ne harte Nuss – oder?«

»Den werden wir gehen lassen müssen. Aber, Mayer, ich schwöre Ihnen, den haben wir nicht zum letzten Mal hier gesehen. Nächstes Jahr sitzt der wieder hier. Solche Gestalten können es einfach nicht lassen, das ist ein Wiederholungstäter.«

BEI ANRUF AUSKUNFT – WAS SIE SCHON IMMER ÜBER DIE »VG WORT« WISSEN WOLLTEN, ABER BISHER NICHT ZU FRAGEN WAGTEN

Richard Lifka

Was ich schon immer wissen wollte: Wie setzen sich die Summen der Schecks beziehungsweise der Überweisungen der »VG Wort« zusammen, die einmal jährlich bei mir eintrudeln? Spannend und geheimnisvoll! Scheinbar geht es vielen Krimikolleginnen und Krimikollegen ebenso, kombiniere ich messerscharf angesichts der großen Zahl der Seminarteilnehmer.

Was Sie schon immer über die »VG Wort« wissen wollten, aber bisher nicht zu fragen wagten – eine Anspielung auf einen Filmtitel, der vor vielen Jahren nur hinter vorgehaltener Hand gemurmelt wurde.

Das also war es, was Scharen von Urhebern (Autorinnen und Autoren, Journalisten, Verlegerinnen und Übersetzern) bei strahlendem Sonnenschein in den Konferenzraum des Welcome-Hotels gelockt hatte. Ist die »Verwertungsgesellschaft Wort« wirklich so ein Tabuthema, wie das 1972 von Woody Allen verfilmte Aufklärungsbuch? Nein! Immerhin ist ja das Internet schon erfunden. Auf der Homepage www.vgwort.de lässt sich alles genauso wie in der guten alten Zeit in der *Bravo* auf den Seiten von Dr. Sommer nachlesen. Auch die Telefonnummern, unter denen die kompetenten Mitarbeiter der einzelnen Sparten erreicht werden können, sind fein säuberlich aufgelistet. Jeder, der einen Wahrnehmungsvertrag unterschrieben hat und stolzer Besitzer einer Karteikartennummer ist, kann sich dort aufklären lassen, was immer sich hinter TOM oder auch METIS (Texte im Internet) oder sogar Madonna (Schulbuchverlage) verbirgt.

Dass bei Anruf jeweils gut und freundlich beraten wird, bestätigten viele der Anwesenden. Alle, die Texte oder Bücher produzieren und diese ordentlich bei der »VG Wort« melden oder vom Verlag melden lassen, sind Urheber-Rechteinhaber. Der von mir geschriebene Text gehört mir. Ist mein geistiges Eigentum. Ich bin der Urheber und habe gesetzlich verbriefte Rechte daran. Sollte jemand meinen Text kopieren oder sonst wie vervielfältigen, um damit andere zu unterhalten, ihnen etwas zu demonstrieren oder beizubringen, dann wird mein Urtext erneut verwertet. Man spricht von einer »Zweitverwertung«. Dafür steht mir eine Entlohnung zu, »Tantieme« genannt. Damit sichergestellt werden kann, dass ich diese Tantiemen auch erhalte, wurde die »VG Wort« gegründet. Das ist die Aufgabe dieses ehemaligen Vereins.

Die »Verwertungsgesellschaft Wort« verwaltet die Gewinnanteile aus Zweitverwertungsrechten an Sprachwerken, auch aus Funk und Fernsehen, in Deutschland. Berechtigte sind Autorinnen, Übersetzer und Verlegerinnen. Das heißt, jeder, der meine Texte zweitverwertet oder Möglichkeiten schafft, diese zweitzuverwerten, zahlt an die »VG Wort«. Das sind zum Beispiel Bibliotheken (3 bis 4 Cent pro Ausleihe), das macht pro Jahr über 11 Millionen Euro.

Die Höhe der Vergütung ist durch Tarife oder Einzel- und Gesamtverträge der »VG Wort« mit den Vergütungspflichtigen oder ihren Verbänden festgelegt. Einnahmen: 2015 gesamt 155,5 Millionen Euro von Industrieverbänden, Bibliotheken, Bund und Ländern. Ebenso von Druck-, Fax- und Kopiergeräteherstellern. Die Gerätevergütung für legale Vervielfältigungen von Schriftwerken betrug im selben Jahr 74,82 Millionen Euro. Natürlich genauso gesetzlich geregelt.

Nach dem Urheberrechtsgesetz muss in aller Regel für Nutzungen von urheberrechtlich geschützten Werken eine angemessene Vergütung gezahlt werden.

Um zum Anfang zurückzukehren: Gestern war ein Brief von der »VG Wort« im Briefkasten mit der Ankündigung, einen bemerkenswerten Betrag zu überweisen. Aufgelistet diesmal auch die einzelnen Positionen:

Ausschüttungsauskunft/Übersicht zur Hauptausschüttung
HA2016 Richard Lifka
1. Bibliothekstantieme: xxx Euro
2. D Presse Repro: xxx Euro
3. D Pressespiegel: xxx Euro für meine in Tageszeitungen veröffentlichten Artikel

Auf besagter Website gibt es eine Klickmöglichkeit: Auszahlungen. Es erscheint dann folgender Infotext: »Die Hauptausschüttung findet Mitte des Jahres für fristgerecht eingegangene, gültige Meldungen, [sic!] bzw. für im Vorjahr erhobene, ausschüttungsrelevante Daten statt.«

Zahlungsweise
Normalerweise erfolgt die Ausschüttung per Überweisung auf das angegebene Konto.
Am linken Rand sind die Sparten aufgeführt, für die es jeweils eine Ausschüttung gibt:

- Digitale Offline-Produkte
- Sachliteratur
- Wissenschaftliche Publikationen
- Schul-, Kirchen- und Blindenbücher
- Fotokopien in Schulen
- Publikumszeitungen und -zeitschriften

- Fernsehen
- Hörfunk
- Video/DVD
- Sprachtonträger
- Vorträge und Lesungen
- Texte im Internet (METIS).

Eine weitere wichtige Einrichtung der »Verwertungsgesellschaft Wort« ist das Autorenversorgungswerk: Dieses gewährt freiberuflichen Autoren Zuschüsse zu eigenen freiwilligen Beiträgen für eine private Altersversorgung. Das klingt ja ganz gut, hat aber so seine Tücken, wie sich bei der Diskussion mit der Seminarleiterin Karin Leidenberger herausstellte. Das System: Bezuschusst werden Kapitallebensversicherungen und Rentenversicherungen oder Sparverträge, die zusätzlich zur Rentenpflichtversicherung über die Künstlersozialkasse bestehen. Hierzu ist ein Nachweis vorzulegen. Es muss gewährleistet sein, dass die Auszahlung dieser Verträge nicht vor dem vollendeten 60. Lebensjahr erfolgt. Die bei Ablauf fällige Summe muss mindestens bei 5.000 Euro liegen. Der mögliche Zuschussbetrag hat sich auf 7.500 Euro erhöht. Er kann im Falle der Auszahlung aber nur höchstens 50 Prozent der Ablaufsumme der Verträge betragen. Vor allem der Passus über die KSK (Künstlersozialkasse) sorgte für Kopfschütteln. Wie viel muss man denn als freier Autor verdienen, um versicherungspflichtig zu werden? Sprich in die KSK aufgenommen zu werden? Die untere Grenze sind zurzeit 450 Euro monatlich.

Bedeutend wie im richtigen Leben sind die »Wichtigen Termine«. Wann ist der Meldeschluss für Publikationen deutscher Urheber (2. Oktober 2018)? Wann erfolgt die Hauptausschüttung? Welchen Zeitraum melde ich? Alle wichtigen Daten sind auf gleichnamiger Unterseite der Website aufgelistet und verständlich erklärt.

Schade, dass ich anscheinend keine Möglichkeit habe, mir meine bisher veröffentlichten Titel auflisten zu lassen, um zu kontrollieren, ob sie auch alle gemeldet wurden.

MORD AUF DER BRÜCKE

Horst-Dieter Radke

Es wäre fast nicht herausgekommen, dass Müller den Obdachlosen von der Brücke gestoßen hatte, aber da er es ja nicht lassen konnte, ihm ein »Du verfilzte Lausplantage wirst jetzt wenigstens mal gewaschen« hinterher zu brüllen, merkten ein paar Mütter auf dem nahe gelegenen Spielplatz auf, da sie alle glaubten, ihre Sprösslinge seien gemeint, was sie sich darüber ausgiebig und anhaltend aufregen ließ, später jedoch, nach dem Zeitungsbericht, erinnerten sie sich und konnten dem Kommissar genau Auskunft geben, denn den, der so etwas angeblich über ihre Kinder brüllte, hatten sie sich gut gemerkt und beschrieben ihn im Detail.

WIE KOMMEN BLITZ UND DONNER IN MEINE LESUNG?

Heinrich-Stefan Noelke

In meinem Workshop während der CRIMINALE in Marburg habe ich verschiedene Möglichkeiten aufgezeigt, wie Lesungen durch Musik und Geräusche untermalt werden können.

Zunächst ein paar Hinweise zur Technik: Von der Firma Novation gibt es einen DAW-Controller, der heißt »Launchpad«. Beim Kauf erhält man die Lite-Version der **D**igital **A**udio **W**orkstation (DAW) »Ableton Lite 9« gratis dazu.

Das reicht schon, um 64 Audio-Clips stressfrei während der Lesung durch Tastendruck abrufen zu können. Jeder Audio-Datei ist ein Pad – eine Taste – zugeordnet. Das sind eine ganze Menge Tasten. Deshalb empfehle ich weder das »Launchpad MINI« noch das »MK2«, sondern das Modell »PRO«. Denn dessen Pads leuchten in vielen Farben und lassen sich daher besser unterscheiden.

Und ja ... man kann das auch mit iTunes und einem iPhone (oder den Android-Varianten) bewerkstelligen. Dafür erstellt ihr eine Wiedergabeliste, packt dort die Clips hinein und spielt sie nacheinander ab. Jeder Clip muss am Ende lange stumm laufen, damit nicht bereits der nächste beginnt, während ihr noch sprecht. Geht auch. Dafür hätte ich kein Seminar halten müssen. Oder doch?

Zurück zum Launchpad und zu »Ableton live«. Das Novation Launchpad wurde eigens für die deutsche Software entwickelt (läuft jedoch auch mit anderen DAWs, aber nicht so komfortabel). Alles ist auf Deutsch erklärt und funktioniert sowohl in der Apple- als auch in der Windows-Welt. Launchpad per USB anschließen, »Ableton live« starten, schon leuchtet alles. In der DAW die Session-Ansicht wählen (ist standardmäßig gewählt): Genau die ist das Besondere an »Ableton live«. In der Arrangement-Ansicht sieht man einen Zeitstrahl wie in jeder anderen DAW, von denen es viele gibt.

Die Session-Ansicht jedoch zeigt 8 Zeilen und 8 Spalten, das sind 64 Slots. Genau wie beim Launchpad. Passt also. Ihr könnt in jeden Slot eine Audio-Datei ziehen. Das entsprechende Pad auf dem Launchpad ändert seine Farbe und zeigt, dass es geladen ist. Wenn ihr die entsprechende Taste drückt, wird die Datei gespielt, die üblicherweise im WAV-Format vorliegt oder als MP3. Mit dem AIF-Format geht es auch, aber damit bleibt ihr auf die Apple-Welt beschränkt.

Zweifel an der Aufmerksamkeit meines Publikums kamen mir im Workshop bei folgender Ergänzung: Ihr müsst die Steuerung der Clips von »Trigger« auf »Toggle« stellen. Und ihr solltet dankbar sein für diesen Tipp, denn er erspart euch tagelanges Suchen. Tut mir ja leid für diese verwirrenden Begriffe, aber Folgendes ist gemeint:

Aller Voraussicht nach lässt sich der Clip (die Audio-Datei) nicht mehr stoppen, wenn ihr ihn einmal gestartet habt. Das wollt ihr nicht! Falls ihr mal aus Versehen einen falschen Clip gestartet habt, müsst ihr ihn wieder anhalten können. Und er muss danach wieder am Anfang starten, wenn ihr ihn braucht. Genau das macht die Einstellung »Toggle«. Also ist das eure Wahl.

Dazu ein Doppelklick auf den Slot. Es öffnet sich unten ein Fenster mit Einstellungen, das mit »Clip« überschrieben ist. Darin klickt ihr unten links auf die kleine Schaltfläche mit dem L, es öffnet sich das Launch-Fenster.

»Launch« wie »starten«, okay? Launchpad. Dort könnt ihr den Launch-Mode auf »Toggle« stellen. Ich würde die verschiedenen Modes mal ausprobieren, um sie kennenzulernen.

Stellt die Quantisierung im selben Fenster auf »none«, die braucht ihr nicht. Dann im Clip-Fenster unten neben dem L das Symbol mit der Sinuskurve (mittig) anklicken, und es öffnet sich das Sample-Fenster. Dort sollten nur »HiQ« (verbessert den Klang) und »Fade« grün leuchten. Diese Funktion fügt bei jedem Clip ein kurzes Ein- und Ausklingen hinzu. Und »Warp« sollte nicht eingeschaltet sein, denn andernfalls macht das Programm sehr witzige Sachen mit dem Clip. Sachen, die ihr euch nicht einmal vorstellen könnt. »Warp« dreht den Clip durch den Fleischwolf. Und genau deshalb liebe ich das Programm. Aber ihr wollt das nicht. Zumindest am Anfang nicht.

Natürlich könnt und solltet ihr dies alles in den Einstellungen unter »record/warp/launch« so festlegen, dann braucht ihr euch nicht mehr darum zu kümmern.

Und noch ein Tipp: Ihr könnt mit dem Launchpad mehrere Audio-Dateien gleichzeitig laufen lassen, auch wenn diese den Tasten derselben Reihe zugeordnet sind. Dies geht jedoch nicht bei Tasten, die in derselben Spalte stehen. Pro Spalte kann nur eine Taste angewählt werden, eine zweite stoppt die erste. Für Musiker macht das Sinn, für unsere Zwecke stört das ein wenig.

Die Lite-Version von »Ableton live« reicht zunächst völlig, doch ihr werdet bald mit »live Intro«, »Standard« oder sogar der »Suite« erheblich mehr Funktionen und auch Audio-Material haben wollen.

Denn es bleibt die Frage, woher ihr den Klang von Blitz und Donner und was es sonst noch gibt, auf euren Computer bekommt, damit das Launchpad die Datei starten kann.

Zum einen gibt es Datenbanken. Ich arbeite gerne mit www.freesound.org. Eine riesige Datenbank, auf der ich zum Beispiel den Klang einer Kuh finde, wenn ich den englischen Begriff dafür eingebe. Die Datei kann ich mir kostenlos herunterladen. Ich darf den Klang häufig nur für nichtkommerzielle Projekte nutzen, das ist die Einschränkung bei allem, was nichts kostet. Kaufen und sogar auf Deutsch kann ich Klänge bei www.yoursound.de, die ich ebenfalls empfehlen kann. Oder auch www.prosoundeffects.com, wo es Geräuschbibliotheken gibt, die zwischen 30 und 12.000 US-Dollar kosten. Zu Weihnachten, vielleicht. Hier ein Hinweis: In Amerika folgt Ende November auf Thanksgiving immer der Black Friday, ein Schlussverkauf, der meist eine Woche dauert. Eine Sitte, die weltweit um sich greift. Falls ihr euch zu diesem Termin bei Anbietern von Hard- und Software im Newsletter eingetragen habt, bekommt ihr die besten Angebote per E-Mail zugeschickt.

Zum anderen könnt ihr selbst Klänge aufnehmen. Früher hatten wir tragbare Tonbandgeräte von Uher, daran erinnere ich mich. Heute gibt es digitale Recorder. Als Beispiel sei das »Zoom H4« erwähnt, mit dem meine Kolleginnen und Kollegen von der audiophilen Front gerne arbeiten. Oder die Geräte von Tascam. Olympus baut ebenfalls erstklassige Recorder, die sich in diesem Fall auch und besonders zum Diktieren eignen.

Das Gerät sollte über eine Fernsteuerung bedienbar sein. Und eine Pre-Recording-Funktion ist nützlich. Wenn die Kuh, die ihr aufnehmen wollt, nun endlich muht, habt ihr das nämlich ziemlich sicher gerade verpasst. Euer Tonband jedoch hat es schon gespeichert und schenkt euch fünf Sekunden Zeit, sie laufen in einer Endlosschleife mit.

Ich selbst nutze ein Sony »PCM-D100«, mit dem ich auf Jagd gehe wie andere zum Fotografieren. Meine Frau hasst diese Momente. Fotografieren war besser, sagt sie, denn so ein Foto ist in Sekunden geschossen. Für Audio-Aufnahmen brauche ich Zeit, und niemand darf sprechen. Was natürlich regelmäßig genau dann passiert, wenn die Kuh muht. Genau hier beginnt die Faszination dieser Arbeit.

Außerdem braucht ihr einen Windschutz. Mehrere, denn man verliert sie ständig. Gut ist das »Dead Cat« von Røde. Habe ich mir sagen lassen. Ihr braucht ein Stativ, denn je besser das Mikro, umso deutlicher hört man das Rumpeln von Hand und Kabel. Und wenn ihr ins Gerät sprechen wollt, ist ein Popschutz zwingend nötig. Meine fertigen Dateien speichere ich später auf www.freesound.org und stelle sie so anderen zur Verfügung.

Wo könnt ihr euch austauschen? Wo könnt ihr lernen und fragen? Fast alles im Internet dreht sich um Musik. Klänge und Geräusche als Thema sind schwer zu recherchieren. Sehr begeistert bin ich von der Website www.hoertalk.de. Hier treffen sich all die Verrückten, die Hörspiele produzieren oder daran mitwirken. Die Seite ist streng nicht-kommerziell, darauf sollte man achten. Es gibt, und das ist besonders spannend, eine Art Markt für Sprecher, die man um gesprochene Texte bitten kann. Man darf sich selbst als Sprecher anbieten, bekommt dann viele Tipps zum Sprechen und zur Technik und wird nach einer Prüfung »freigegeben«. Ich habe mich hier schon reichlich bedient und umgekehrt viele Sprechrollen angenommen. Meist geht es um kleine Trailer oder auch um Computerspiele. Wenn ich um Hilfe bei meinen »Live-Hörspielen« bitte, kommt das sehr exotisch rüber. Aber die Leute machen immer gerne mit.

Zurück zu »Ableton live«: Ihr werdet die Töne, Klänge und Sprachaufnahmen nicht so nehmen wollen, wie sie kommen. Ihr werdet sie arrangieren wollen, mischen und mastern. Das könnt ihr ebenfalls in »Ableton live« tun, dazu dient die

Arrangement-Sicht. Wie das geht, das lasst euch kostenlos bei www.youtube.de auf Hanne TV in zehn gut gemachten Videos erklären. Oder ihr schaut euch auf www.dvd-lernkurs.de um. Dort gibt es vier Lern-DVDs zu »Ableton live« von je zehn Stunden Länge zu kaufen.

In diesen Videos geht es vor allem darum, Musik zu arrangieren. Keine Angst, das macht riesigen Spaß. Besonders dann, wenn ihr euch zusätzlich mit externen Plug-Ins (Effekte und Instrumente) ausstattet, die ohne Weiteres in Ableton laufen. Die Website www.delamar.de bietet viele Links zu kostenlosen Plug-Ins.

Hier ein Tipp, der mir enorm geholfen hat: Es gibt Software-Instrumente in Hülle und Fülle, aber wenig Inhalte dazu, also Midi-Dateien, die diese Instrumente klingen lassen. Ich spiele den Bass bei »Hands Up! & The Shooting Stars«, mache also einen Bogen um Schlagzeug und Klavier. Also brauche ich Midi-Daten, die ich nutzen und anpassen kann. Auf www.toontrack.com könnt ihr »EZdrummer« herunterladen. Zum einen ist das ein hervorragendes Instrument, zum anderen gibt es ganze Datenbanken, die ihr für nicht allzu viel Geld zusätzlich kaufen könnt. Diese Datenbanken bedienen übrigens immer bestimmte Stilrichtungen.

Und es gibt »EZkeys«. Hier gilt dasselbe Prinzip: hervorragende Instrumente und ganze Midi-Datenbanken. Und dort findet sich auch etwas für mich Einmaliges: Die einzelnen Sequenzen werden als Midi-Noten sichtbar gemacht. Zu jedem Akkord erscheint ein Quintenzirkel, der sich ändern lässt. Ihr könnt also mit der Maus ganze Harmoniefolgen zusammenstellen, bis euch das Arrangement gefällt. Das ist ein wenig wie Malen nach Zahlen, und mancher Musiker mag die Nase rümpfen, weil das ja keine richtige Musik ist. Soll es auch nicht sein. Es ist elektronische Musik, und sie klingt ziemlich gut.

Mit »EZmix« kann man das Arrangement klanglich hervorragend abschließen, doch bietet dieses Plug-In vor allem Einstellungen für das Mischen von Musik. Für unsere Zwecke ist da zu viel Hall dabei. Deshalb bevorzuge ich das Programm »Alloy 2,« das neben vielen anderen schönen Sachen auf www.izotope.com zu finden ist.

Vielleicht traut ihr euch, es auszuprobieren. Die wichtige Entscheidung, wie viel Blitz und Donner eure Lesung verträgt, müsst ihr selbst treffen.

NICHT IMMER STECKT EIN MESSER IM RÜCKEN …

Mark Fahnert

Unter diesem Motto stand der Workshop mit dem etwas nüchterneren Titel *Todesermittlungsverfahren im Rahmen des Ersten Angriffs durch Beamte der Kriminalwache*.

Nicht immer steckt ein Messer im Rücken. Der Satz fasst sehr gut die Probleme zusammen, vor denen Notärzte, Hausärzte und Ermittlungsbeamte am Fundort einer Leiche stehen.

Und die beginnen schon mit der Feststellung des Todes. Woran erkennt man, dass der Tod eingetreten ist? Ganz klar: an den Todeszeichen. Aber in welchem Zustand muss der Körper sein, um als tot zu gelten? Fehlende Atmung, Blässe, kühle Gliedmaßen – das waren die Antworten der Seminarteilnehmerinnen und -teilnehmer. Alles richtig, aber trotzdem nicht korrekt, denn dabei handelt es sich um unsichere Todeszeichen. Um den Tod eines Menschen feststellen zu können, muss der Arzt – und nur der darf das auch – sichere Todeszeichen sehen. Die kann man sich ganz einfach mit einer Eselsbrücke merken: TAFT. Das ist jetzt keine Werbung. TAFT steht für **T**otenstarre, **A**utolyse, **F**äulnis und **T**otenflecken. Ein weiteres sicheres Todeszeichen ist die, im Beamtenstaubtrockendeutsch ausgedrückt, mit dem Leben unvereinbare Verletzung. Beispiel: Der Kopf wurde vom Hals getrennt.

Damit ist der erste, zugegeben sehr traurige Schritt getan: Der hinzugezogene Notarzt hat den Tod der Person festgestellt. Der leblose Körper, den jemand gefunden hat, ist tatsächlich tot. Aber nicht bei jedem Toten ermittelt die Polizei. Außerhalb von *Tatort* und Co. kommt es sehr häufig vor, dass Menschen auf natürliche Art sterben. Laut dem Statistischen

Bundesamt starben 2014 in Deutschland circa 868.000 Personen. In der Kriminalstatistik tauchen dagegen nur etwa 3.600 Ermittlungsverfahren auf wegen Straftaten gegen das Leben – und das bundesweit.

Ein Arzt, der den Tod eines Menschen feststellt, muss vor Ort eine Totenbescheinigung ausfüllen. Hier muss er entscheiden, welche Todesart vorliegen könnte: eine natürliche, eine unnatürliche oder eine ungeklärte Todesart.

Kreuzt der Arzt auf der Bescheinigung eine ungeklärte oder unnatürliche Todesart an, folgen zwingend polizeiliche Ermittlungen.

Meist erscheinen dann Beamte der Kriminalwachen oder der Kriminaldauerdienste vor Ort. Diese Beamten haben das Todesermittlungsverfahren im Rahmen des Ersten Angriffs durchzuführen. Sie müssen die Grundlage für die Entscheidung schaffen, ob eine Mordkommission eingerichtet wird, oder ob der Todesfall nur als normale Sachbearbeitung weiterverfolgt wird.

Aber: Nicht immer steckt ein Messer im Rücken.

Wie also sollen die Beamten der Kriminalwache diese weitreichende Entscheidung fundiert treffen? Zumal sich die folgenden polizeilichen Maßnahmen darauf stützen.

Die Teilnehmer des Workshops erfuhren, dass zum Beispiel die Farbe der Totenflecke eine wichtige Rolle spielt. Normalerweise haben Totenflecke eine blau-rötliche bis grau-violette Farbe. Sind sie aber kirschrot, deutet das auf eine Kohlenmonoxidvergiftung hin.

Die Seminarteilnehmer erfuhren auch, wie sogenannte »Petechien«, also flohstichartige Stauungsblutungen, entstehen, die zumeist bei Gewalt gegen den Hals auftreten. Sie lernten, dass eine genaue Beobachtung des Umfelds immense Hinweise für das Vorliegen eines Gewaltverbrechens liefern kann. Gibt es frische Hebelmarken an der Wohnungstür?

Oder Spuren einen Kampfes im Haus? Vielleicht hören die Beamten von einem Streit um das Erbe.

Wie schwer solche Ermittlungen sind, erlebten die Teilnehmerinnen und Teilnehmer im letzten Teil des Workshops. In Fünfergruppen bekamen sie Tatortfotos und einen unvollständigen Todesermittlungsbericht ausgehändigt. Anhand der vorliegenden Informationen ermittelten sie in einem Todesfall: In diesem konstruierten Fall hatte Herbert Koslowski seinen Freund Bernd Kühlmorgen längere Zeit nicht gesehen, obwohl Bernd regelmäßig mit anderen Angehörigen der Trinkerszene in einem Park nicht unerhebliche Mengen alkoholischer Getränke konsumierte. Der Melder Herbert konnte den eingesetzten Beamten mitteilen, dass es vor circa einer Woche zwischen Bernd und einem unbekannten Mann zu einem Streit gekommen war. Angeblich schuldete Bernd diesem Mann viel Geld.

Da er sich Sorgen gemacht habe, sei Herbert heute zur Wohnanschrift gegangen. Auf sein Klingeln hin hätte Bernd nicht reagiert. Die alarmierte Feuerwehr öffnete die geschlossene Wohnungstür. Im Flur konnte Bernds lebloser Körper vorgefunden werden. Die diensthabende Notärztin stellte den Tod der Person bei unklarer Todesart fest.

Das Gesicht des Leichnams war blutig.

Die Notärztin entdeckte frische Hämatome.

Die Leichenflecke befanden sich am Rücken.

Der Leichnam lag auf dem Bauch.

An der Wohnungstür konnten Hebelmarken gesichert werden.

Das war die Ausgangslage für die Teilnehmerinnen und Teilnehmer, die als Ermittler fungierten. Dabei konnten sie den Seminarleiter als Zeugen befragen – einmal in der Rolle der Notärztin und einmal in der Rolle der zuvor eingetroffenen uniformierten Polizeibeamten und Rettungskräfte. Sie sammelten Hinweise und Indizien, die für das Vorliegen eines Gewaltverbrechens sprachen. Schlussendlich trafen sie in ihren Gruppen die Entscheidung, ob eine Mordkommission herausgerufen werden sollte – oder eben nicht.

Das Ermittlungsergebnis fiel sehr unterschiedlich aus. Etwa die Hälfte der Teilnehmer hätte in diesem Fall eine Mordkommission verständigt. Der Streit um das Geld, die Hämatome und die Hebelmarken an der Wohnungstür hatten sie stutzig werden lassen.

Jedoch lag in diesem Fall kein Verbrechen vor. Alle genannten Feststellungen hätten bei richtiger Fragestellung geklärt werden können. Bernd starb an einer Ösophagusvarizenblutung – und damit an den Folgen einer Leberzirrhose. In diesem simulierten Fall lernten die Teilnehmer also auch, dass viel Blut am Ereignisort nicht immer für das Vorliegen eines Gewaltversprechens spricht.

Nicht immer steckt ein Messer im Rücken.

Noch eine Anmerkung, die mir am Herzen liegt: In einer solch komplexen Ermittlung, wie es das Todesermittlungsverfahren ist, leisten sowohl die uniformierten Kolleginnen und Kollegen als auch die Kriminalbeamten gleichwertige Arbeit. In vielen Krimis sind Polizisten nur Statisten. Diese Darstellung wird ihrer schweren und ebenfalls komplexen Aufgabe bei den Ermittlungen nicht gerecht. Polizeiarbeit ist immer auch Teamarbeit. Es gibt nicht *den* allwissenden und alles könnenden Superbullen in Zivil.

Ich weiß, dass es in einer Geschichte immer eine schillernde Gestalt braucht, mit der sich die Leser identifizieren.

Aber mal ehrlich: Wird diese schillernde Gestalt nicht noch schillernder, wenn sie die Fähigkeit besitzt, das Wissen und Können anderer Menschen für das gemeinsame Ziel zu nutzen?

Nämlich den Täter zu fangen?

CHÜRZLICH UFEM PUUREHOF – ES SCHWIIZERTÜÜTSCHES KRIMI-GEDICHT

Mitra Devi

Bim Bio-Hof häz schampar klöpft,
wo d' Püürin ire Puur hät köpft.
Er häzi gääch sit Jahre plaagt,
drum häzi iri Tat jetz gwaagt.
Und chuum hät d' Axt sin Grind abtätscht,
da häzi vor Erliechtrig glätscht
und häzich xeit: »Es isch verbii,
zur Fiir giz jetz ein feine Wii!«
Sie stoosst drufabe mit sich aa,
dänn macht sie sich ad' Arbet dra,
schleikt ire Maa zum Randebeet,
vergrabt en schnäll und tifig deet.
Jetz bruucht's zum Modere bigoscht
es bizzli saftige Komposcht.
Sie teckt de Tooti demit zue
und hät es halbs Jahr iri Rueh.
Im Früelig wachst drususe frües
und vitaminriichs Bio-Gmües.

übersetzt:

Auf dem Bio-Hof gab es einen lauten Knall,
als die Bäuerin ihren Mann köpfte.
Er hatte sie seit Jahren arg geplagt,
darum hatte sie ihre Tat nun gewagt.

Und kaum durchtrennte die Axt seinen Kopf,
heulte sie vor Erleichterung
und sagt sich: »Es ist vorbei,
zur Feier gibt's nun einen guten Wein.«
Darauf stößt sie mit sich selbst an,
dann macht sie sich an die Arbeit,
schleppt ihren Mann zum Rote-Bete-Beet,
vergräbt ihn dort schnell und eifrig.
Jetzt braucht es fürs Vermodern bei Gott
noch ein bisschen saftigen Kompost.
Sie deckt den Toten damit zu
und hat ein halbes Jahr ihre Ruhe.
Im Frühling wächst dann daraus frühes
und vitaminreiches Bio-Gemüse.

PLOTTEN FÜR PROFIS – DRAMATURGISCHE KONZEPTE VON ARISTOTELES BIS SNYDER

Sunil Mann

Krimiautor Marc-Oliver Bischoff stellte in seinem Vortrag *Plotten für Profis* neun Konzepte vor, in denen die wichtigsten Theorien zum Thema »Erzählkunst« von Aristoteles bis Blake Snyder behandelt wurden. Ein umfassender Überblick.

Eine Handlung müsse einen Anfang, eine Mitte und ein Ende haben, stellte zum Beispiel Aristoteles fest. Sie dürfe »nicht an beliebiger Stelle einsetzen noch an beliebiger Stelle enden«, so der griechische Philosoph. Zudem unterschied er zwischen einfacher und komplizierter Handlung, wobei bei Ersterer ein vorweggenommenes Ende schließlich eintritt, während Letztere mit einem anderen Ende als dem zunächst in Aussicht gestellten überrascht. Im Saal sorgte diese Erkenntnis hie und da für verblüffte Gesichter, man machte sich eifrig Notizen.

Bischoff leitete dann zur Theorie des Amerikaners Christopher Vogler über, der Leiter der Stoffentwicklungsabteilung bei »Twentieth Century Fox« ist und das bemerkenswerte Buch *The Writer's Journey* (deutsch: *Odyssee des Drehbuchschreibers*, 1998) veröffentlicht hat. Für ihn liegt allen Geschichten die klassische Heldenreise zugrunde, in der der Held nach verschiedenen Herausforderungen am Schluss sein Ziel erreicht. Dabei sollen sich die Charakterzüge des Protagonisten in denen seiner Gegner spiegeln, die Figuren müssen sich im Verlauf der Handlung verändern. Vogler geht auch von einem kollektiven Unterbewusstsein aus, das angesprochen werden müsse, um möglichst viele Empfänger zu erreichen.

Joseph Campbell vertritt eine ähnliche These, indem er versucht, in Religion und Mythos universelle Erfahrungsmuster aufzuzeigen, die sich in allen Mythologien nachweisen lassen. Dabei greift er unter anderem auf die Tiefenpsychologie Carl Gustav Jungs zurück.

Dan Wells, Autor von Horrorromanen und dem Ratgeber *How to Write Good* (2000), hält sich an simple, aber einleuchtende Vorgaben, während Autor, Drehbuchautor und Filmproduzent Blake Snyder eine wesentlich detailliertere Plot-Theorie aufgestellt hat, die sich ebenfalls an der klassischen Heldenreise orientiert. Der Titel seines Sachbuchs *Save the Cat! The Last Book on Screenwriting You'll ever Need* (deutsch: *Rette die Katze! Das ultimative Buch übers Drehbuchschreiben*, 2015) bezieht sich auf die Szene, in der das Publikum den Helden zum ersten Mal sieht. Dabei muss er etwas tun, das ihn sympathisch wirken lässt. Eine Katze retten zum Beispiel, wie das Sigourney Weaver in *Alien* macht.

Randy Ingermanson hingegen, der sich selbst als »America's Mad Professor of Fiction Writing« bezeichnet, vergleicht das Entwickeln eines Plots mit dem Aufbau einer Schneeflocke (*The Snowflake Method*). Dabei geht er von einem anfänglichen Dreieck aus, dem nach und nach neue Elemente hinzugefügt werden, bis die komplexe Struktur einer Schneeflocke erreicht ist.

Nachfolgend sind die wichtigsten Theorien aufgeführt, wie sie von Marc-Oliver Bischoff präsentiert wurden:

Joseph Campell

I. Trennung

1. Der Ruf des Abenteuers

2. Weigerung

3. Übernatürliche Hilfe
4. Das Überschreiten der ersten Schwelle
5. Der Bauch des Walfischs

II. Initiation
1. Der Weg der Prüfungen
2. Die Begegnung mit der Göttin
3. Die Frau als Versucherin
4. Versöhnung mit dem Vater
5. Apotheose
6. Die endgültige Segnung

III. Rückkehr
1. Verweigerung der Rückkehr
2. Die magische Flucht
3. Rettung von außen
4. Rückkehr über die Schwelle
5. Herr der zwei Welten
6. Freiheit zum Leben

Christopher Vogler
1. Die gewöhnliche Welt (Akt 1)
2. Der Ruf des Abenteuers
3. Die Weigerung
4. Begegnung mit dem Mentor
5. Überschreiten der ersten Schwelle (Akt 2)
6. Prüfungen, Freund und Feind
7. Betreten der geheimsten Höhle
8. Feuerprobe
9. Belohnung (Akt 3)
10. Der Weg zurück
11. Auferstehung
12. Rückkehr mit dem Elixier

Dan Wells

7-Punkte-Struktur:

1. Hook
2. Plot Turn 1
3. Pinch (Einführung Antagonist)
4. Midpoint
5. Pinch 2
6. Plot Turn 2
7. Resolution

Blake Snyder

1. Opening Image (1)
2. Theme Stated (5)
3. Set-Up (1-10)
4. Catalyst (12)
5. Debate (12-25)
6. Break into Act II (25)
7. B-Story (30)
8. Fun and Games (30-55)
9. Midpoint (55)
10. Bad Boys Close in (55-75)
11. All is lost (75)
12. Dark Night of the Soul (75-85)
13. Break into Act III (85)
14. Finale (85-110)
15. Final Image (110)

Randy Ingermanson

1. Zusammenfassung in einem Satz
2. Zusammenfassung in einem Absatz (fünf Sätze)
3. Übersichtsblatt für jede Figur
4. Eine Seite Synopse für die komplette Geschichte
5. Eine Seite Synopse pro Figur

6. Vier Seiten Synopse für die komplette Geschichte
7. Charakterbibel pro Figur: Physis, Persönlichkeit, Umwelt,
8. Psychologie
9. Liste aller Szenen
10. Detaillierter Plan pro Szene (proaktiv oder reaktiv?)
11. Roman schreiben

FREUNDESLEID

Connie Roters

Er wusste nicht, was er machen sollte. Er konnte doch schlecht die Tür zum Haus aufreißen und sagen: »Moin, Lise, dein Sohn liegt da hinten im Hof tot im Gras.«

WER HAT DEN SCHLECHTESTEN SEX? – EINE LITERARISCHE STELLUNGSSUCHE

Nicole Neubauer

So lautet der vielversprechende Titel des Buches von Rainer Moritz, das bereits am ersten Tag ernsthaft und endgültig ausverkauft ist. Sex sells.

»Ich bin hier nur aus literaturwissenschaftlichen Gründen«, sagt mein Blick, als ich in der ersten Reihe des Marburger Vortragssaals sitze. Ich will herausfinden, welche Bedeutung Sex für den Kriminalroman hat. Krimis sollen die Gesellschaft abbilden und sind doch vielfach so keusch, als hätten die Protagonisten ihre Kinder durch einen Hallenbadbesuch bekommen. Bis auf den berühmten »Sex on page 60«, wo der Kommissar mit der blonden Zeugin dahinsinkt, die später erschossen wird oder sich als Mörderin entpuppt. Das Bulle-von-Tölz-Prinzip. Um diese Muster zu durchbrechen, höre ich mir heute an, wie man es als Schriftsteller nicht machen soll. Ein guter Anfang.

Rainer Moritz hat zwei Jahre lang schlechte Sexszenen aus der Weltliteratur gesammelt und geht der Frage nach, warum so viele Autoren mit dem Thema scheitern. »Dieses Buch wollte niemand gewidmet bekommen«, sagt er und feiert mit dem bis zum letzten Platz besetzten Vortragssaal eine Party des Scheiterns.

Moritz fängt mit der eigenen literarischen Initiation an: *Woher kommen die kleinen Buben und Mädchen* von Ernst Seelmann, mit dem eine ganze Generation von Kindern aufgeklärt wurde.

»Wenn Vater und Mutter ein Kind zeugen wollen, dann wird das Glied steif und dringt in die Scheide ein. Die Hoden geben ihre Samenfäden ab und schicken sie auf den Weg.«

Viel lernen konnten die Zöglinge dabei nicht. Moritz bescheinigt dem Kinderbuch »kaum mehr Sinnlichkeit als eine[r] *Bonanza*-Folge«.

Beim Thema »schlechter Sex« darf natürlich der »Bad Sex in Fiction Award« nicht fehlen, der seit 1993 von der *Literary Review* verliehen wird. 2010 durfte Jonathan Franzen mit folgender Schilderung aus *Freiheit* den Preis mit nach Hause nehmen:

»Eines Nachmittags wurde Connies erregte Klitoris, ihrer Beschreibung zufolge, volle zwanzig Zentimeter lang, ein hervorstehender Stift der Zärtlichkeit, mit dem sie sanft die Lippen seines Penis teilte und sich bis zum Sockel seines Schafts hineinzog.«

Ein wohlverdienter Preis, der bei Franzen sicherlich in der Vitrine steht.

Im Kapitel *Sex, ent- und bekleidet* geht Rainer Moritz dem Tropus »sich die Kleider vom Leib reißen« nach und hinterfragt dessen Praxistauglichkeit.

»Bei Hemd und Bluse mag man sich das noch vorstellen, wie es mit energischem Griff zu leisten ist, ohne mühsames Aufknöpfen und Aufschnüren ans nackte Fleisch zu gelangen. Doch wie steht es bei eng anliegenden Jeans und kompliziert vertäuten Röcken? Kommt man da mit einer hektischen Reißbewegung wirklich voran? Besteht nicht die erotiksenkende Gefahr, sich zu verheddern, kläglich hängen zu bleiben oder sich die Fingernägel abzubrechen?«

Auch die überbordende Metaphorik lässt Rainer Moritz im Kapitel *Sex, symbolisch* nicht aus und zitiert Katharina Hagena in *Der Geschmack von Apfelkernen*:

»Aber sie taten es und taten noch viel mehr, und die Erde glühte um sie herum, sodass der Apfelbaum, unter dem sie lagen, obwohl es schon Juni war, zum zweiten Mal anfing, Knospen auszutreiben.«

Moritz kommentiert dazu: »Stifter hätte das gefallen.«

Warum aber machen Kriminalschriftsteller um das Thema »Sex« oft so einen weiten Bogen? Rainer Moritz lässt den Kollegen Wolf Haas mit folgendem Zitat zu Wort kommen:

»Dennoch ist eine Sexszene etwas, das ich in meinem ganzen Leben nie schreiben könnte. Es wäre mir so peinlich. Es ist mir sogar für andere Autoren peinlich, ihre Sexszenen zu lesen. Ich stelle mir immer vor, wie die am Computer sitzen und das alles schreiben.«

Ausgerechnet Wolf Haas, der sonst keine Angst vor allem Un-Menschlichen und Abgründigen hat, hat Beißhemmung, wenn es um Sex geht? Ausgerechnet Kriminalschriftsteller, die mit Genuss über Sektionen und zerplatzende Schädeldecken schreiben, haben beim Thema »Sex« Angst vor dem leeren Blatt? Ist es die Angst vor Kitsch, oder die Angst vor dem eigenen Scheitern am Stoff?

Am Stoff, und zwar an der Baumwolle, scheitern die Protagonisten des Romans *Vicky Victory*:

»Sie fand nur unter zeitweiligem Verlust des Gleichgewichts aus ihrer Unterhose. Aber wie wenig kümmerte es mich, dass meine Süße sich nicht mit der Eleganz einer Stripperin zu entkleiden wusste.«

»Immerhin macht Barbara Sichtermann deutlich, wie komplex und fragil der Ausziehvorgang sein kann«, kommentiert Moritz. »Barbara Sichtermann macht deutlich, wie schnell sich Erotik verflüchtigen kann, und wie wichtig es ist, den Ausziehvorgang zu trainieren […].«

Hier eine Grundaussage von Rainer Moritz: Schlechter Sex kann eine gute Sexszene ergeben. Das Peinliche, das Scheitern, die Unbeholfenheit machen eine solche Szene erst realistisch. Sie liest sich menschlicher und intimer als wuchernde Metaphorik oder aalglatter Hochglanzsex, in dem weder Verhütung, Körperhygiene noch klemmende BH-Verschlüsse eine

Rolle spielen. Und vielleicht ist das die Lösung für uns Krimiautoren, die wir uns zum großen Teil dem Realismus verschrieben haben. Dicht ran mit der Kamera. Keine Angst vor Peinlichkeit und keine Angst vorm Versagen der Figur. Der Leser darf sich für den Protagonisten fremdschämen, aber niemals für den Autor.

Matratzendesaster heißt ein Kapitel zum Ende des Buches hin, in dem noch einmal das Loblied des Scheiterns gesungen wird mit einem Auszug aus *Die Interessanten* von Meg Wolitzer:

»Dafür zu sorgen, dass der Penis richtig lag, damit es nicht wehtat, wenn er hineinstieß, war wie der Moment im Auto, wenn man sich bemühte, die Metallzunge des Sicherheitsgurts in ihren schmalen Verschluss zu schieben. Man wartet auf das Klicken, genau wie in einem italienischen Hotelbett, nur dass es hier eine andere Art von Klicken war, das inneren Geheimnissen folgte.«

Rainer Moritz dazu: »In französischen Hotelbetten ist mir dergleichen nie widerfahren. Da klickt nichts.«

An der CRIMINALE-Bar, viel später am Abend, habe ich mich mit Rainer Moritz bei einem Drink darüber unterhalten, wie Krimiautoren es anstellen sollen, damit sie nicht in *Wer hat den schlechtesten Sex, Band II* landen. Wir kamen zu dem Schluss:

Wir dürfen über schlechten Sex schreiben, aber nie schlecht über Sex.

OPERATIVE FALLANALYSE – DIE SUCHE NACH DEM TÄTERPROFIL

Axel Petermann

Bei der Operativen Fallanalyse, die manchmal auch als »Tatortanalyse«, »Fallanalyse«, »Versionsbildung«, »Crime Scene Analysis« oder »Profiling« bezeichnet wird, geht es immer um die realitätsnahe Rekonstruktion ungeklärter Kriminalfälle oder polizeilich relevanter Sachverhalte. Dabei sollen das charakteristische Täterverhalten, die Motive des Verbrechens und die Persönlichkeit – das sogenannte »Profil« – des Täters beschrieben werden, um ihn aus einer Vielzahl von möglichen Tatverdächtigen herausfinden oder um ihm eine Kontur geben zu können.

Die Idee, durch Interpretation von Täterverhalten Ermittlungsansätze für die Aufklärung und Verhütung von Verbrechen zu erlangen, ist nicht neu. Bereits zum Ende des 19. Jahrhunderts versuchten Rechtswissenschaftler und Mediziner durch die Bildung von Typologien sowie durch die Bewertung von Persönlichkeitsmerkmalen, abweichendes oder kriminelles Verhalten zu verstehen. Einer von ihnen ist der italienische Arzt und Psychiater Cesare Lombroso (1835–1909), der in seinen Studien zum »geborenen Verbrecher« den Kriminellen als eine atavistische, ursprünglich gebliebene Abart des Menschen beschrieb, der an seiner Physiognomie, also seinen Gesichtszügen, sowie an sozialen und körperlichen Merkmalen zu erkennen sei.

Anfang des 20. Jahrhunderts entwickelte der deutsche Psychiater Ernst Kretschmer (1888–1964) mit der Konstitutionsbiologie ein weiteres Erklärungsmodell, das die unterschiedlichen Körperbautypen in einen Zusammenhang mit charakteristischen psychischen Erkrankungen und Straftaten brachte. Kretschmer unterschied tendenziell gutmütige Pykniker mit gedrungenem Körperbau, breitschultrige, kräftige, forsche und aktive Athletiker, flachbrüstige sensible Leptosome und sogenannte »Dysplastiker«, deren Körperbau von den drei verbreiteten Varianten abwich. Jedoch erwies sich diese pauschale Zuordnung von psychischen zu physischen Merkmalen in der Praxis schnell als untauglich, zumal Kretschmer seine Erkenntnisse lediglich auf eine kleine Anzahl von Stichproben mit nahezu ausschließlich psychisch erkrankten Probanden stützte.

Motiv und Profil des Täters gewinnen an Bedeutung

In Deutschland wurde erstmals 1930 bei der Fahndung nach einem unbekannten Serienmörder in einer Sonderausgabe des *Deutschen Kriminalpolizeiblattes* ein Täterprofil veröffentlicht. Auf über dreißig Seiten beschrieb der Berliner Mordkommissar Ernst Gennat (1880–1939) methodisch fundiert Tatzusammenhänge der Düsseldorfer Verbrechen und stellte Hypothesen und Rückschlüsse über das Profil des Täters auf. Als wenige Monate später durch einen Zufall der arbeitslose Peter Kürten als Mörder überführt wurde, zeigten sich in seiner Biografie und Persönlichkeit tatsächlich einige Übereinstimmungen mit dem von Gennat erstellten Profil.

Die Basis für den heutigen Stellenwert fallanalytischer Verfahren legte allerdings der spätere FBI-Profiler und Psychiater Dr. James A. Brussel (1905–1982) mit seiner mutigen Beschreibung der Persönlichkeit eines Bombenbauers. Nachdem ihn 1956 die New Yorker Polizei in einer bereits seit 1940 andauernden Attentatsserie gegen einen der größten Energieversorger des Landes (Consolidated Edison) um Hilfe gebeten hatte, verblüffte Brussel die Fahnder bereits nach kurzer Zeit mit einer schlussendlich erfolgreichen Ermittlungsstrategie sowie einer Reihe überraschender Schlussfolgerungen zur Persönlichkeit des Täters: »Look at a heavy man. Middle-aged. Foreign born. Roman Catholic. Single. Lives with a brother or sister. When you find him, chances are he'll be wearing a double-breasted suit, buttoned.« Nur knapp einen Monat später wurde der als »Mad Bomber« in die Kriminalgeschichte eingegangene Täter gefasst: George P. Metesky (1903–1994). Er war ledig, Immigrant, lebte mit seinen älteren Schwestern zusammen, besuchte regelmäßig den katholischen Gottesdienst – und trug bei seiner Festnahme tatsächlich einen zugeknöpften Zweireiher.

In den nächsten zwei Jahrzehnten schlummerte das Profiling einen Dornröschenschlaf, und es dauerte bis Mitte der 1970er-Jahre, bis bei der US-amerikanischen Bundesbehörde FBI (Federal Bureau of Investigation) ein Analyseverfahren mit dem Ziel konzipiert wurde, der sinkenden Aufklärungsquote bei Tötungsdelikten entgegenzusteuern. Untersuchungen der beiden FBI-Agenten Robert K. Ressler (1937–2013) und John Douglas (geboren 1945) vom Behavioural Science Unit des in Quantico, Virginia, ansässigen Instituts für Verhaltensforschung hatten gezeigt, dass für die schlechtere Aufklärungsquote bei Gewaltverbrechen zwei Phänomene eine entscheidende Rolle spielten: immer weniger Morde mit einer Täter-Opfer-Beziehung und die immer häufigeren Fälle von »unspecific motive killings«, also Morde, deren irrationale Gründe lediglich den Tätern – wenn überhaupt – bewusst waren. Es grassierte die Angst vor dem Serienmörder, der über die Landesgrenzen hinweg, einen Mord – meistens sexuell motiviert – nach dem anderen verübte.

Als sich die beiden Agenten mit den bizarren und grausam

anmutenden Verbrechen beschäftigten, fragten sie sich, weshalb Täter ihre Taten auf eine ganz spezielle Art und Weise begehen und vor allem, warum sich die Vorgehensweise von Mördern bei gleichen Motiven ähnelten, obwohl sich diese Menschen überhaupt nicht kannten und sich gegenseitig nicht inspiriert haben konnten. Ressler und Douglas überlegten, was das bei einem Verbrechen gezeigte Verhalten über die Persönlichkeit aussagte und welche Rückschlüsse sich daraus für die Täterermittlung ergeben würden. Sie entschieden sich, Experten zu interviewen. Als Psychologen und Psychiater ihren Überlegungen nur mit Schulterzucken begegneten und keine befriedigende Antworten geben konnten, entschlossen sich die beiden, die Schwerverbrecher selbst zu befragen: Serienmörder und Serienvergewaltiger in den Hochsicherheitstrakten in den Gefängnissen der USA. In den nächsten Jahren führten sie mit 36 verurteilten Tätern Interviews über ihre Motive und ihre Lebensläufe durch. Es zeigte sich, dass es immer wieder Übereinstimmungen in der Biografie der Täter und ihren Lebensweisen gab. Eine Gleichartigkeit, die ich selbst Jahre später als Mordkommissar und Fallanalytiker bei der Bearbeitung zahlreicher Tötungsdelikte feststellen konnte und auch bei vielen selbst durchgeführten Experteninterviews mit »meinen« Tätern bestätigt fand.

Auch wenn die US-amerikanischen Verhältnisse nicht unbedingt denjenigen anderer Länder wie Deutschland entsprachen, haben die dort ins Leben gerufenen Profiling-Aktivitäten die fallanalytischen Methoden weltweit maßgeblich beeinflusst und vorangetrieben.

In Deutschland: Festlegung von Mindeststandards

Nur wenige Jahre nach dem FBI begann das Kriminalistische Institut des Bundeskriminalamtes (BKA), die wissenschaftlichen Grundlagen für ein neues Konzept zur Durchführung von Fallanalysen zu erarbeiten. 1992 legte die Forschungsgruppe ein erstes detailliertes Konzept für Tötungsdelikte und sexuelle Gewaltdelikte vor, das auch eine Tatrekonstruktion und die Täterprofil-Erstellung umfasste. 1998 wurde im BKA die Dienststelle Operative Fallanalyse (OFA) eingerichtet – auch nachdem der österreichische Psychologe und frühere Polizist Dr. Thomas Müller (geboren 1964) nach einem Studium der fallanalytischen Methoden beim FBI die dortigen Lehren nach Deutschland transferierte.

Die bundesweite Einführung fallanalytischer Verfahren wurde bereits 1999 von allen sechzehn Landeskriminalämtern (LKA) übernommen, die seither die zuständigen Dienststellen der Polizei bei der Aufklärung von Verbrechen unterstützen. Durch verschiedene Projektgruppen des Bundes und der Länder wurden in den vergangenen Jahren unter anderem qualitative Mindeststandards für Fallanalysen sowie der mehrstufige Ausbildungsgang für zertifizierte polizeiliche Fallanalytiker festgelegt. Überdies wurde der Analyseprozess, der sich früher am US-amerikanischen Profiling-Ansatz orientierte, neu strukturiert. In diesem Zusammenhang ist auch die Einführung der Falldatei ViCLAS (Violent Crime Linkage Analysis System), einer Datenbank zur Analyse von Gewaltserien, im Jahr 2000 zu sehen. ViCLAS ist ein aus Kanada stammendes Datenbanksystem, das dazu dient, Straftaten im Bereich der schweren Kriminalität effektiv und schnell miteinander abzugleichen, um zu überprüfen, ob es sich bei den dafür Verantwortlichen um Serientäter handeln könnte.

Aktuelle Analyse und Cold-Case-Management

Anders, als einschlägige Bücher, Kriminalfilme und zahlreiche TV-Serien (insbesondere *Profiler*, USA 1996–2000) suggerieren, werden ungeklärte Verbrechen nie von einem einzelnen Profiler untersucht, der das Rätsel des Falls am Ende auch noch durch ein geniales, in allen Einzelheiten zutreffendes Täterprofil löst. Doch diesen Nimbus des Unfehlbaren hat das Genre Profiling nicht verloren. Der Mythos des modernen Sherlock Holmes, der in der britischen BBC-Fernsehserie *Sherlock* mit Benedict Cumberbatch Starkult erreichte, lebt in der Öffentlichkeit weiter und wird von der auf Umsatz und Profit getrimmten Unterhaltungsindustrie gehegt und gepflegt.

In Wirklichkeit wird das kriminelle Geschehen von mindestens drei Fallanalytikern bearbeitet, wobei häufig auch noch externe Experten hinzugezogen werden, etwa wenn Fachwissen aus den Bereichen Psychologie oder Psychiatrie, Rechtsmedizin oder Spurenkunde erforderlich ist. Aber auch Menschen, die keine wissenschaftliche Ausbildung besitzen, jedoch in einem Umfeld leben oder sich in einem Milieu bewegen, das Fallanalytikern aufgrund der eigenen Lebenssituation oder Biografie verschlossen bleiben würde, können als Experten befragt werden: Ich habe zum Beispiel einen Bankräuber, der bis zu seiner Festnahme jahrelang erfolgreich Geldinstitute überfiel, während einer Serie von ungeklärten Überfällen zur Persönlichkeit des Täters zu Rate gezogen. Ebenso eine Domina, die ich immer wieder bei bizarr anmutenden Sexualverbrechen zu den Motiven der Täter befragte.

Fallanalytiker klären aber selbst keine Verbrechen auf. Schwerpunkt ihrer Tätigkeit ist die Rekonstruktion des Tatgeschehens, die Einschätzung des oder der Motive sowie die Beschreibung der Ermittlungsschwerpunkte. Dabei kann es vorkommen, dass sie mit ihren Analysen einen aktuellen Fall begleiten oder sich mit der in die Vergangenheit gerichteten Fallanalyse unaufgeklärter Verbrechen, dem sogenannten

»Cold-Case-Management«, befassen. Wurden Fallanalysen früher fast ausschließlich bei sexuell motivierten Verbrechen erstellt, wird diese Methode inzwischen auch bei anderen Delikten wie Erpressung, Entführung, Brandstiftung, häusliche Gewalt oder Stalking angewandt.

Das Herzstück der Analyse: Rekonstruktion des Verbrechens

Gleichgültig, um welches Verbrechen oder polizeilich relevantes Ereignis es sich handelt: Die zentrale Aufgabe der Fallanalyse ist immer die Rekonstruktion des Tatgeschehens, denn durch sie werden die zeitlichen Abläufe sowie die Motive erkennbar. Ein Täter trifft beim Verbrechen ständig Entscheidungen. Das beginnt bei der Tatplanung, der Auswahl des Opfers, des Tatorts, der Tatzeit, der Tatwaffe, der Art der Tötung und endet mit dem Ablegen der Leiche. Während sich die meisten Täter nach der Tötung nicht mehr um die Leiche kümmern und nur noch flüchten wollen, beschäftigen sich andere auf unterschiedliche Weise mit der Leiche: Sie decken sie zum Beispiel ab, vergehen sich an ihr sexuell, führen Gegenstände in Körperöffnungen ein oder transportieren sie manchmal vom Tatort ab, um sie an einem anderen Ort abzulegen oder zu verstecken.

Bei einem Tötungsdelikt zeigen die Spuren an einem Tatort und die Verletzungen an der Leiche, mit welchen Tatmitteln der Täter das Opfer verletzt und getötet hat, oder wie er sexuelle Bedürfnisse, Macht und Dominanz ausgelebt hat. Dabei ist immer zu berücksichtigen, dass nicht die einzelne Spur oder ein winziges Detail, sondern die Gesamtheit der Spuren entscheidend ist. Fallanalytische Rückschlüsse müssen eine innere Logik haben, auch wenn das Täterverhalten selbst unstrukturiert oder unorganisiert ist. Deshalb sollten Fallanalytiker generell die Tatorte aufsuchen, um sich mit den örtlichen Gegebenheiten vertraut zu machen, und bei Tötungsdelikten an der Obduktion teilnehmen. Da diese Möglichkeiten bei länger zurückliegenden Taten nicht mehr gegeben sind, helfen Fotos sowie Beschreibungen des Tatorts und der Leichenöffnung, die damalige Situation nachzustellen und das Ausmaß der Verletzungen zu rekonstruieren.

Durch die Bewertung der Spurenlage können die Interaktionen zwischen Täter und Opfer in eine zeitliche Reihenfolge gebracht werden. Manchmal zeigt sich das primäre Motiv des Täters, oder es findet sich eine Antwort auf die Frage, weshalb es überhaupt zu dem Verbrechen gekommen ist. Denn nicht nur der Täter agiert in den einzelnen Phasen des Verbrechens, auch das Opfer reagiert und veranlasst den Täter zu immer neuen und situationsabhängigen Entscheidungen – sei es zur Steigerung der Gewalt oder zum Abbruch der Tat mit anschließender Flucht oder dem Zeigen von Reue. Lücken im angenommenen Tatgeschehen werden bei der Rekonstruktion durch Versionen, also Hypothesen, oder Erklärungsversuche geschlossen, bis die Analyse der Realität sehr nahekommt. Gibt es trotz aller Erklärungsversuche weiterhin unerklärbares Täterverhalten oder konkurrierende Modelle, kann diese Unsicherheit manchmal durch das Nachstellen einzelner Handlungsabläufe am Originalschauplatz oder unter vergleichbaren Bedingungen korrigiert werden.

Bewertung der Tatsituation und des Täterverhaltens

In einem ersten Analyseschritt wird die konkrete Tatsituation geprüft, speziell die Opferauswahl, die Tatgelegenheit und der Tatentschluss. Die erste Frage lautet, wie geeignet das Opfer war und ob sich das Verbrechen speziell gegen diese Person richtete, oder ob die Opferauswahl eher zufällig war. Die Bewertung der Tatgelegenheit orientiert sich an den

Bedingungen des Tatorts, der Tatzeit und einer möglichen Sozialkontrolle des Opfers durch den Täter. Bei der Einschätzung des Tatentschlusses geht es um eine Klärung der Frage, ob das Verbrechen aus situativen Gründen spontan erfolgte oder ob es eher einer kriminellen Neigung des Täters entsprang. Der zweite Analyseschwerpunkt ist die Beschreibung und Bewertung des Täterverhaltens. Im Einzelnen werden vor allem die Parameter Kontrollverhalten, Anwendung und Ausmaß körperlicher Gewalt, sexuelles und verbales Verhalten, in Anspruch genommene Tatmittel, der Modus Operandi und das deliktuntypische Verhalten untersucht. Gerade die Einschätzung dieses atypischen Verhaltens kann von großer Bedeutung für die individuelle Beschreibung des Täters sein, da ihn dieses spezielle Handlungsmuster von anderen Verbrechern signifikant unterscheidet.

Bedürfnisorientiertes Täterverhalten

An Tatorten können Fallanalytiker Verhaltensweisen erkennen, die Rückschlüsse auf den Täter erlauben. Dabei treten immer wieder vier charakteristische Formen der Manipulation des Tatortes beziehungsweise Opfers auf, die als »Inszenierung«, »emotionale Wiedergutmachung«, »Übertötung« und »Depersonifizierung des Opfers« bezeichnet werden. Während die erstgenannte Form rein funktionalen Charakter hat, sind die drei letztgenannten Verhaltensweisen von starken Emotionen begleitet.

Als »Inszenierung« werden Handlungen klassifiziert, die dem Zweck dienen, nach einem Verbrechen bewusst den Tatort oder den Zustand des Leichnams zu verändern, um den Tatablauf zu verschleiern oder ein anderes Motiv vorzutäuschen. In der kriminalistischen Literatur wird häufig auf Taten aus persönlicher Motivation hingewiesen, bei denen nach der Tötung ein Sexualdelikt, ein Raubmord, ein Suizid oder ein Vermisstenfall vorgetäuscht wird, um den Verdacht auf andere Personen zu lenken. Alle Formen der Inszenierungen sind in der Regel durch rechtsmedizinische und polizeiliche Untersuchungen relativ rasch zu entkräften.

»Emotionale Wiedergutmachung« nach erfolgter Tat

Gelegentlich kommt es im Anschluss an ein Tötungsdelikt zu irrationalen Handlungen des Täters, sogenannten »emotionalen Wiedergutmachungen«, in denen Gefühle der Reue und Schuld zutage treten. Das Modell der emotionalen Wiedergutmachung geht davon aus, dass der Täter sein Verbrechen symbolisch »wieder gut« oder ungeschehen machen möchte beziehungsweise der irrealen Hoffnung unterliegt, dem Opfer neues Leben einzuhauchen und die Tatfolgen im Nachhinein noch abmildern zu können. Dieses Phänomen ist häufig zu beobachten, wenn eine tatsächliche oder vom Täter lediglich imaginierte Nähe zum Opfer bestand. Die emotionale Wiedergutmachung äußert sich in der Fundsituation des Opfers und kann aus einer ganzen Reihe sinnbildlicher »Wiedergutmachungshandlungen« bestehen. In manchen Fällen wird der Leichnam oder das Gesicht des Opfers pietätvoll bedeckt, in anderen der blutverschmierte Körper gewaschen, der Tatort gereinigt, die Verletzungen postmortal verdeckt oder verbunden, die Augen des Opfers geschlossen oder die Hände gefaltet. In einigen Fällen werden sakrale Gegenstände, Blumen oder andere Dinge, die dem Opfer wichtig waren, beim Leichnam deponiert.

Übertötung vielfach bei Sexualverbrechen und persönlich motivierten Taten

»Übertötung« nennt man eine Kombination verschiedener Tötungsarten, von denen jede für sich bereits zum Tod des Opfers geführt hätte, sowie das Zufügen exzessiver Verletzungen durch Messerstiche oder wuchtige Schläge, die über das funktional notwendige Maß einer Tötung hinausgehen. In solchen Fällen zwingen Erregungszustände wie Wut, Hass und Aggressionen den Täter förmlich dazu, das Opfer nicht nur zu töten, sondern den eigenen negativen emotionalen Bedürfnissen freien Lauf zu lassen. Ob die Kriterien einer Übertötung erfüllt sind, muss von Fall zu Fall entschieden werden, doch kann bei mehr als zehn Stichverletzungen in lebenswichtige Körperregionen oder massiven Schlägen gegen den Kopf- oder Gesichtsbereich von diesem Phänomen ausgegangen werden. Ein solches Verhalten ist vor allem bei persönlichen und sexuell motivierten Gewaltdelikten zu beobachten. Die Gründe können sein, dass zwischen Täter und Opfer ein tiefgreifender Konflikt bestand, der mit impulsiver und affektiver Gewalt endete. Es ist aber auch möglich, dass ein sadistisch veranlagter Täter lang gehegte Fantasien vom Schneiden, Stechen oder Verstümmeln am Opfer auslebte, oder es dem Täter situationsbedingt nicht gelang, die Kontrolle zu behalten, beispielsweise aufgrund einer unerwartet heftigen Gegenwehr des Opfers. Auch bei alkohol- und drogenabhängigen Tätern kommt es vermehrt zu Fällen von Übertötung.

Depersonalisierung: Degradierung zum Objekt

Von einer »Depersonalisierung« oder »Entmenschlichung des Opfers« wird gesprochen, wenn der Täter während oder nach der Tat versucht, seinem Opfer durch unterschiedliche Handlungen die persönliche Individualität zu rauben und es zu einem Objekt zu degradieren. Diese Handlungen können darin bestehen, das Gesicht des Opfers durch Schläge unkenntlich zu machen oder es mit Textilien abzudecken. Bei Sexualdelikten werden die Opfer manchmal auf den Bauch gedreht, sodass ihr Gesicht während der Tat nicht zu sehen ist und sich der Vergewaltiger selbst ein seinen Bedürfnissen entsprechendes Opfer vorstellen kann.

Bei persönlich motivierten Morden, bei denen Täter und Opfer beispielsweise durch eine Lebensgemeinschaft verbunden waren, versuchen die Täter manchmal, Distanz zur Tat oder zum Opfer herzustellen, indem sie den Leichnam in der Wohnung an unzugänglichen Stellen verstecken oder mit Tüchern und Laken abdecken. Solche postmortalen Handlungen der Depersonifizierung ähneln auf den ersten Blick denen der emotionalen Wiedergutmachung, dürfen mit diesen jedoch nicht verwechselt werden.

Täterverhalten: Optimierung der Vorgehensweise

Weitere Rückschlüsse auf die Persönlichkeit des Täters liefert die Art und Weise seines Vorgehens, also das »Wie« der Tat. Dieser Modus Operandi soll in der Regel die Durchführung der Tat und Erreichung des Tatziels garantieren, eine Identifizierung des Täters verhindern und eine erfolgreiche Flucht ermöglichen. Da der Modus Operandi von den früheren Erfahrungen des Täters beeinflusst wird, ist er in der Regel dynamisch, das heißt, der Täter wird versuchen, seine Vorgehensweise zu optimieren. Er wird also erfolgreich praktizierte Tatabläufe in sein Repertoire aufnehmen, während unproduktive und risikoreiche Handlungen daraus tendenziell eher verschwinden. Doch es gibt Ausnahmen: Körperliche Beeinträchtigungen nach starkem Alkohol- oder Betäubungsmittelmissbrauch oder Allmachtsfantasien bei seriell agierenden Tätern können dazu führen, dass erfolgreich praktizierte Handlungsmuster durch unstrukturierte Tatelemente überlagert werden.

Charakterisierung des Täterhandelns und Bewertung des Tatmotivs

Nach der Bewertung der einzelnen Täterentscheidungen wird geprüft, wie handlungsorientiert der Täter agiert und wie schnell er auf unvorhergesehene Tatsituationen reagieren kann. Als Profiler orientiere ich mich an den Ergebnissen der Tatrekonstruktion, um herauszufinden, in welchem Maße der Täter in jeder einzelnen Tatphase »logische« oder »unlogische« Entscheidungen fällte. Dadurch wird deutlich, wie gut der Täter den Herausforderungen bei der Kontaktaufnahme und Überwältigung des Opfers (»Interaktionsstress«) sowie in besonderen Situationen wie bei dessen Tötung (»Situationsstress«) gewachsen war. Die Erkenntnisse zur Handlungsorientiertheit eines Täters lassen mitunter Rückschlüsse auf sein Alltagsverhalten zu, woraus sich Empfehlungen für die Überprüfungen von Tatverdächtigen ergeben können.

Die Einschätzung des Tatmotivs ist ein weiterer Eckpunkt der Analyse und erfolgt nach Abschluss der Bewertung des Verhaltens sowie der handlungsleitenden Ziele des Täters. Allerdings kann man davon ausgehen, dass ein Täter stets mehrere, unterschiedlich stark ausgeprägte Ziele verfolgt. Experten sprechen von einem »Motivbündel«. Bei der Tötung einer Prostituierten kann es zum Beispiel das Ausleben von Macht und Dominanz sowie der Wunsch nach räuberischer Bereicherung sein. Durch die Analyse soll geprüft werden, ob ein primäres Motiv vorlag und ob es aufgrund situativer und eskalierender Veränderungen zu Motivverschiebungen kam, die dazu führten, dass aus einem weniger gravierenden Delikt wie einem geplanten Einbruch ein Tötungsdelikt wurde.

Die Motive der Täter werden nach einer Definition des Bundeskriminalamts in verschiedene Gruppen unterteilt. Um ein sexuelles Motiv handelt es sich, wenn eine oder mehrere Tatsequenzen sexuelle Komponenten enthalten. Andere Gründe sind der Wunsch nach Bereicherung, die Verdeckung eines vorangegangenen Verbrechens – zum Beispiel, eine Identifizierung durch das Opfer zu verhindern –, persönliche Motive oder ein täterimmanentes Zerstörungsmotiv.

Daneben gibt es noch Taten mit unklarer, gemischter oder irrationaler Motivlage sowie Taten, die vor allem durch gruppendynamische Prozesse entstehen.

Das Ziel: Täterprofil als Ermittlungshilfe

Bei ausreichender Informationslage kann die Analyse am Ende zu einem Täterprofil führen, das den ermittelnden Beamten als Basis für die Überprüfung potenzieller Täter dient. Bei den Aussagen zur Täterpersönlichkeit wird dabei zwischen »harten« und »weichen« Daten unterschieden. Harte Daten sind das vermutliche Alter, Hinweise auf den Wohnort oder die Arbeitsstelle und polizeiliche Vorerkenntnisse. Weiche Daten bewerten das Verhalten vor und nach der Tat, die Täter-Opfer-Beziehung und die aktuelle Lebenssituation. Sie werden nur berücksichtigt, wenn Persönlichkeitsmerkmale des unbekannten Täters mangels Sachbeweisen zu den Ermittlungen herangezogen werden müssen.

DRAMA, BABY! – TIPPS FÜR EINE SPANNENDE LESUNG

Mischa Bach und Arnd Federspiel

Eine alte Weisheit besagt, dass man sich vor Gericht und auf See in Gottes Hand befindet. Das ist aber nur die halbe Wahrheit, denn Gleiches gilt auch für Lesungen. Die hier herrschenden Gefahren kann man jedoch minimieren und kontrollieren – was das Seminar zeigen sollte, das wir zum titelgebenden Thema auf der CRIMINALE in Marburg hielten.

Zu Anfang galt es, grundlegende Fragen zu klären: Wie lange sollte man lesen? Ohne Pause? Mit Pause?

Vorausgesetzt, der Veranstalter lässt dem Lesenden freie Hand, gilt als Faustregel: Bei einstündigen Lesungen (eine empfehlenswerte Länge, gerade, wenn man allein liest) braucht man keine Pause. Allerdings sollte man die angepeilte Lesezeit keinesfalls überschreiten, da der Durchschnittszuhörer nach einer Stunde in der Regel zu schwächeln beginnt. Und das sollte tunlichst vermieden werden, damit am Ende alle Beteiligten die Veranstaltung mit einem guten Gefühl verlassen – die Zuhörer spannend unterhalten und zufrieden, der Autor ohne die Erinnerung an von Gähnen verzogene Gesichter. Bei längeren Lesungen, insbesondere solchen mit mehreren Lesenden und/oder musikalischer Begleitung, sind anderthalb Stunden, aufgegliedert in 50 Minuten Lesung, 10 bis 15 Minuten Pause, gefolgt von weiteren 25 bis 30 Minuten Lesung, ein guter Richtwert.

Für welche Variante man sich auch entscheidet, der Vortrag sollte stets gut getimt sein. Hier gilt das alte Motto, dass weniger fast immer mehr ist.

In der Vorbereitungsphase sollte man daher seine Texte

inklusive eventueller Zwischentexte für die Übergänge laut lesen. So bekommt man ein Gespür dafür, wie sich der Text beim Vortrag anhören und anfühlen wird, und kann die Zeit nehmen. Zu dieser addiere man noch mal zwei oder drei Minuten für die Reaktionen der Zuhörerinnen und Zuhörer.

Während der Lesung ist es wichtig, sich auf das Publikum einzulassen, sozusagen in einen gefühlten Dialog zu treten. Das klingt schwieriger, als es ist, schließlich sind wir die Autoren unserer Texte und können uns auf das eigentliche Vorlesen und die nötigen Zwischentexte im Vorfeld vorbereiten, bis alles sitzt. So bekommt man trotz konzentriertem Vorlesen auch mit, was im Publikum vor sich geht. Versunken in den spannenden Vortrag einer ebensolchen Passage merkt man beispielsweise plötzlich, dass es mucksmäuschenstill im Saal ist. Man blickt auf, und da sitzen sie, die so heiß ersehnten gebannten Zuhörer – und prompt gibt es Szenenapplaus. Ein erhebendes Gefühl.

Doch auch ein Publikum, das kaum reagiert, sollte einen Profi auf der Lesebühne nicht aus dem Konzept bringen. Oft genug wartet die Überraschung dann am Ende – die Leute sind sehr angetan, kaufen obendrein viel mehr Bücher als bei der letzten Lesung, und man denkt: Warum habt ihr mir während des Vorlesens nichts von eurer Begeisterung mitgeteilt? Spätestens hier wird klar, dass weder Lesung noch Publikum »schlecht« waren. Nicht jedes Publikum geht während der Lesung sichtbar mit.

Deshalb ist die vielleicht wichtigste Regel für Autorinnen und Autoren auf der Lesebühne: Habt Spaß, sorgt dafür, dass ihr euch so wohl wie möglich fühlt. Ob mit oder ohne Mikro gelesen wird, vom Blatt oder aus dem Originalbuch, ob man Requisiten einsetzt oder sich allein auf Text und Stimme verlässt – entscheidend ist, ob es für einen selbst funktioniert und einem hilft, den Text so zu lesen, als würde man ihn gerade das erste Mal »erleben«. Dazu gehört, dass man sich immer wieder auf ihn einlässt. Noch einmal die Bilder – den »Film im Kopf« – sieht und die Gefühle, die Überraschungen, die Handlung und Charaktere bieten, neu erlebt. Wenn man das tut, werden einen auch die Zuhörer auf die eine oder andere Art überraschen.

Doch nun zu Textauswahl und Lesungsaufbau, der eigentlichen Dramaturgie der Lesung. Grundfragen hierbei lauten: Beginnt man bei der Lesung wie beim Buch am Anfang? Liest man einen Prolog, der ja zukünftige Entwicklungen der Geschichte vorwegnimmt, oder nicht? Wann ist das ratsam, wann wiederum nicht?

Hier kommt es auf den Kontext und das Ziel der Lesung an. Bliebe zum Beispiel ein Prolog allein für sich stehen, würde weder auf dessen Handlung noch auf die in ihm auftretenden Personen im weiteren Verlauf der Lesung zurückgegriffen werden, sollte man ihn nicht lesen. Gerade, weil man in einer Lesung nur Ausschnitte aus einem Werk vorstellen kann, sollten die einzelnen Szenen in einem erkennbaren Bezug zueinander stehen. Dabei kann man einzelne Momente aus dem Hauptspannungsbogen des Buchs herausgreifen, eine spannende Nebenhandlung verfolgen oder seine Hauptfiguren jeweils mit einer besonderen Szene vorstellen. Gibt es ein übergeordnetes Lesungsmotto seitens des Veranstalters oder liest man zu einem speziellen Anlass, sollte man das natürlich nach Möglichkeit berücksichtigen: In der »Langen Nacht der Museen« wäre eine Museumsszene schön, bei einer Benefizlesung fürs örtliche Frauenhaus sollten möglichst nicht nur männliche Figuren in Aktion treten. Kreativ zu sein und mit der Szenenauswahl zu spielen, nicht immer wieder stur demselben Aufbau zu folgen, hilft auch, das Lesen selbst frisch und lebendig zu halten.

Hat man seine Szenenauswahl getroffen, geht es ans Kürzen. Denn was wunderbar als geschriebener Text funktioniert, muss nicht optimal für eine Lesung geeignet sein – das gilt oft selbst für Kurzgeschichten. Beim Einrichten des Textes nutzen wir zwei Arten von Kürzungen: einmal solche *zwischen* vorgelesenen Textstellen, das heißt, man lässt ein Kapitel oder eine Passage aus und fasst vom Inhalt nur zusammen, was für das Verständnis der weiteren Lesung unbedingt nötig ist, und solche, die *in* einer Passage erfolgen, damit sie flüssiger zu lesen und zu hören ist.

Am besten lässt sich das an zwei Beispielen erläutern:

In der Passage, die gelesen werden soll, fährt jemand von A nach B. Im geschriebenen Text kommt er dabei, vor allem in regional stark verorteten Geschichten, an verschiedenen Sehenswürdigkeiten vorbei und biegt von der Schillerstraße nach rechts in die Lessingallee ab. Alles völlig problemlos im geschriebenen Text. Die ortskundigen Leser freuen sich über den Wiedererkennungseffekt, alle anderen Leser folgen diesen Passagen mit so viel Aufmerksamkeit, wie es ihnen für ihr individuelles Lesetempo und -erlebnis nötig erscheint. Dem sollte man in der Lesung Rechnung tragen. Lese ich in der Gegend, in der die Geschichte spielt, lasse ich diese Wegbeschreibung, wie sie ist. Lese ich anderenorts, sollte ich die Passage kürzen – es sei denn, die Details sind wichtig für die Handlung (der *in der Lesung* vorgestellten Textstellen!) oder für die Charakterisierung der agierenden Personen.

Ähnliches gilt für die genaue Beschreibung von Handlungen. Beschreibe ich im Text detailliert, wie jemand ein Fenster aufbricht, ein Bild analysiert oder Ähnliches, kann das im Buch unterhaltsam, informativ und spannend sein, und doch in einer Lesung das genaue Gegenteil bewirken.

Manchmal stellen entsprechende Kürzungen eine gewisse Gratwanderung dar. Behutsam und überlegt durchgeführt, dienen sie jedoch dem Text und damit sowohl dem Vorleser als auch dem Publikum.

Nun noch ein paar Worte zum Vorlesen selbst.

Wie lese ich – mit Mikro oder ohne?

Das hängt vor allem von der Größe des Raums und seiner Akustik ab – was auch heißt, man sollte genügend Zeit einplanen, um sich mit diesen Gegebenheiten vor Eintreffen des Publikums in Ruhe vertraut zu machen. In der Regel lässt es sich mit Mikrofon nuancierter mit lauten und leisen Tönen arbeiten.

Wie aber geht man mit Dialogen um? Muss man gar beim Lesen unterschiedlicher Charaktere seine Stimme verstellen?

Man muss nicht, aber man darf, wenn man es wirklich kann. Aber man sollte es nicht übertreiben, denn »Verstellung« gelingt selten überzeugend. Besser, man arbeitet mit dunklerer oder hellerer Färbung der eigenen Stimme und variiertem Sprachduktus: Jeder Mensch setzt seine Pausen beim Sprechen anders und spricht in unterschiedlichem Tempo. Der eine denkt während des Redens noch nach, der andere weiß erst, was er denkt, wenn er hört, was er sagt. Macht sich der Autor vorher Gedanken darüber, wie seine Charaktere reden, wird er sie unterschiedlich anlegen können und darüber für das Publikum zum Leben erwecken.

Und das ist es doch, worum es geht: aus dem Text etwas Lebendiges, Mitreißendes entstehen zu lassen. Weshalb bei allen Aspekten, auf die man bei der Vorbereitung und Durchführung einer Lesung achten sollte, dieser eine der wichtigste bleibt: der Spaß an der Sache, den man mit seinem Publikum teilen möchte.

In diesem Sinne wünschen wir allen Vorlesern und Zuhörern viel Vergnügen bei der nächsten Lesung!

AKTE VANITY PRESS

Tobias Kiwitt

Man nehme einen Pseudoverlag, der bei der Firmenbezeichnung bewusst zu wohlklingenden Namen von renommierten Verlagen und Vereinigungen greift, »um so potenzielle Autoren zu täuschen« (OLG Köln, Az. 15 U 116/08: »Die in der Wahl der Unternehmensbezeichnungen zum Ausdruck gebrachte Systematik indiziert ein Täuschungsbewusstsein.«). Man gebe sodann einen Pseudoverlagsgründer hinzu, der sich seit ein paar Jahren als nicht adeliger Namensträger mit einem deutschen Adelstitel schmückt.

Man nehme eine ordentliche Prise gerichtliche Klagefreudigkeit und eine große Portion Einschüchterungsmentalität und vermenge alles. Herauskommt ein Kriminalroman, für den der Satz gilt: Keine Fiktion kann so bestechend und fantasiereich sein wie die Realität selbst.

Zum Welttag des Buches im Jahre 2008 gründete ich das »Aktionsbündnis für faire Verlage« (*Fair*lag). Hauptinitiatorenverbände dieses Bündnisses sind der »Verband deutscher Schriftsteller« (VS), »IG Autoren Autorinnen« (Österreich), AdS (Schweiz) und der »Bundesverband junger Autoren und Autorinnen« (BVjA). Mittlerweile sind mehr als sechzig Literatureinrichtungen aus dem gesamten deutschsprachigen Raum, darunter sogar der Schweizerische Verlegerverband, Unterstützer dieses Bündnisses – genauso auch das SYNDIKAT.

Der »Börsenverein des deutschen Buchhandels« lehnt bis heute eine Förderung ab. Einige Pseudoverlage sind im Börsenverein Mitglied, und dort möchte man keine kritische Aufklärungsarbeit gegen die eigenen Mitglieder öffentlich unterstützen, so heißt es.

Aktionen wie durch einen Online-Generator erzeugte Buchmanuskripte (ZDF-Sendung *WISO ermittelt*), die – natürlich gegen Zahlung von mehreren Tausend Euro – zur Veröffentlichung angenommen wurden, oder aber die »Aktion Rico Beutlich«, initiiert von den »42er Autoren«, zeichneten schon damals auf anschauliche Weise das Geschäftsansinnen von Pseudoverlagen.

Bereits im Vorfeld der Gründung des Bündnisses versuchten zwei Pseudoverlage, das Engagement der Autorenverbände auf sagenhafte Weise zu verhindern. Über zwanzig Verbände, die bereits ihre Unterstützung angezeigt hatten (wohlgemerkt: es war noch nichts öffentlich), erhielten Klageandrohungen und sollten Unterlassungsverpflichtungserklärungen abgeben, das *Fairlag*-Aktionsbündnis nicht zu fördern.

Nicht allein die öffentliche Meinungsäußerung, sondern schon die interne freie Meinungsbildung sollte juristisch unterbunden werden.

In einer so überschriebenen »Denkschrift« bezeichnete der besagte nicht adelige Namensträger (Landgericht Frankfurt, Az. 2-03 O 166/08) und Pseudoverlagsgründer die Aufklärungsarbeit der Autorenverbände als »Ausgrenzung und Zensur« im »geistigen Strom der Autorenverfolgung der Zeit des Nationalsozialismus und des Kommunismus« und schickte sogar einen Beobachter zu der Pressekonferenz unseres *Fairlag*-Aktionsbündnisses. Die »Frankfurter Allgemeine Zeitung« schrieb dazu folgerichtig: »Wer mit solchen Vergleichen die Verbrechen des Totalitarismus verharmlost, darf sich nicht wundern, wenn vor ihm gewarnt wird.«

Schnell war klar: Dieser Eingriff in die Meinungsbildungsfreiheit und Aufklärungsarbeit von Autorenverbänden sucht in der jüngeren Vergangenheit seinesgleichen.

Ärgerlich: Drei Literatureinrichtungen, darunter zwei Autorenverbände, fühlten sich dermaßen eingeschüchtert, dass sie die vorgefertigte Unterlassungserklärung (gesetzte Frist: keine 24 Stunden) unterzeichneten. Ein Vereinsvorsitzender befand sich gerade aufgrund eines Herzinfarkts im Krankenhaus. Aufregung und einen weiteren Infarkt wollte er sich ersparen.

Doch mit diesen Klageandrohungen – gegen all die anderen Vereine, die natürlich keine Unterlassungserklärung abgaben, wurden übrigens nie Klageverfahren betrieben –, gab man sich nicht zufrieden.

Öffentliche Diffamierungen sind im digitalen Zeitalter das Mittel der Wahl, um Menschen mundtot machen zu wollen.

Dies muss sich wohl einer dieser beiden Pseudoverlage gedacht haben und startete eine Diffamierungsaktion, die ebenfalls ihresgleichen sucht.

Über verschiedene Internetseiten wurden Verleumdungen verbreitet. Mitglieder von beteiligten Autorenverbänden und Autoren mussten zum Beispiel auf einer eigens geschaffenen Website mit dem Namen »Literaturverbrechen«, die als »Infoseite über literarische Gauner« übertitelt war, übelste Diffamierungen über sich lesen. Verleumdungen als »Möchtegernschriftsteller« und »Agitator« waren dabei noch von harmloser Natur.

Andere Kritiker wurden auf dieser Website als »Heuchler« gebrandmarkt und mit Angabe ihrer privaten Anschrift als »Literaturverbrecher« und angeblich »bekannter Zensor« beschimpft.

Drohschreiben gingen sogar bei Arbeitgebern von Autorinnen und Autoren ein, die das Aktionsbündnis maßgeblich unterstützten. Tenor: Man wolle den Arbeitgeber darüber unterrichten, dass er einen »Betrüger« beschäftige.

Ein klarer Fall für die Gerichtsbarkeit: Der Pseudoverlag wurde von mir und anderen Opfern der Diffamierungspraxis natürlich auf Unterlassung verklagt und zu Schmerzensgeld von bis zu 8.000 Euro verurteilt.

Über hundert Verfahren in drei Jahren gegen Kritiker einer Geschäftspraxis anzustrengen, die als »Betrug« nach höchstrichterlicher Rechtsprechung des Bundesgerichtshofs (BGH NJW 2002, 1192) bezeichnet werden darf, brauchen nicht näher kommentiert zu werden (siehe dazu näher www.autoren-magazin.de). Kritiker jedoch auch noch einzuschüchtern und bei Arbeitgebern zu diffamieren – man gab offen zu, an der Existenzgrundlage der Kritiker rütteln zu wollen –, zeigt eine besonders kriminelle Energie, die solche Unternehmen an den Tag legen.

Doch selbst das reichte nicht: Unaussprechliche Diffamierungen, verfasst unter dem Pseudonym »Anna Popovici«, wurden sogar als Broschüre herausgegeben und als Pflichtexemplare bei der Nationalbibliothek abgeliefert.

Der Verfasser dieses Artikels verklagte daraufhin nicht nur den Pseudoverlag, sondern musste auf diese Weise auch gegen einen vom Pseudoverleger zweiten unterhaltenen Pseudoverlag in Form einer Limited in Großbritannien ein Gerichtsverfahren anstrengen.

Ein Katz-und-Maus-Spiel begann. Klagen konnten unter der Geschäftsadresse in London nicht zugestellt werden. Und auch der Pseudoverlagsgründer verleugnete sich selbst: Eine gegen ihn gerichtete Klage ließ ich über eine Gerichtsvollzieherin direkt auf der Frankfurter Buchmesse an ihn zustellen. Angeblich habe er eine Meldeanschrift in London, doch eine Zustellung in London scheiterte wiederholt.

Ich habe noch nie eine so spannende Buchmesse erlebt wie diese: Der Pseudoverlagsgründer verleugnete sich erneut und meinte, er habe heute einen adeligen Namen. Die Klage sei nicht für ihn bestimmt. Seinen Ausweis vorzuzeigen, sei ihm nicht möglich. Nach einer Verfolgungsjagd durchs Parkhaus der Buchmesse ging es auf die Polizeiwache des Messegeländes. Dort stellte die Gerichtsvollzieherin ihm – nachdem er sich endlich mithilfe polizeilicher Unterstützung hatte ausweisen müssen – die Klageschrift zu.

Mittlerweile liegen einige Gerichtsurteile vor. Bei vielen Verhandlungen erschien die Beklagtenpartei nicht, sodass Versäumnisurteile ergingen. Andere Verfahren dauern weiter an.

Und so bleibt eines sicher: Die Akte Vanity Press gibt genügend Stoff für Gerichte, aber auch für Kriminalromane aus dem wirklichen Leben.

Weitere Informationen:
www.fairlag.info und www.autoren-magazin.de

TIEFWASSERRINNE

Dagmar Möhring

»Alright, ihr bleibt links vom Boot. Rechts geht's steil runter und da …«

»Sind Haie.«

»Genau.« Matt reichte ihm das Mundstück, trat zurück. »Off you go.«

Rückwärtssalto. Platschen. Absinken. Über ihnen schwappte die Jacht wie ein verlorenes Möwenei. Melanie kämpfte mit ihrer Tauchmaske, signalisierte Rückzug. Dann nur noch Le Grand Bleu.

Seit in Cairns das Knochengespenst der Korallenbleiche spukte, waren die Great-Barrier-Reef-Touren in Airlie Beach überbucht. Also hatten sie Matt und seine *Tropic of Capricorn* geheuert – ein pazifischer Traum, ins

Leben gesungen von Wasser, Sonne und Wind. Melanie war hingerissen.

Zu hingerissen. Das dämmerte ihm, als er eines Abends früher von der Hotelbar kam. Er erwähnte es nicht, mit der Inhaberin der eigenen Firma sprach man nicht von Scheidung. Stattdessen deponierte er Bleilote an der Steilkante. Über Tage hinweg, bis zum finalen Tauchgang, der letzten Umarmung, die alles beendete. Den Urlaub, die Ehe, Melanies Luftvorrat. Morgen würde sie, bleibeschwert, die lange dunkle Reise in die Tiefwasserrinne antreten.

Das letzte Lot abgelegt, zurück zum Möwenei. Er tauchte auf, sah Horizont mit Wolkenbändern. Drehte sich um.

Verdammt, wo war das Boot?

HINTER DEN KULISSEN EINER PREISVERLEIHUNGSGALA

Anne Grießer

Die Preisverleihungsgala gehört zu den Höhepunkten einer jeden CRIMINALE. Hier werden die begehrten Friedrich-Glauser-Preise (in drei Kategorien), der Hansjörg-Martin-Preis sowie der sogenannte »Ehrenglauser« für besondere Verdienste um den deutschsprachigen Krimi verliehen. Die Oscars der Krimiwelt, die Preise der Autoren! Eine Auszeichnung, die neben dem »Deutschen Krimi Preis« wohl die wichtigste im gesamten deutschsprachigen Raum ist.

Ein solch herausragendes Ereignis bedarf natürlich langer Vorbereitung, Planung und einer wohldurchdachten Regie.

Als ich vor zwei Jahren die telefonische Anfrage bekam, ob ich diese Regie übernehmen wolle, war mein erster Gedanke: Wie komme ich zu der Ehre? Denn eine Ehre muss es ja sein, eine derart wichtige Aufgabe zu übernehmen.

Wie stellen Sie sich die Arbeit eines Regisseurs vor?

Wenn ich die Augen schließe, sehe ich einen Klappstuhl vor mir, einen Mann darauf, einen weißen Schal um den Hals vielleicht, ein Filmset. Und das Gesicht von Alfred Hitchcock.

Bei einer Preisverleihungsgala läuft das natürlich ein bisschen anders ab. Schon allein, weil die Regisseurin räumlich weit von ihrem Projekt (und von allen anderen Beteiligten) entfernt arbeiten muss.

Sollte ja kein Problem sein, denken Sie vermutlich, schließlich gibt es Telefon, E-Mail, SMS und tausend Netzwerke.

Ist aber doch ein Problem. Denn manchmal sind alle verfügbaren Sinne nötig, um vernünftige Entscheidungen treffen zu können.

Und damit beginnt …

… die Phase des Haareraufens

Raum, Musik, Technik. Das sind zunächst die wichtigsten Punkte, die es zu besprechen gilt.

In Marburg stand der Raum schon fest: das Cineplex-Kino in unmittelbarer Nähe zum Welcome-Hotel, dem CRIMINALE-Stützpunkt.

Ein Kino? – Wie schön! Gemütliche Sitze, gute Akustik, große Leinwand!

Aber – natürlich bleiben Fragen offen, wenn der Raum unbekannt ist. Es gibt ja große und kleine Kinos, Kinos mit Bühne, Kinos ohne, Kinos mit Kuschelsitzen, Kinos ohne Kuschelsitze, mit Seiteneingang, Mitteleingang, mit Vorhang, ohne Vorhang … Sie verstehen, was ich meine. All diese Fragen werden später den Ablauf der Veranstaltung beeinflussen.

Dann die Musik: Wenn endlich die richtigen Showacts gefunden sind, geht die Organisation erst richtig los. Ein Dudelsackpfeifer, beispielsweise, braucht keine Technik. Das ist gut. Aber er braucht vielleicht einen Raum zum Umziehen. Und einen zum Eindudeln. Schalldicht eventuell?

Eine Saxofonistin braucht Technik. Nicht viel, aber die will geklärt sein. Und sie braucht natürlich ebenfalls einen Raum zum Umziehen. Möglichst nicht denselben wie der Dudelsackpfeifer …

Irgendwann (im besten Fall vier bis fünf Monate vor der Veranstaltung) sind die wichtigsten Absprachen getroffen, die Verträge unterschrieben. Dann folgt …

… die Phase der Schweißausbrüche

Die Ablaufplanung.

Easy, werden Sie jetzt sagen. Da kann man doch locker auf die Erfahrungen der Vorjahre zurückgreifen. Das Rad muss ja nicht jedes Mal neu erfunden werden.

Stimmt. Aber haben Sie schon vergessen, dass wir den Raum noch kein einziges Mal gesehen haben? Ich will Sie ja nicht langweilen, aber:

– Wie groß ist eigentlich der Platz zwischen erster Reihe und Leinwand, den wir als Bühne nutzen können? Was passt da alles hin?

– Wie gestaltet man Standbilder und Nominiertenfilme, damit Moderator Ralf Kramp, Schauspieler Joe Bausch, die Laudatoren, Preisträger und Musiker nicht ständig durchs Bild laufen?

– Apropos Nominiertenfilme: ein Kernstück der Gala! Die Vorstellung der nominierten Autorinnen und Autoren und ihrer Werke. Aber leider eine Low-budget-Produktion. Nein, sind wir ehrlich: eher eine No-budget-Produktion. Und damit ein echtes Problem. Denn Filmemacher mit Erfahrung und Equipment können es sich normalerweise nicht leisten, ohne entsprechende Vergütung zu arbeiten. Und Filmemacher ohne Equipment und Erfahrung – nun ja.

Dasselbe gilt für Vertonung und Musik. Zum Glück ist das SYNDIKAT ein wirklich toller Haufen, und am Ende findet sich immer jemand, der das Ganze kurz vor knapp übernimmt. Ein ganz herzliches Dankeschön dafür an Daniel Carinsson (Bild) und Ingo und Nadine Buranaseda (Musik und Sprecherin) von der Regisseurin!

– Dann die Bühnendeko: Was gibt es vor Ort, was müssen wir selbst organisieren? Und das ist nicht nur im Kino eine relevante Frage. Ich möchte da nur an die Laientheater-Kulisse in Büsum erinnern …

– »Mehr Licht!« Nein, kein Goethezitat. O-Ton Joe Bausch. Wo ist es hell genug, damit er die Siegertexte lesen kann?

– Und zum Schluss: der Zeitplan. Werden sich wirklich alle Redner, Musiker und vor allem die Laudatoren an die vereinbarten (und nicht grundlos berechneten) Vorgaben halten? Werden sie?

Irgendwann ist dann wirklich alles geplant, und die Regisseurin könnte sich eigentlich entspannt zurücklehnen. Wäre da nicht …

… die Phase der Schnappatmung

– »Ach, hatte ich Ihnen nicht gesagt, dass wir um 17 Uhr noch eine Filmvorführung im Kino geplant haben? Sie können erst ab 19.30 Uhr zum Aufbauen in den Saal … Und denken Sie an die Spätvorstellung um 23 Uhr!«

– »Die ›Shooting Stars‹ möchten dem Ehrenglauser-Preisträger gern ein Ständchen bringen. Dafür bräuchten wir folgende Technik …«

– »Der Nominierte XY bringt nun doch seine Tochter mit. Können wir die VIP-Plätze noch einmal umbauen? Wir haben ja noch zehn Minuten.«

– Ach ja, die VIPs: Wer ist da, wer muss begrüßt werden? Wo sitzen die Herrschaften?

– Und: Wo steckt, um Himmels willen, die Fliege von Ralf Kramp?

Jetzt wissen Sie also, was so in etwa auf Sie zukommt, wenn Sie die Ehre haben sollten, die Regie einer Preisverleihungsgala zu übernehmen.

Aber ich kann Sie beruhigen, am Ende überwiegen nicht die Pannen, sondern die schönen Momente. Sie lernen wunderbare Menschen kennen und arbeiten garantiert in einem einzigartigen Team. Die meisten Laudatoren halten sich an die Zeitvorgabe. Ralf Kramp führt auch »oben ohne« hervorragend durch den Abend. Und ganz zum Schluss kommt deshalb unweigerlich ...

... die Phase der glücklichen Entspannung.

DAS GIBT'S DOCH NUR IM FERNSEHEN – ODER ETWA NICHT? – LUSTIGE, DRAMATISCHE UND SPEKTAKULÄRE SZENEN AUS DEM ARBEITSALLTAG EINES »ECHTEN« KOMMISSARS

Jörg Schmitt-Kilian (Autor, Drogenfahnder, Kriminalhauptkommissar i. R.)

Krimiautorinnen und Krimiautoren entwickeln oft verrückte, grausame und abgedrehte Szenarien und beschreiben vielfach unglaubliche Situationen in ihren Romanen und Drehbüchern, sodass viele Leser den »Schreiberlingen« eine rege, vielleicht sogar krankhafte (?) Fantasie unterstellen. Aber manchmal übertrifft der polizeiliche Alltag die Fiktion. Ich habe auf der CRIMINALE unglaubliche Erlebnisse aus meiner Dienstzeit geschildert und »gestanden«, dass ich mir statt *Tatort* lieber eine nette Story von Frau Pilcher »reinziehe«. Warum? Nun ja, es gibt *Tatort*-Szenen, da würde ich am liebsten laut schreien:

Kurzer Rock, hohe Pumps, großer Auftritt – kleines Hirn

Eine hochschwangere Kommissarin rennt hechelnd (übt sie schon für den Geburtstermin in der nächsten Woche?) hinter einem Täter her und springt mit gespreizten Beinen über Gartenzäune. Ein Hauptkommissar wird mit seinen Handschellen an das Lenkrad des Dienstwagens (Porsche, haha) gefesselt und startet zu einer spektakulären Verfolgungsfahrt. Ein Kommissar richtet die Waffe auf einen Mörder (der wie in *Zwölf Uhr mittags* einen Revolver in der Hand hält) und labert dummes Zeug, statt zu schießen. Eine Kommissarin fordert das SEK an (der Täter ist brandgefährlich und schwer bewaffnet!) und stürmt als lebendes Schutzschild (ohne Schussweste, mit kurzem Rock, hochhackigen Pumps und scheinbar null Verstand) als Erste die Wohnung.

Ich lasse in diesem Artikel einige dramatische und lustige Szenen aus meinem Vortrag Revue passieren und schwöre beim Leben meiner Romanfiguren: Dies ist die Wahrheit, nichts als die Wahrheit!

Aufgespießt und abgetrennt

Ein Autodieb wird von mehreren Streifenwagen verfolgt, stoppt an einer Brücke, springt einen Hang hinunter und Bleibt mit dem Kopf in der Spitze eines Metallzauns hängen. Der Rumpf wird halsabwärts abgetrennt und der Kopf aufgespießt.

Es geschah am helllichten Tag

Ein herrlicher Nachmittag im August. Rolf Müller legt das schmale Targa-Dach in den Kofferraum und startet seinen Porsche 914. Er will heute »offen« an der Mosel entlang cruisen. Hätte Rolf Müller auch nur den Hauch einer Ahnung, dass sich dieser Tag für immer in sein Gedächtnis einbrennen wird, würde er den Zündschlüssel aus dem Schloss ziehen und das Auto in der Garage stehen lassen. Noch genießt er die warme Abendluft, die sanft über das Cabrio streicht. Er nähert sich mit etwa 60 Stundenkilometern der Autobahnbrücke, die hoch über ihm die Mosel quert. Wie aus dem sprichwörtlich heiteren Himmel sieht er plötzlich einen Gegenstand auf sich zufliegen: Ein weiblicher Körper stürzt kopfüber auf den Beifahrersitz.

Punktlandung aus 136 Metern Höhe

Eine Kampfmaschine aus Fleisch und Blut

Harry ist Bodybuilder: breite Schultern, dicke Arme und den letzten Rest Verstand weggekokst. Beim ersten Versuch seiner Festnahme hatte er einen Holzofen aus der Verankerung gerissen, durch das geschlossene Fenster geworfen, dabei zwei Polizisten der äußeren Absperrung verletzt, den Diensthund an die Wand geschleudert und einem Polizisten die Waffe aus dem Holster gezogen. Richter Gnädig lässt ihn laufen, obwohl Harry sich selbst als »tickende Zeitbombe« bezeichnet. Aber er hatte ja eine »schwierige Kindheit«.

Kurze Zeit später reißt Harry ohne erkennbaren Grund in einer Kneipe die Neonröhrenlampen von der Decke, schlägt sie sich gegen den Kopf, flüchtet blutüberströmt, liefert sich mit mehreren Streifenwagen eine filmreife Verfolgungsfahrt, schleudert mit seinem BMW gegen einen Baum, flüchtet zu Fuß in den Wald und kann erst nach Abgabe von mehreren Warnschüssen festgenommen und mit einer Handfessel auf dem Rücken fixiert werden. Auf der Wache zerreißt er die Handfessel und verletzt mehrere Beamten. Nun wird er mit sechs Fußfesseln fixiert, damit der Polizeiarzt ihm eine

Spritze setzen kann, »die einen Elefanten tötet« (O-Ton des Arztes). Anschließend wird er in die Landesnervenklinik eingeliefert. Harry, nicht der Arzt.

Bei Anruf Mord

Rhein an alle! Soeben wird ein Mord im Anwesen Metternicher Straße Nummer XX, EG-Wohnung, gemeldet. Täter noch im Objekt. Eigensicherung beachten! Fahrzeuge in der Nähe?

KK Schmitt und KHK Zitz observieren zu dem Zeitpunkt eine Wohnung nur zwei Häuser weiter, stürmen aus dem Auto und treten die Tür ein. Der Mörder sitzt auf einem Stuhl, neben ihm auf der Couch liegt eine tote Frau. Der Mann weint. Er streichelt mit einer Hand liebevoll das Gesicht der Leiche, in der anderen Hand hält er ein Telefon und redet unbeeindruckt weiter. Was war geschehen? Der Mann ist Patient in einer psychosomatischen Klinik im Allgäu und hat Wochenendurlaub. Zwölf Wochen zuvor hatte er die Frau in dieser Klinik kennengelernt. Nachdem er das Opfer erwürgt hat, ruft er seine Therapeutin im Allgäu an und gesteht den Mord. Die Ärztin kennt die Adresse der Patientin, veranlasst eine Kollegin, die örtliche Polizeidienststelle zu informieren, und verwickelt den Mörder bis zu unserem Eintreffen in ein Gespräch.

Nur tote (Schwieger-)Eltern sind gute …

Bei Mordfällen ist die persönliche Betroffenheit (abgesehen von Kindern) davon abhängig, ob ein anonymes Opfer getötet wurde oder ob man den Toten lebend gekannt hat. Als junger Polizist kaufte ich mehrmals in der Woche bei »meinem« Tante-Emma-Laden um die Ecke ein und kannte das Inhaber-Ehepaar. Jahre später wurden die beiden bestialisch ermordet: von der eigenen Schwiegertochter, da die vermögenden Schwiegereltern den Sohn enterben wollten. Das

Besondere an diesem Fall: Nach dem Einsatz von Mantrailer-Hunden erhärtet sich der Verdacht gegen die 350 Kilometer entfernt wohnende Schwiegertochter. Von dem Parkplatz aus, wo die Täterin das Auto abgestellt hatte, konnten die Hunde die Spur über verschiedene Autobahnen bis in die Nähe des Wohnorts der Schwiegertochter verfolgen. Durch die bewusst breit gestreute Presseveröffentlichung (pro-aktive Strategie) wird die Mörderin nervös. Sie bereitet sich auf mögliche Fragen bei einer Vernehmung vor, indem sie im Auto Selbstgespräche führt und ihr Alibi bastelt.

Ihr Pech: Wir hatten das Auto verwanzt.

Pumas, Pistolen und Polizisten

Der Puma eines Zuhälters entweicht aus der Wohnung und wird von uns in einer Tiefgarage erschossen. Da wir eine Maschinenpistole an Bord haben, können zweiundfünfzig Schüsse abgefeuert werden, von denen zwölf das Leben der Raubkatze beenden. Der Rest steckt in den Autos.

»Der wollte doch nur spielen«

Kollateralschaden: vierzigmal danebengeschossen

Nach diesem Einsatz erhalten wir zusätzlich ein Magazin (Teilmantelgeschoss) zur Abwehr gefährlicher Tiere. Muss ich nun fragen, ob der Kampfhund beißt oder nur spielen will? Und dann erst mein Magazin wechseln? Merkwürdige Menschen im Ministerium!

Mundraub oder bewaffneter Diebstahl?

Ein Mann mit einem Kirschkorb betritt die Polizeiwache.

»Ich hätte gern den Kollegen Ludwig Müller gesprochen.«

»Ludde, Besuch für dich«, ruft der Wachhabende.

»Ich hab niemanden vorgeladen«, schallt es aus dem Nebenraum.

»Der Herr möchte dir aber was geben.«

»Wie kann ich Ihnen helfen?«, fragt POM Müller.

»Ich glaube, *ich* kann *Ihnen* helfen«, erwidert der Mann mit einem Lächeln.

Müller runzelt die Stirn.

»Vermissen Sie nichts?«, fragt der Mann und wedelt mit dem Kirschkorb vor Müllers Nase.

Müller hat immer etwas vergessen, verloren, verlegt …

Er greift in die Gesäßtasche (Portemonnaie?), in die Hosentasche (Schlüssel?) und sucht in der Innentasche seiner Jacke den Gebührenblock, den er schon oft mit dem Verwarnungsgeld verloren hat.

Mit den Worten »Damit Sie nicht wieder in Versuchung geraten«, überreicht ihm der Mann mit einem Lächeln den Kirschkorb, obenauf Müllers Dienstausweis. Der war ihm beim Kirsch-Klau im letzten Nachtdienst aus der Brusttasche gefallen. Erst vor einer Woche hatte er sich über den Einbrecher (»Wie blöd muss man sein?«) amüsiert, dessen Personalausweis am Tatort gefunden wurde.

Auf den Hund gekommen

Rhein an alle! Rhein kommt mit Ring 20. Soeben Ausbruch aus JVA Koblenz. Zwei Männer sind in das gegenüberliegende Fort Konstantin geflüchtet. Diensthundeführer King verständigt. Achten Sie auf Eigensicherung! Hier Rhein Ende.

Auszug aus dem Nachtrapport der SPI 1:

20.33 Uhr: Rhein 10/1, 10/3 und 10/7 treffen am Einsatzort ein. Nach Aufforderung über Außenlautsprecher erfolgt keine Reaktion.

20.45 Uhr: Diensthundeführer King wird erneut angefordert.

21.04 Uhr: DHF trifft am Einsatzort ein. Der Hund weigert sich trotz mehrfacher Aufforderung, das Fahrzeug zu verlassen, sodass der DHF ihn an der Leine aus seinem Käfig zerren muss. Aber der »Neue« ignoriert auch das Kommando, auf den Mauersims zu springen, um ins Innere der Festung zu gelangen. Ein letzter Versuch: King hebt den Hund auf den Mauersims. Der Hund zittert, und auch das Kommando »Such« führt nicht zum Erfolg. Der DHF bringt den Hund zurück zum Dienstwagen.

21.33 Uhr: PHM Knatterich fordert die beiden Ausbrecher nochmals auf, droht mit der »Anwendung von Polizeihilfsmitteln« (das heißt Einsatz von Diensthunden) und fordert weitere Diensthunde an.

Anmerkung: Vermutlich haben sich die beiden Ausbrecher halb totgelacht, als sie den zitternden Hund gesehen haben.

Nachtrag zum Rapporteintrag des letzten Nachtdienstes über den ersten Einsatz des neuen Diensthundes:

DHF King erklärt auf Befragen, dass er mit seinem »Neuen« zum Zeitpunkt der Alarmauslösung in den Rheinanlagen »bei Fuß gehen« trainierte. Dann habe der Hund einen Hasen gejagt und nicht mehr auf sein Kommando gehört, sodass es eine Zeitlang dauerte, bis er den Hund einfangen konnte. In der Hektik habe er die Heckklappe des Dienstwagens nicht richtig verschlossen, und der Hund sei während der Einsatzfahrt mit Blaulicht und Martinshorn aus dem Auto gefallen. Er stand also noch unter Schock. Verständlich, dass er das Auto nicht mehr verlassen wollte. Nächste Woche will der DHF prüfen, ob der Hund »schussfest« ist. Die beiden Ausbrecher wurden durch andere Diensthunde aufgespürt und zurück in die JVA verbracht.

Der Kriminaldirektor und der »Glas-Wasser-Trick«

KD Günther Zoff leitet den Einsatz bei einer Geiselnahme. Er ist mit dieser Aufgabe überfordert und verlässt die Lagezentrale. Zoff möchte sich in seinem Büro kurz ausruhen und bittet die Sekretärin, ihm ein Glas Wasser auf den Schreibtisch zu stellen. Als das Telefon klingelt, greift er nach dem Glas Wasser und schüttet es sich ins Ohr. Statt diesen Vorfall zu verheimlichen, blickt er auf das Display, ruft den Leiter der Schutzpolizei zurück und sagt: »Was glaubst du, was mir soeben passiert ist?«

Anschließend bittet er seine Sekretärin um ein trockenes Handtuch und wundert sich, dass wir die Szene bei der Fastnachtsitzung in einen Song verpackt haben.

Die alte Frau, der Rollstuhl und ein Kilo Heroin

Observationsbericht Nr. 33: Scheingeschäft 1 Kilo Heroin

... hatte der Dealer als Treffpunkt die zweite Bank am Rheinufer Ehrenbreitstein vorgeschlagen. Da an dieser Stelle eine Observation schwierig war, schob KOK B. den von der Caritas ausgesonderten Rollstuhl auf dem Fahrradweg. Im Stuhl saß KK F. Die beiden Beamten sollten nach dem vereinbarten Zugriffszeichen des VE die Festnahme durchführen. Einige Meter vor der Bank löste sich das rechte Rad des Krankenstuhls und rollte in den Rhein. KK F. sprang aus dem Rollstuhl, bevor dieser in den Abhang kippte. Eine ältere Dame auf der ersten Bank erlitt einen Schwächeanfall und wurde mit NAW in ein Krankenhaus eingeliefert.

Erfolgte Maßnahmen: Festnahme Dealer und VE. Sicherstellung 1 Kilo Heroin. Hausdurchsuchung. Nach Vorführung Einlieferung in JVA und der Dame einen Blumenstrauß ins Krankenhaus gebracht.

BLOGGEPRÜFT – GÜTESIEGEL FÜR BLOGS?

Christiane Geldmacher

»Wenn auf einem Bücherblog ›Rezession‹ statt ›Rezension‹ steht, hat man schon ein Problem«, sagte Petra Samani, Autorin und Bloggerin, bei der SYNDIKATS-Diskussionsrunde *BlogGeprüft – Gütesiegel für Blogs?* Denn auf Bücherblogs – 2015 zählte man über tausend, die Tendenz ist steigend – sind nicht nur Lichtgestalten, sondern auch schlichtere Geister unterwegs; solche, die oft nicht ganz orthografiesicher sind und in deren »Rezensionen« kaum etwas steht, sieht man mal vom Namen des Autors, des Buches und des Verlags ab. Als Autor und als Verlag könnte man sich da manchmal schon die Haare raufen. Im besten Falle ist es lieb gemeint, im zweitbesten Fall erhält das Buch (wie auch immer) Aufmerksamkeit, im schlechtesten Fall kriegt der Autor eins auf die Zwölf: *Dein Buch gefällt mir nicht.* Oft steckt hinter der schlechten Laune ein misslungenes Cover oder ein misslungener Klappentext, aber erklär das mal dem Buchhändler.

Die Veranstaltung *BlogGeprüft* stellte die Qualitätsfrage: Kann es ein Gütesiegel für Blogs geben? Autoren haben zweifelsohne ein vitales Interesse daran, dass ihre Bücher auf Blogs besprochen werden. Dennoch ist das Verhältnis Autor – Blogger nicht ganz konfliktfrei. Auf dem Podium anwesend waren die Autoren Wiebke Lorenz und Peter Prange, Petra Wendler von der Presse und Öffentlichkeitsarbeit des Gmeiner-Verlags sowie die Autorinnen und Bloggerinnen Petra Samani und Corinna Klimek, die die Veranstaltung moderierte.

Früher war das mit den Rezensionen anders. Auch übersichtlicher. Es gab sie in der Lokalzeitung, im Feuilleton, in

Special-Interest-Magazinen, in Fanzinen. Dann kam das Internet, und viele Autoren/Leser/Rezensenten/Kritiker eröffneten eigene Websites, später die leichter zu handhabenden Blogs. Die Hauptvorteile des Blogs: Das Neueste steht immer zuoberst, und Suchmaschinen wie Google verarbeiten die dynamische Technik effizienter als statische Internetseiten. Außerdem ist durch die Kommentarfunktion ein direkter Austausch zwischen Autor und Leser möglich. Man kann sich äußern, zustimmen, diskutieren. Die erste Generation der Bücher- und Krimiblogs führte tatsächlich noch sehr lebendige Streitgespräche über das Thema »Krimi«: was Krimi ist und was nicht, warum Krimi überhaupt, was interessiert und was nicht. Genrediskussionen, Klassiker, Neuerscheinungen – alles wurde erörtert.

Eine Zeitlang fielen die Blogs dann Facebook zum Opfer. Denn in diesem populären sozialen Netzwerk traf sich durch das, was man ein »Momentum« nennt, innerhalb kurzer Zeit die ganze Bücherbranche: die Autoren, Verlage, Agenten, Kritiker, Blogger und natürlich auch die einfachen Leseratten. Die Besucherzahlen der Blogs gingen zunächst erdrutschartig zurück, auch die der Kommentare, woran sich bis heute nicht viel geändert hat, und viele wurden dichtgemacht. Andere existieren im Hintergrund weiter, aber ihre Beiträge werden auf Facebook diskutiert, geliked und geteilt. Der Nachteil von Facebook ist, dass sich das Portal hinter verschlossenen Türen befindet und die Beiträge im Daten-Nirwana verschwinden, von den Suchmaschinen langfristig nicht auffindbar. Außerdem sind Facebookseiten nicht autorenfreundlich zu sortieren. Blogs jedoch schon, die Autoren können Rubriken anlegen, die man direkt anklicken kann, und sinnvoll verschlagworten. Blogs sind die Schatzkisten ihrer Betreiber. So erlebten sie ein Revival. Die Autoren konnten das Blog selbst gestalten und waren die Hausherren. Und sie schufen Aufmerksamkeit.

Heute haben sich viele Buchblogs professionalisiert. Sie nutzen in der Regel viele für den Autor nützliche Zweitverwertungsmöglichkeiten auf Literaturplattformen wie Goodreads, Lovelybooks und Online-(Buch-)Portalen wie Amazon, Thalia et cetera. Sie erreichen ein literaturinteressiertes Publikum. Technikaffine Leser holen sich heutzutage, ob jung oder alt, Anregungen und Ideen aus dem Internet. Auch die unterschiedlichen Empfehlungslisten inklusive der Krimi-ZEIT-Bestenliste werden hier gelesen und weiter verbreitet.

Bleibt das Problem der Quantität statt Qualität; die schiere Masse und Unüberschaubarkeit der Blogs. Denn manches geht daneben. Von Bloggern wird eine Neuerscheinung angefordert, aber, witzige Geschichte, nicht rezensiert, sondern gleich bei Amazon weiterverkauft. Oder das Buch wird durch einen Dreizeiler gewürdigt oder verdammt – und dann weiter verkauft. Petra Wendler vom Gmeiner-Verlag merkte an, die Zeiten in den Verlagen hätten sich geändert; man siebe aus, nach dem Gießkannenprinzip würden schon lange keine Neuerscheinungen mehr versendet werden. Man sei offen und mache sich ein Bild, man führe weiße Listen und schicke die Bücher zielgruppengerecht an Blogger, die sich für spezielle Titel interessieren.

Was aber kann man als Autor tun, der an Marketing im Netz interessiert ist und dies nicht nur den Verlagen überlassen will? Nun, man kann selbst aktiv werden: die qualitative Messlatte an die Blogger anlegen, die man sich für die Auseinandersetzung über die eigenen Bücher wünscht. Also solche finden, die nicht nur diffuse Klickzahlen bringen und die bei ihren Rezensionen nur nach Schema F vorgehen (Einleitung, drei Absätze Inhaltsangabe, ein Absatz Fazit, ein Absatz Cover und ein Absatz Schriftbild oder Haptik), sondern solche, die selbst schreibaffin sind, gerne auch eine Metakenntnis über das Genre haben, die die Neuerscheinung im Kontext eines Gesamtwerks betrachten können und die einen originären, eigenen Ton haben und Informationen und Mehrwert liefern. Solche Blogs wünscht man sich doch als Autor (und als Leser): gut geschrieben, überraschend und intelligent aufgezogen, Dinge entdeckend, die noch nirgendwo anders stehen. Außerdem kann ein Blog seine technischen Möglichkeiten nutzen und – ebenso wie Facebook – Links, GIFs, Fotos und Videos einbinden. Nicht umsonst empfanden gerade Journalisten Blogs bei ihrer Einführung als große Befreiung, weil die vielen Beschränkungen der Printmedien auf die Blogs nicht zutreffen. Blogs können Inhalt, Thema, Ton, Form und die Länge der Beiträge variieren. Hier kann man vielgleisig fahren, was eine Bereicherung für alle ist.

Ja, ein bisschen mehr Mut bei den Bloggern würde man sich in der Tat gelegentlich wünschen. Schließlich haben wir Autoren ihn ja auch. Blogger erwarten von Autoren, dass sie spannend, interessant, eindringlich schreiben. Autoren erwarten dasselbe von den Bloggern. Im Sinne der gemeinsamen Aufgabe: Leselust machen. Darüber war sich das Panel an diesem Nachmittag einig: It's give and take.

Und an einem Gütesiegel für Blogs wären sicher alle gleichermaßen interessiert: Autoren, Verlage, Literaturplattformen, Leser. Ein solches Gütesiegel würde sich auch auf die Seriosität der Blogs beziehen. Hier gibt es viele schwarze Schafe. Inwieweit es funktioniert, ambitionierte Blogs gegen weniger ambitionierte auszuspielen, wird die Zukunft zeigen. Wir sprechen hier immerhin noch von der freien Netzgemeinde.

»IN DEUTSCHLAND WIRD GEHEBELT!«

Stefan Keller

Fast 170.000 Mal wurde im vergangenen Jahr in Deutschland eingebrochen. Grund genug, sich auf der CRIMINALE in Marburg einmal näher mit dem Delikt Wohnungseinbruch zu beschäftigen. Karl Krämer, Kriminaloberkommissar und Leiter der Arbeitsgruppe Wohnungseinbruchsdiebstahl (AG WED – Polizisten lieben Abkürzungen) des Polizeipräsidiums Mittelhessen in Gießen, nahm sich die Zeit, uns über diese im Krimi sträflich vernachlässigte Straftat zu erzählen. Nach neunzig Minuten ließ er mehrere Dutzend Autoren zurück, die jetzt allesamt wissen, wie sie in deine Wohnung kommen.

Sie hebeln das Fenster auf. So machen es die meisten Einbrecher in Deutschland. »In Deutschland wird gehebelt«, erklärt Krämer. Das Aushebeln mit dem Brecheisen sei der »Goldstandard« im Land. Neben diesem traditionellen und erprobten Weg in die fremde Wohnung beobachtet die Kriminalpolizei einige weitere Varianten. Seit sieben Jahren etwa erfreut sich der Spannungsbruch wachsender Beliebtheit: Das Fenster wird durch Spannung zu Bruch gebracht und anschließend mit dem Fenstergriff geöffnet – eine ebenso leise wie unkomplizierte Spielart des Wohnungseinbruchs. Seltener kommen die Einbrecher mit dem Handbohrer, um ein Loch in Tür oder Fenster zu bohren und mit einem Draht den Griff zu bewegen. Vergessen kann man übrigens den Trick mit der Scheckkarte. Es sei denn, man will die Scheckkarte kaputt kriegen. Das funktioniert nur in Amerika, weil Türen in Deutschland meist einen Türfalz haben, der der Scheckkarte im Weg ist. Wer allerdings eine PET-Flasche zur Hand hat, ist schon halb durch die Tür. Insbesondere Cola-Flaschen eignen sich ganz hervorragend. Aus ihnen wird ein Stück ausgeschnitten, um die Falz herumgedrückt und – schwupps! – ist die Tür auf. Sofern sie nicht abgeschlossen war.

Womit wir schon beim Schutz vor Einbruch angelangt wären. Türen und Fenster abschließen, ist die beste Möglichkeit. Überhaupt empfiehlt es sich nicht, Türen oder Fenster aufzulassen, wenn man ausgeht. Eigentlich naheliegend, aber wer denkt schon an das Naheliegende? Licht hält ebenfalls potenzielle ungebetene Besucher aus der Wohnung fern. Ein Hund, gern gewählter Hüter verlassener Eigenheime, taugt nur wenig. Oder genauer: Es kommt auf den Hund an. Mancher begrüßt jeden, der reinkommt, fröhlich schwanzwedelnd, egal, ob derjenige durch die Tür oder durchs Fenster in die Wohnung gelangt, und Bellen schreckt beileibe nicht jeden Einbrecher ab.

Was die Frage aufwirft: Wer bricht eigentlich bei dir ein? Oder – krimineller formuliert: Wer ist deine Konkurrenz?

Kriminaloberkommissar Krämer unterscheidet zunächst drei Tätertypen. Da wäre zum einen der örtliche Täter. Oft handelt es sich bei ihm um einen oder mehrere Jugendliche oder Junkies, die versuchen, ihren Tagesbedarf zu decken, der immerhin bei 100 bis 200 Euro liegt. Oft sind es auch Gelegenheitsdiebe: Das berühmte offene Fenster war einfach zu einladend, um daran vorbeizugehen. Manch einer schafft sich so am Wochenende einen Zusatzverdienst. Der Täter aus der Region geht schon etwas planvoller vor, ist aber unorganisiert im Vergleich zu den meist reisenden Bandentätern, die oft straff organisiert sind und durch die ganze Republik fahren, um ihrem Gewerbe nachzugehen.

Ihre Hauptsaison ist dabei die dunkle Jahreszeit. Einbrecher bevorzugen die Dunkelheit, aber nicht die Nacht, wie man fälschlicherweise gerne annimmt. Die meisten Wohnungseinbrüche geschehen zwischen 16 und 22 Uhr, vor allem in der Kernzeit zwischen 18 und 19 Uhr. Die frühe Dunkelheit im Winter bietet den Dieben einen handfesten Vorteil: Man sieht sie nicht. Zum einen, klar, weil's dunkel ist. Zum anderen, weil weniger Leute auf der Straße unterwegs sind. Ein anderer Vorteil: Wenn es draußen dunkel ist, macht man drinnen das Licht an. Wo kein Licht brennt, ist also vermutlich auch niemand zu Hause, nicht einmal der Hund.

Der gewitzte Leser mag an dieser Stelle einwenden, dass es ja auch im Sommer irgendwann dunkel wird. Das Dumme (für den Einbrecher) ist nur, dass die meisten Leute dann schon zu Hause sind. Auch wenn sich viele besonders fürchten, nachts aufzuwachen und die Einbrecher im Haus zu erwischen, ist das doch die Ausnahme. Der Einbrecher legt auf die persönliche Begegnung mit dem Hausherrn und der Hausherrin genauso wenig wert wie die. Bei 700 Fällen, so berichtet Kriminaloberkommissar Krämer, kam es lediglich 20 Mal zu Kontakt zwischen Täter und Opfer.

Trotzdem ist für die Opfer die Tat häufig traumatisierend. Zu Hause ist oft der sichere Zufluchtsort, der Einbruch wird als Eingriff in die Intimsphäre erlebt und hinterlässt Verunsicherung und Angst. Der Verlust von Wertgegenständen fällt da weit weniger ins Gewicht.

Geklaut wird in der Regel Bargeld, denn Geld ist leicht absetzbar und obendrein »ein schlechtes Beweismittel«, so Kramer. Wer malt schon auf jeden seiner Geldscheine ein kleines, lustiges Gesicht, um im Ernstfall vor Gericht nachweisen zu können, dass sie ihm gehören? Und was sollte das auch bringen? Aus einem anderen Grund ist Goldschmuck bei Einbrechern gern gesehen: Goldankäufer sind nicht buchführungspflichtig, müssen also nicht verzeichnen, was sie von wem für wie viel angekauft haben. Im Zweifel fragt also niemand nach. Elektrogeräte erfreuen sich meist nur bei Junkies größerer Beliebtheit. Für den Profi sind sie vor allem Sperrgut, und es gehört einige Mühe dazu, sie über eBay oder Gebrauchthändler zu Geld zu machen.

Wer es dennoch auf den Fernseher des Nachbarn abgesehen hat, für den hat Krämer natürlich auch einen Profitipp parat: »Wenn Sie einen Mann im Anzug danebenstellen, können Sie in Deutschland alles machen.« Dann fragt nämlich keiner. Wenn da einer Anzug und Krawatte trägt, wird das schon seine Ordnung haben.

Aber nicht deswegen ist die Aufklärungsquote bei Wohnungseinbrüchen eher bescheiden. Viele Täter, insbesondere unter den reisenden Banden, haben keinen festen Wohnsitz in Deutschland, sind also kaum aufzuspüren. Fast schon begeistert erzählt Krämer von einer Bande, die im Winter aus Chile nach Deutschland reiste, um Wohnungseinbrüche zu begehen, und das geklaute Geld per Wester Union ins Ausland überwies. Vor allem ist Polizeiarbeit »Manpower«, so der Kommissar, und viele Kommissariate sind schlicht unterbesetzt.

Dennoch kann keine Empfehlung ausgesprochen werden, neben der kriminellen Schriftstellerei eine zweite Karriere als Einbrecher anzustreben. Immerhin bis zu zehn Jahre Gefängnis erwarten einen, wird man geschnappt. Zeit zu schreiben, denkt sich der eine oder andere vielleicht, aber die nächste CRIMINALE wird er so nicht erleben können. Denn ein Gefängnisfenster lässt sich nicht so ohne Weiteres aufhebeln.

SPIELBERICHT BLISTA ALL STARS – FC CRIMINALE 1:3 SAMSTAG, 23. APRIL 2016 GEORG-GASSMANN-STADION, MARBURG

Alexander Pfeiffer

Irgendwas war komisch. Auf dem Weg zum Stadion fiel mir auf, dass ich zum ersten Mal komplett nüchtern für den FC Criminale auf den Platz gehen würde.

»Echt? Wie ist das denn so?«, bekundete Klaus Stickelbroeck vom Rücksitz her ehrliches Interesse – der Atem des Düsseldorfer Krimi-Cops dezent unterlegt mit den Schnäpsen der letzten Nacht.

Herbert »Schädelknacker« Knorr, unbeirrbarer Schalke/Gazprom-Unterstützer/Aktionär, der uns zum Ort des Geschehens chauffierte, steuerte nur hin und wieder ein trockenes Hüsteln zur Konversation bei. Richtig böse klang das. Seltsam entschlossen. Vielleicht hätte ich da schon was ahnen sollen. Aber mein Gott, in der Bundesliga wurde praktisch zeitgleich um die Plätze für die Champions League und ähnliche Kinkerlitzchen gespielt. Und die anderen Schnapsleichen, äh, Mitspieler im Auto gerierten sich ja auch noch eher unauffällig.

Da war Frank Goldammer aus Dresden. Der junge Mann fiel dadurch auf, dass er immer wieder mit beiden Händen nach dem Bereich seiner Jeans griff, in dem Schiedsrichter üblicherweise die Rote Karte bunkern, und die Beinkleider in Richtung Halskrause zog. Und dann Sanela Egli. Aus der Schweiz. Eine Frau. Eine Art engelsgleiches Wesen unter uns stinkenden Proleten. Was machte die eigentlich hier? Wenn einer das wusste, dann wohl Andreas Izquierdo. Der sollte so was wie der Anführer für diesen zusammengewürfelten Haufen sein. Auch wenn er kaum so wirkte, wie er da auf der Rückbank von Berti Knorrs Gelsenkirchener Sardinenbüchse kauerte und nach Kopfschmerztabletten jammerte. Ich nahm an, dass er die letzten Nächte genau da verbracht hatte, wo sich auch Klaus Stickelbroeck aufgehalten hatte.

Im Georg-Gaßmann-Stadion empfingen uns ein schneidend kalter Wind sowie die Kollegen Matthias Herbert, Carsten Sebastian Henn, Thomas Kowa, Uwe Schimunek, Joachim Anlauf und Guido Kniesel mit Tränen in den Augen. Betrauerte man bereits die sich anbahnende Niederlage? Oder war's nur der Wind, der die durch unzählige verlorene Schlachten gestählten Stoiker aus der Fassung brachte?

Dann war da auch noch der Gegner – die »blista all stars«. Wofür »blista« wohl stehen mochte? Jedenfalls waren diese »all stars« ganz schön jung. Deutlich jünger als unser ramponierter Kader jedenfalls. Sahen alle nach intakten Lungen und Lebern aus. Ganz schön unfair.

Ach was, sagte ich mir. Du hast schon Schlimmeres durchgestanden. Mehrstündige radiologische Untersuchungen in einer Röhre, in der man keinen Muskel rühren darf, zum Beispiel. Oder überdrehte Damen mit losem Mundwerk, die dir in mehrstündigen Monologen schreiend auseinandergesetzt haben, was an deiner Persönlichkeit alles fehlerhaft ist. Da wirst du auch das hier durchstehen können.

Apropos überdrehte Damen mit losem Mundwerk: Sabine Trinkaus, Eva Almstädt und Judith Merchant waren auch da. Leicht bekleidet in meiner Lieblingsfarbe Rot, lautstark jubelnd, als gäbe es etwas zu feiern. Als könnten sie es kaum erwarten, Zeuginnen zu werden, wie wir uns einmal mehr zu ihrem Amüsement einer Horde von Fußballern opfern würden, die sich in diesem Spiel tatsächlich auskannten.

Die drei tapferen Damen bildeten den überschaubaren

Rest der SYNDICATS, jener ersten und einzigen Krimiautorinnen-Cheerleader-Gang, die seit dem Jahr 2004 das einzig Sehenswerte an den Spielen des FC CRIMINALE darstellt. Kaum hatte ich das traditionelle Verliererleibchen in Weiß und Rot übergestreift und bibbernd das Grün betreten, auf dem wir diesmal unseren Stolz und mehrere Liter Schweiß lassen sollten, offenbarten mir die drei Grazien, sie hätten keine Puscheln dabei. Also jene Stoffballen, die sie in all den Jahren geschüttelt hatten, um unser Gebaren auf dem Platz zumindest ein wenig zu verdecken.

Was sollte das denn für ein Spiel werden, bitte? Keine Puscheln und lediglich drei Puschlerinnen? Wer von den zerstörten Männern in den rot-weißen Trikots sollte denn seinen Kadaver nennenswert in Bewegung bringen, ohne vielstimmiges weibliches Zureden der ganz besonders geduldigen, aufopfernden Sorte?

Zum Glück fanden sich dann doch noch mehr kreischende Männlein und Weiblein am Spielfeldrand ein. Alle vollstens bekleidet – wie hätte ich mir da Namen oder Gesichter merken sollen? Rausgestochen hat auf jeden Fall der knallpinke Selfiestick von Frau Wolff aus Köln. So mancher FCler lief beim Anblick des Teils direkt etwas schneller. Als hätte er Angst, es auf den Schädel zu bekommen.

Dabei hätten ja die anderen Angst haben sollen. Also der Gegner. Wie hieß der noch mal? Immerhin waren wir dem als die »tödliche Fußballelf des SYNDIKATS« angekündigt worden. Wir hatten also eine Reputation zu verteidigen. Wenn schon sonst nichts. Wie viele Dinger hatten wir beim letzten Mal kassiert? Sieben? Acht? Habt Dank, gnädiges Vergessen und unterstützender Alkohol!

Einer, der sich anscheinend an gar nichts erinnern konnte, war Joachim Anlauf. Aus Leipzig. Von da soll ja dieses Durcheinander aus Gemüse kommen: Leipziger Buchmesse oder so ähnlich. Der gute Mann stand zum ersten Mal für den FC Criminale auf dem Platz. Völlig ungetrübt von jeglicher Erkenntnis. Schoss den Ball, kaum dass das Spiel ein paar läppische Minuten alt war, mal eben ins Tor des Gegners. Später sollte er auch noch behaupten, es sei seine erste Ballberührung gewesen.

Die Zuschauer im weiten Rund des Georg-Gaßmann-Stadions zeigten sich jedenfalls konsterniert. Der Stadionsprecher plapperte unaufhörlich wiederholend seine Frage nach Torschützen und Spielstand ins Mikrofon, die Syndicats versenkten ihre verfrorenen Nasen schuldbewusst in dampfende Teetassen. Erst als kurz vor dem Halbzeitpfiff der Ausgleichstreffer für die Marburger Heimelf fiel, erwachte das Auditorium wieder zum Leben.

»Hey, super. Immerhin ein Unentschieden«, schallte es mir vom Spielfeldrand entgegen.

»Ähm«, wagte ich anzumerken. »Da ist noch 'ne Halbzeit zu spielen.«

»Watt denn? Noch 'ne Halbzeit? Bei der Schweinekälte?«

»Na ja«, gab ich zu bedenken. »Aber wir haben doch die kurzen Hosen und Hemden an.«

»Aber ihr bewegt euch doch auch, Mensch!«

Was will man da noch sagen? Ich meine, es blieb uns ja praktisch gar nichts anderes übrig, als uns zu bewegen. Das war wirklich verdammt kalt da in diesem Stadion. Und die Hosen und die Hemden waren echt kurz.

Na ja, jedenfalls hat dann Guido Kniesel noch zwei Tore geschossen. In der zweiten Halbzeit. Irgendwie. Und der Gegner, von dem kam nichts mehr. So sagt man das, glaube ich. Jedenfalls beschwerte sich unser Torsteher Matthias Herbert später, er hätte gar nichts zu tun gehabt. Wie gesagt, es war alles irgendwie komisch. Dabei hatte dieser Guido Kniesel, also, der hatte zu Beginn des Spiels noch relativ harmlos ausgesehen. Auf seiner Autorenwebsite verkündet dieser sich mit einer juvenil-treuherzigen Fassade tarnende Zeitgenosse, dass »der freie Wille des Menschen nur eine Illusion sei, weil all unser Denken und Handeln vollständig von unseren (dem physikalischen Kausalprinzip unterworfenen) Hirnschaltkreisen determiniert wird, und wir uns hinterher (in unserem konstruierten Bewusstsein) lediglich einbilden, wir hätten das Heft selbst in der Hand gehabt.« Hat Herr Kniesel also gar nicht anders gekonnt, als an diesem Nachmittag zweimal einzunetzen? War er am Ende gar nur der Diener einer Vorsehung, die größer ist als wir alle? Größer sogar als der FC CRIMINALE und seine Historie an Watschen?

Es war jedenfalls erst lange nach dem Spiel, sehr viel später am Abend, da hatte ich die Nüchternheit des Nachmittags längst mittels diversen Gängen zur Hotelbar überwunden, als mir endlich jemand auseinandersetzte, wofür dieses »blista« in »blista all stars« eigentlich stand: Deutsche Blindenstudienanstalt Marburg e. V. Aus Lehrern, Mitarbeitern und sehbehinderten Schülern eben jener Blindenstudienanstalt habe die gegnerische Mannschaft bestanden, unterstützt durch »Marburger Prominenz«.

»Blind?«, stammelte ich. »Die waren blind?«

»Nicht blind. Sehbehindert. Aber ein paar konnten auch sehen.«

»Du meinst die ›Marburger Prominenz‹?«

»Genau.«

»Wen gibt's denn Prominentes aus Marburg?«

»Keine Ahnung.«

»Verstehe«, nickte ich und schlich mich von dannen.

Stellen Sie sich bitte den Abgrund vor, in den ein solcher Dialog einen euphorisierten Sieger schleudern muss. Als würden ihm die Schuppen von den Augen fallen. Als würde er binnen Sekunden von den Blinden hinüber zu den Sehenden wechseln. Ich meine, verdammt noch mal, bis jetzt waren noch in jedem Duell, das ich mit dem FC CRIMINALE bestritten und durchlitten habe, wir die Blinden gewesen! Und jetzt sollten wir diesen letzten Nimbus auch noch abtreten? Ihn beschämt in Marburg zurücklassen?

Komisch war das. Dieser Tag in Marburg. Demütigend. Lassen Sie mich das jetzt bitte schnell wieder verdrängen. Diese Bilder löschen. So als wäre ich … Wie heißt das?

INGO

Maren Graf

Wirklich. Sie hatte das nicht gewollt. Es war letztendlich einfach passiert. Und ganz so dramatisch, wie es auf den ersten Blick aussah …

Sie schaute auf ihn herab. Das massige Fleischermesser lag noch immer in ihren zarten Fingern. Etwas anderes hatte sie nicht zur Hand gehabt. Es war alles so schnell gegangen, wie im Rausch. Und jetzt lag er halt da. In seinen Einzelteilen.

Natürlich hatte sie auch ein schlechtes Gewissen. Sie wäre ja verrückt, wenn nicht. Aber für einen Moment konnte sie seinen Anblick dennoch genießen.

Dann allerdings drehte sich der Schlüssel in der Haustür. Panisch raste ihr Blick durchs Wohnzimmer, erfasste das Ausmaß der Schweinerei, die sie angerichtet hatte. Das hätte nicht passieren dürfen.

Hektisch packte sie seine Beine, zerrte ihn stöhnend über den Boden, bevor ihre Hände unter der ungewohnten Last den Halt verloren und er unsanft und mit einem dumpfen Poltern auf dem Boden aufschlug. Noch im selben Moment kam ihr Mann herein.

Er starrte entsetzt auf das Grauen, das sich seinen Augen bot. Wie sie da hockte, den Schweiß auf der Stirn, die Panik im Gesicht, inmitten der zerfledderten Verpackung.

Sie hatte das wirklich nicht gewollt. Sie hatte sich doch eigentlich im Griff.

»Sag mir nicht, dass du schon wieder shoppen warst!«, blaffte er sie an. »Was ist das? Ein Tisch?«

SEXUALVERBRECHEN, PROSTITUTION, ZUHÄLTEREI – EIN KRIMINALHAUPTKOMMISSAR BERICHTET

Toni Feller

Während meiner fünfunddreißigjährigen Dienstzeit war ich acht Jahre bei der Sitte. Danach arbeitete ich bei einer Kriminalaußenstelle als Ermittler für Nichtnatürliche Todesfälle sowie für Gewalt-, Sexual- und Branddelikte. Parallel dazu war ich ab 1985 bis zu meiner Pensionierung 2011 Mitglied der Karlsruher Mordkommission.

Die Arbeit bei der Sitte war sehr erlebnisreich und hat meist viel Spaß gemacht. Mein Fazit: Im Sexualverhalten von Menschen gibt es nichts, was es nicht gibt. Das, was ich zu erzählen habe, klingt ohne Zweifel sexistisch. Aber es ist die Wahrheit und nur ein winziger Auszug dessen, was ich bei der Bearbeitung von Sexualdelikten erlebt habe.

Das Skurrile und Eklige zuerst: Er war einer der beliebtesten Showmaster des deutschen Fernsehens und weltbekannt. Eine sonderbare Vorliebe brach ihm fast das Genick. Er wurde erwischt, wie er, verkleidet, in einer Schultoilette mit einer speziellen Vorrichtung Urin von kleinen Jungs auffangen wollte, um den »Natursekt« zu trinken. Der Vorfall konnte geheim gehalten werden.

Eine Prostituierte berichtete mir einmal, sie habe einen Stammkunden, der nur auf »Schokolade« stehe. Der Mann sei Bundesrichter und würde seine Besuche immer drei Tage vorher ankündigen. Bis zu seinem Erscheinen müsse sie genau das essen, was er ihr auftrug. Während er das von ihr Verdaute und wieder an den Tag Gebrachte genüsslich verspeisen würde, müsse sie ihm splitternackt gegenübersitzen. Ihr Lohn sei fürstlich.

Meinen ersten Kontakt zur Prostitution hatte ich als Agent Provocateur: Ich musste eine Dame in die Falle locken, die ihre Liebesdienste verbotenerweise im Sperrbezirk anbot. Zwei Kollegen nutzten meine Unerfahrenheit schamlos aus. Entgegen der Absprache ließen sie mich unendlich lange zappeln, bis sie mich aus der für mich oberpeinlichen Lage als Freier, der sich weder entkleiden noch zahlen wollte, befreiten.

Zurzeit gibt es in Karlsruhe circa vierhundert Prostituierte. Sechzig davon gehen ihrem Gewerbe auf der Straße nach. Das ist ein echter Knochenjob. Sie frieren sich in kalten Nächten den Allerwertesten ab und sind am meisten gefährdet. Freier sind manchmal nicht zimperlich.

Am Bahnhof, in Parks, öffentlichen Toiletten und anderen Örtlichkeiten gehen etwa hundert meist junge Männer auf den Strich. Nicht selten kommt es im Schwulenmilieu zu Raubstraftaten. Da sich die Freier oft nicht outen wollen, bleiben die Delikte ungesühnt. Gelegentlich werden auch massive Gewalttaten bis hin zum Mord verübt. Die Gründe, aus denen Frauen der Prostitution nachgehen, sind vielschichtig. Ein Teil wird brutal dazu gezwungen, andere werden mit falschen Versprechungen gelockt oder lassen sich einfach dazu überreden. Wieder andere handeln aus eigenem Entschluss. Oft aus finanzieller Not, aber auch genauso oft, um nicht arbeiten zu müssen und dennoch gut leben zu können. Es gibt in der Branche Frauen, die ihren Körper schon für 20 Euro verkaufen. Das sind in der Regel Schwarzafrikanerinnen, Osteuropäerinnen oder Prostituierte, die hochgradig heroinsüchtig sind.

Viele Dirnen gehen innerhalb kurzer Zeit psychisch zugrunde, nehmen Aufputsch- und Beruhigungsmittel oder hängen an der Nadel. Sie altern in einem erschreckend hohen Tempo. Aber es gibt sehr wohl auch Prostituierte, die Spaß an ihrer Arbeit haben, sich Jahrzehnte im Beruf halten und nicht mehr an Schönheit und Frische verlieren als andere Frauen. Ich habe sogenannte »Edelnutten« kennengelernt, die ohne Zuhälter in eigener Regie arbeiteten und für spezielle Dienste locker 10.000 Euro im Monat verdienten. Meist haben die Damen des horizontalen Gewerbes aber einen Beschützer, der das Geld verwaltet – sprich auf den Kopf haut.

Zuhälterei ist nur schwer zu beweisen. Packt tatsächlich mal eine Dirne aus, weil sie von ihrem Luden zu sehr abgezockt, geschlagen oder unter Druck gesetzt wird, widerruft sie nach ein paar Tagen ihre Aussage. Angst vor den Zuhältern, vor völliger Armut, Verlust von Wohnung, Anerkennung und Zuwendung sind die häufigsten Motive dafür.

Ich habe unzählige spektakuläre Sexualdelikte bearbeitet, die nichts mit Prostitution zu tun hatten. Hier einige Beispiele:

Ein zwölfjähriger Junge zeigt in der Schule einen Videoclip herum. In diesem ist ein Paar zu sehen, das einen Mann beim Sexspiel fesselt, um ihm anschließend sein bestes Stück abzuschneiden. Danach enthaupten die beiden das Opfer und trennen seine Gliedmaßen vom Torso.

Mit einer Kollegin fahre ich zur Schule. Als wir uns den Film ansehen, kippt meine Kollegin aus den Latschen. Da unsere Spezialisten den Urheber des Clips nicht namhaft machen können, schalte ich das BKA und Interpol ein. Tage später erhalte ich die Info, dass die Tat in Polen begangen, das Paar bereits ermittelt und zu lebenslanger Haft verurteilt worden sei.

Man glaubt es kaum. Aber es gibt auf dieser Welt Frauen oder Paare, die allein zu dem Zweck Kinder zeugen und heimlich auf die Welt bringen, um sie schon als Baby sexuell zu missbrauchen oder sie zu verkaufen. Die Käufer vergehen sich an den Kindern, wobei es vorkommt, dass die Opfer sterben. Beim Verkauf ist die Entsorgung der Kinderleiche oft Vertragsbestandteil.

Vergewaltigung einer Asiatin: Es ist Aschermittwoch. Ein Mann erscheint gegen Mittag mit seiner Frau auf dem Polizeirevier und gibt an, seine Angetraute sei in der Nacht vergewaltigt worden. Sie ist eine bildhübsche Indonesierin. »Wieder so eine Schlampe, die ihrem Mann einen Bären aufbinden will«, höre ich einen Kollegen sagen.

Bei ihrer Vernehmung lasse ich mir Zeit. Die Frau erzählt, sie sei mit ihrem Ehemann auf einer Faschingsveranstaltung gewesen. Nach Mitternacht sei der Mann nach Hause gegangen, weil er müde wurde. Sie sei noch zwei Stunden geblieben und dann auf dem Heimweg überfallen worden. Der Täter sei maskiert gewesen, habe ihr ein Messer an den Hals gehalten und sie abseits der Straße auf einen Feldweg gedrängt. Dort habe er sie über längere Zeit mehrfach vaginal, oral und anal vergewaltigt. Aufgrund meiner langjährigen Erfahrung bin ich mir sicher, dass die Frau die Wahrheit sagt. Sie hat sich in der schwersten Stunde ihres Lebens unheimlich clever verhalten. Nicht nur, weil sie dem Täter keinen Grund gab, sie zu töten, sondern auch, weil sie sich nach dem Martyrium mit dem Unbekannten verabredet hat.

Es ist mir ein Hochgenuss, den Dreckskerl ein paar Stunden später festzunehmen und ihm ein Geständnis zu entlocken, das ihm fünfeinhalb Jahre Knast einbringt.

Entführung und Vergewaltigung: Eine Frau wählt den Notruf und teilt mit, dass eine Freundin von ihr entführt und vergewaltigt wurde. Die Freundin habe den Tätern kurzfristig entwischen können, sei dann offensichtlich aber wieder von ihnen eingeholt worden. Während die Großfahndung läuft, erscheint das Opfer am frühen Morgen bei der Freundin. Ein Kollege und ich kümmern uns um die Frau.

Sie erzählt, dass sie am Abend zuvor auf offener Straße von drei Türken in einen Mercedes gezerrt und entführt worden sei. Zwischendurch habe sie fliehen können, sei dann aber wieder von ihren Entführern eingefangen und dann von allen dreien mehrfach und stundenlang im Auto vergewaltigt worden.

Ich rieche den Braten schon nach den ersten zehn Minuten. Wir bringen die Frau zur gynäkologischen Untersuchung ins Klinikum. Sperma wird gesichert. Verletzungen am Körper, insbesondere im inneren und äußeren Schambereich, gibt es nicht. Anschließend fahren wir mit ihr zu der Stelle, an der sie ins Fahrzeug gezerrt wurde. Danach zur Telefonzelle, von wo aus sie ihre Freundin angerufen hat. Dort kollabiert die Frau. Der Notarzt weist sie ins Krankenhaus ein.

Tage später vernehme ich sie insgesamt drei Mal über längere Zeit. Ich bin sicher, die Straftat ist vorgetäuscht, wie nach eigener Statistik übrigens 36 Prozent aller angezeigten Sexualdelikte. Sie bestreitet das hartnäckig. Ich halte ihr mehrfach vor, sie könne auf dem Rücksitz des Pkw überhaupt nicht vergewaltigt worden sein: in Rückenlage, dazu mit knallengen Jeans, die die Täter ihr nicht einmal über die Knie gezogen haben. Sie bleibt stur. Erst als ich ihr die Aufnahme des Notrufs ihrer Freundin vorspiele, knickt sie ein. Während sie mir nämlich erzählt hatte, sie sei erst nach ihrer Flucht vergewaltigt worden, hatte sie beim Telefonat mit ihrer Freundin behauptet, eine Vergewaltigung habe schon stattgefunden. Das war ein krasser Widerspruch, mit dem ich sie schließlich weich kochen kann. Der »Samenspender« war nebenbei ein alter Bekannter, den sie zufällig getroffen hatte. Mit ihrer Lügengeschichte wollte sie ihren Verlobten dazu bringen, dass er sich wieder mehr um sie kümmert.

Bei meinem Vortrag auf der CRIMINALE in Marburg hatte ich noch eine Unzahl von weiteren, äußerst ungewöhnlichen Fällen in petto. Muss mir echt überlegen, ob ich darüber nicht doch noch ein Buch schreiben sollte, wie mir Hans Peter Roentgen dringend empfahl.

EINE KLEINE LEKTION IN DER WIENER GAUNERSPRACHE

Günther Zäuner

Der Blade hot aundraaht
Drauf hob i eahm hamdraht
Do hob i wos z'saumdraaht
Und jetzt bin i eing'naht.

übersetzt:

Der Dicke suchte Streit
Ich brachte ihn um
Da ist mir etwas passiert
Jetzt bin ich verhaftet

HÖRBARES FUNKELN DES FLUNKERNS – GRUNDLEGUNGEN EINES HÖRSPIELERS

Ulrich Land

Er: Mein Gott, bin ich verknallt.

Sie: Verliebt.

Er: Mich hat's so richtig erwischt. Das muss Liebe sein.

Sie: Ist Liebe.

Er: Ist Liebe. Sollen wir …?

Sie: Ja.

Er: Da gibt's diesen Juwelier am Luftschlosspark.

Sie: Der mit diesen total schönen Verlobungsringen? Ganz schlicht, ganz einfach und einfach schön? Oh ja!

Er: Aber …

Sie: Mach dir wegen der Kohle keine Sorgen.

Er: Aber ich muss dir was gestehen.

Sie (*mit dünner Stimme*): Raus mit der Sprache!

Er: Ich werde dir fremdgehen.

Sie: Mach nicht solche Witze! Ich hasse solche …

Er: Seitensprünge sind mein Fluch und meine Leidenschaft. Sind mein Thema, seit ich denken kann.

Sie: Hör auf, du machst ja alles kaputt.

Er: Aber ich mach dir einen Vorschlag: Du darfst mir die Frauen aussuchen für die One-Night-Stands.

Sie lässt sich – nach anfänglichem Zögern, versteht sich – auf den Deal ein. Und schon tut sich ein bunter Strauß an Möglichkeiten auf, wie die Story weiter und zu Ende gehen könnte. Eine prekäre Ausgangssituation, die nach ausladenden Schwüngen des Federkiels schreit. Denn: Was veranstaltet sie jetzt? Sucht sie ihm die hässlichsten Schabracken aus? Oder die stolzesten Frauen, wo sie sich sicher sein kann, dass er sich die Zähne an ihnen ausbeißt? Oder setzt sie eine ihrer Freundinnen auf ihn an, damit sie ihm eine lange Nase zeigt? Oder alles das und noch viel mehr? Platzende Kondome, abgebrochene Fleischermesser, die große Schere. Und schon ist das schönste Hörspiel in Gang gesetzt. Ein Setting als Büchse der Pandora. Das ist schon mal die halbe Miete. Der Ausgangspunkt. Und als Fluchtpunkt die Schlusspointe. Dazwischen spannt der Fächer vielfältigster Möglichkeiten seinen Bogen. Gehört alles nur noch aufgeschrieben und aufgenommen.

Dramaturgisch beschleunigt, pointiert, dramatisch zugespitzt. Aber stets eingedenk der Tatsache, dass der Hörerin, dem Hörer nur die Ohren zur Verfügung stehen. Informationssätze zum Setting, zu den Personen, zum Plot sind zwecks Peinlichkeitsvermeidung strengstens verboten. Trotzdem sind notwendige Informationen den Dialogen subkutan unterzumogeln. Verschämt kaschiert und auf Lücke gestrickt. Hauptsache, wir bleiben im Gespräch. Hauptsache, die Dialoge laufen. Und zwar schnell. Leben von der Verdichtung, der Kürzewürze, von den 180-Grad-Wendungen, den Überraschungsmomenten. Und Hauptsache, die Dialoge haben ihre Kulisse, ihre akustische. Ihren Teppich, wo die Bilder im Kopf des (Kopf-)Hörers das Laufen lernen. Und zwar schnell. Und zwar sofort. Aufs erste Hören hin, im Vorbeigehen gewissermaßen. Denn weder Hörer noch Hörerin können zurückblättern.

Und bei all dem sind Hörspielerin und Hörspieler an sich Lügner. Leben von der Illusion. Ein Griff ins Geräuscharchiv, und schon sind wir in der Südsee. Oder im Falle von Er und Sie und ihrem Liebesdrama im Bett der ausladenden Currywurstbudenbesitzerin. Oder unter der Peitsche der Sado-Maso-Puffmutter. Oder unterm Messer der Auftragskillerin. Nicht schön für unseren Seitenspringer. Aber schön für uns Hörspielstricker.

Wenn, wer Hörspiele schreibt, nur den Mund auftut, den Stift in Bewegung setzt, die Tastatur traktiert, hat er, hat sie schon gelogen. Wie gedruckt. Pure Vorstellung, wilde Fantasie, Hirngespinste, die reine Unwahrheit. Wer ein Hörspiel honoriert, hat schon die käufliche Lüge subventioniert. Wer's hört, weidet sich an der Verlogenheit. Aber wozu rot werden? Schließlich bot schon Eva ihre Früchte mit gespaltener Zunge an. Und der Liebeslügenliebhaber erst – obwohl, recht eigentlich ist er ja ehrlich. Die ehrliche Haut einer untreuen Tomate.

Die Kunst des Hörspielens jedenfalls besteht darin, ein kleines Wort hier, ein kleines Wort da fallenzulassen. Eine Steuererklärung gestern. Ein Seitensprung morgen. Ein Besuch im Beichtstuhl. Die Feder in der Hand pflegen diese schrägen Vögel die Lüge. Nach Strich und nach Faden. Greifen kulturbeflissen zur sprachtrunk'nen Poesie geflügelter Worte, flunkern ganze CD-Ständer voll, Tonkassetten-Regalmeter, gigabyteweise zugedröhnte Speicherkarten. Hörspielen ist die Hohe Schule der Lüge. Die illusionistischste, die flüchtigste der Krimikünste. Die wahre Lüge, wenn auch nicht die einzig wahre, schon gar nicht die einzige. Hörspielend wird gelogen, dass sich die Balken biegen. Um der Wahrheit willen. Um des Mehrwerts willen, den die Lüge dem Krimihörspiel verpasst und der es abhebt von der Reality-Reportage, von *Aktenzeichen XY ungelöst*. Erfundene Welten, erlesene und ergaunerte Figuren, erstunken und erlogene Handlungsabläufe. Um unausgelotete Lebensmöglichkeiten auszuloten, Affären auszuspinnen, Dilemmata auszufeilen, Ungereimtheiten über die Zeit zu retten.

Lügen haben kurze Beine und lange Zeilen und wunderbare Sounds. Und fertig ist die Hörspielerei.

Er: Hey, Süße, ich schlage vor, wir machen jetzt erst mal einen auf Bonnie and Clyde und überfallen den Juwelier am Luftschlosspark. Nicht nur wegen der Ringe. Ich denke, wir seh'n uns mal ein bisschen ausgiebiger um. Und mit dem Geld machen wir so 'ne Art Flitterwochen. Machen eine Reise irgendwohin, wo es keine Frauen gibt.

Sie: Nicht mit mir. Zu langweilig.

DUNKLE MOMENTE

Uschi Lange

Dunkle Momente,
kurz davor,
aufzugeben,
vom Turm zu springen,
mit dem Auto vor die Wand zu fahren,
jede Menge Schlaftabletten zu nehmen,
abzuhauen.
Momente der Angst,
verrückt zu werden,
an allem zu verzweifeln,
zusammenzuklappen,
sich sinnlos zu besaufen.
Tränen rinnen,
die Blase hustet,
und du bist plötzlich hundert Jahre alt.
Der Tod erscheint so süß,
erlösend,
und trotzdem scheint die Sonne,
Vögel singen,
der Kopf zerspringt.
Es ist nie vorbei!

KRIMI-LESUNGEN: AUTORENUMFRAGE UPDATE 2016

Daniel Carinsson

Bereits zum dritten Mal habe ich unter unserer Autorenschaft eine Befragung zum Thema »Lesungen« durchgeführt. Dank der regen Teilnahme haben wir damit inzwischen Zeitreihen ab 2011 zur Entwicklung der Anzahl der Lesungen, der Veranstaltungsorte und natürlich vor allem der Gagen. Schon seit der ersten Befragung zeigte sich: Unsere Autorinnen und Autoren erhalten für Lesungen nicht einmal die Hälfte der unter anderem von ver.di empfohlenen Richtgagen. Wie sich die Lage 2015 darstellt, dokumentiert die nachfolgende Zusammenfassung. Eine ausführliche Auswertung der Befragungen finden Mitglieder des Syndikats im Geheimbereich auf unserer Website.

2015 war ein besch…es Jahr

Geradezu schockierend besch…eiden waren wir als Lesende im vergangenen Jahr. Ob freiwillig oder den Umständen geschuldet – viele Gemeinden und öffentliche Einrichtungen hatten ja aus Sorge um die Kosten der Flüchtlingsherausforderung etliche Kultur-Etats vorsorglich eingefroren oder gestrichen –, darüber könnte man diskutieren. Fest steht, dass die Zahlen erschreckend sind. Dem silberstreifenden Aufschwung, der sich noch vor einem Jahr aus den Zahlen interpretieren ließ, ist ein jäher Absturz gefolgt. Und das sowohl bei der Anzahl der Lesungen als auch – und vor allem – bei deren Entlohnung.

Im Durchschnitt 13,78 Lesungen hatten die Mitglieder des Syndikats 2015 in ihren Terminkalendern. Das sind 3,4 Prozent weniger als im vorangegangenen Jahr. Allerdings sehen wir im Median, also der Anzahl der Lesungen, bei der genauso viele mehr Lesungen haben als weniger, doch einen Anstieg von 9 auf 10 Lesungen. Was bedeutet, dass erneut die Vielleser letztes Jahr etwas weniger oft zum Einsatz kamen. Immerhin, nicht ganz unsozial, könnte man sich trösten.

Und Trost ist auch notwendig, wenn man den Blick auf die Gagen lenkt. Gerade mal 165,94 Euro pro Lesung haben wir im letzten Jahr durchschnittlich eingenommen. Das ist der niedrigste Wert der vergangenen fünf Jahre und der niedrigste seit Beginn dieser Befragung. Stolze 11,8 Prozent beträgt der Rückgang gegenüber dem Vorjahr. Wir liegen damit jetzt sogar deutlich unter der Hälfte der empfohlenen Gagen von 350 Euro.

Noch dramatischer ist der Rückgang bei der Betrachtung des Medians, der um 18,8 Prozent von 200 auf 162,50 Euro gesunken ist. Bei dieser Betrachtung lagen wir zwar 2011 (121,71 Euro) und 2012 (136,36 Euro) noch schlechter, was erneut bedeutet, dass die »Großverdiener« tendenziell am meisten Federn lassen mussten. Aber auch hier muss man festhalten, dass es nicht angehen kann, die »Schere« dadurch zu schließen, indem es insgesamt weiter nach unten geht.

»The Gap« schließt sich etwas – in die falsche Richtung

Genau dasselbe gilt für den Unterschied zwischen Autorinnen und Autoren. Wobei sich hier ein erstaunlich paradoxes Bild bietet. Denn die Herren Lesenden haben bei den Gagenforderungen kräftig zugelegt. Der Median stieg hier von 250 auf 300 Euro. Allein, sie waren damit offenbar nicht sonderlich erfolgreich. Die erzielten Durchschnittshonorare bei den Männern stürzten von 231,38 Euro um sage und schreibe ein Viertel (25,9 Prozent) auf 171,51 Euro je Lesung ab. Damit liegen sie nur noch 10 Euro über ihren Kolleginnen, die ihr Durchschnittshonorar sogar minimal um 4,7 Prozent auf jetzt 161,01 Euro je Lesung steigern konnten. Für Autorinnen wird damit in den vergangenen drei Jahren – Schwankungsbreiten der Umfragen berücksichtigt – quasi konstant dasselbe bezahlt (2013: 159,45 Euro, 2014: 153,72 Euro). Dabei haben die Damen wiederum ihre Gagenforderungen bei den Verhandlungen zurückgefahren. Im Median von 300 auf jetzt 250 Euro.

Zur Freude über die Angleichung zwischen den Geschlechtern besteht indes natürlich keinerlei Anlass. Vom Ziel einer Lesungsgage von 350 Euro für alle sind wir aktuell weiter entfernt denn je.

Übrigens, falls jemand vermuten sollte, der Rückgang der Gagen könne darauf zurückzuführen sein, dass mehr Lesungen mit mehreren Autorinnen und Autoren stattfänden, bei denen es dann – eventuell ja nachvollziehbarerweise – geringere Gagen gäbe: Das Gegenteil ist der Fall. Die Anzahl der Lesungen, die wir gemeinsam mit Kolleginnen und Kollegen bestritten haben, ist ebenfalls deutlich zurückgegangen. Um fast ein Drittel (31,1 Prozent) auf durchschnittlich nur noch knapp 3 Lesungen mit mehreren Vortragenden. Auch die Anzahl der Benefizlesungen – Thema »Flüchtlinge«, Thema »Rechtsruck«, es gäbe ja genug Anlässe für Benefizveranstaltungen – ist gesunken, ebenfalls um ein Drittel.

Im Durchschnitt machen wir alle pro Jahr nur noch 1,2 deklarierte Gratislesungen, im Vergleich zu konstant 1,7 bis 1,8 in den davorliegenden drei Jahren.

Keine Ausreden

Es gibt also keine Ausreden, und es muss sich hier wirklich dringend etwas tun. Sonst, ganz ehrlich, sollten wir Lesungen besser sein lassen und die Zeit zum Schreiben nutzen. Natürlich besteht die Möglichkeit, nachdem sich abzeichnet, dass die nicht enden wollende Migrantenflut doch ausgesprochen endend zu sein scheint, und nachdem die Bundesländer für ihre diesbezüglichen Aktivitäten ordentliche Kompensationen vom Bund ausgehandelt haben, dass nun also die zurückgehaltenen Kultur-Etats wieder auftauen und sich dieses und nächstes Jahr die Situation deutlich verbessert. Allerdings sollten wir nicht nur darauf vertrauen. Selbst wenn der Status quo aus 2014 wieder erreicht werden sollte, war das ja immer noch weit vom Ziel entfernt.

Ich denke, hier sollte mehr geschehen. Daher werde ich das Thema im Sprecherteam verstärkt auf die Agenda setzen und versuchen, es auch im sich gerade formierenden Autorennetzwerk – über das an anderer Stelle zu berichten sein wird – zu platzieren. Urheberrechte sollten ohnehin nicht unsere einzige Sorge sein. Auch auf der CRIMINALE 2017 möchte ich die Problematik aktiv ins Programm bringen und zu einem Workshop einladen, dessen Ziel die Ideenfindung für konkrete Aktionen und Maßnahmen sein soll, um – (publikums-) wirksam – auf die kontinuierlich schlechte Entlohnung für unsere Darbietungen aufmerksam zu machen.

Auf diesem Wege möchte ich daher auch gleich alle Leserinnen und Leser dieser Zeilen bitten, mir Anregungen, Vorschläge und Ideen zu senden an: carinsson@das-syndikat.com.

Durchschnitt Anzahl Lesungen im Jahr
je Autorin/Autor
20,00
15,00
10,00
5,00
0,00
16,66
18,36
18,36
14,27
13,78
2011
2012
2013
2014
2015

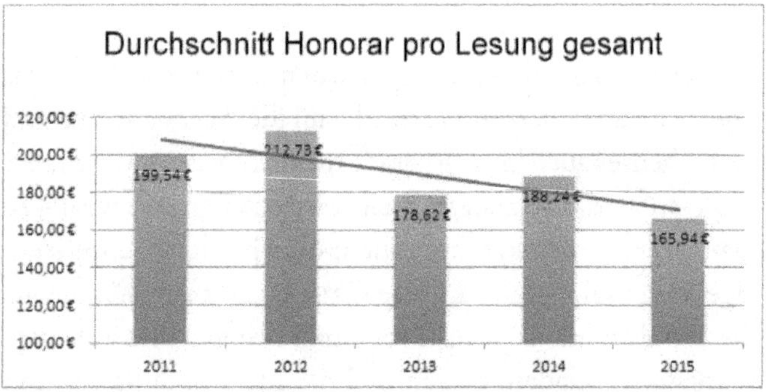
Durchschnitt Honorar pro Lesung gesamt
220,00€
200,00€
180,00€
160,00€
140,00€
120,00€
100,00€
199,54€
212,73€
178,62€
188,24€
165,94€
2011
2012
2013
2014
2015

LASST KNOCHEN SPRECHEN

Biggi Rist

Das Seminar *Bones – Forensische Osteologie* von Dr. med. Christoph G. Birngruber, Institut für Rechtsmedizin, Uni Gießen, war ja was für mich. Zum einen stehe ich seit ewigen Zeiten im Dienste der Medizin, zum anderen lese ich gerne mal einen Kriminalroman von Kathy Reichs, die selbst vom Fach ist und heute noch der Rechtsmedizin in Québec beratend zur Seite steht. Und natürlich sehe ich mir auch öfters *Bones* an, die Krimiserie, die auf Reichs Romanen basiert. Im Vorfeld habe ich mich schon einmal mit dem Referenten beschäftigt und von ihm achtzehn Publikationen bei *PubMed* (*US National Library of Medicine; National Institutes of Health*) gefunden und das eine oder andere Abstract (Zusammenfassung) gelesen. Während ich mich so durchs Internet klickte, stieß ich auf ein Foto, das mehrere Rippen zeigt, makroskopisch nicht voneinander zu unterscheiden. Die Untersuchungen ergaben, dass es sich um drei Rippen eines Menschen und eine Schweinerippe handelt. Lustig, dass dieses Foto eines der ersten ist, das Dr. Birngruber präsentiert, die Publikation von zwei Kollegen.

Birngruber, ein sympathischer Vertreter seines Berufsstandes ohne »Weißkittelallüren«, hat Objekte zum Anfassen mitgebracht: diverse Schädel, Knochen, Unterkiefer. Beinahe ehrfürchtig nehmen wir sie in die Hand, reichen sie weiter von Reihe zu Reihe. Birngruber vergleicht sich selbst – rein optisch – mit dem Foto der Schauspielerin, die Temperance Brennan in der genannten TV-Serie darstellt. Der erste Lacher im Publikum, und nebenbei erklärt er den Unterschied zwischen einem Pathologen und einem Rechtsmediziner. Ersterer beschäftigt sich mit krankhaften Veränderungen von Gewebe wie beispielsweise einer Hautprobe zur Diagnosesicherung bei Verdacht auf Hautkrebs. Ein Rechtsmediziner wird von der Staatsanwaltschaft beauftragt, um festzustellen, ob es sich um einen nicht natürlichen Tod handelt, wenn eine Leiche aufgefunden wird.

Dann geht es ans Eingemachte: Liegezeit, Verletzungen, Identität und Identitätssicherung, Humanspezifität. Vier Bereiche, die die Forensik bearbeiten soll, beziehungsweise Fragen, die beantwortet werden wollen.

Als Erstes muss geklärt werden, ob es sich bei einem Knochenfund überhaupt um einen humanspezifischen Überrest handelt. Mikroskopisch kann man diesen Unterschied sehen, denn die Osteonen (Baueinheit des Knochengewebes) sind im Unterschied zu anderen Säugern beim Menschen unregelmäßig angeordnet. Bei humanen Überresten geht die Differenzierung weiter. Lebensalter des Toten, Liegezeit, Identität und Identitätssicherung.

Beginnen wir mit dem Lebensalter: Sind die Epiphysenfugen (Wachstumsfugen) geschlossen und verknöchert? Sind die Gelenkfortsätze vollständig ausgebildet? Dann hat der Forensiker kein Kind vor sich.

Schwierig wird es bei der Liegezeit. Liegen die Knochen 10 Jahre? 100 Jahre? 1.000 Jahre? Zunächst bekommen wir einen Nano-Einblick in die Molekulargenetik: Kern-DNA und mitochondriale DNA. Die Kern-DNA hat wohl jeder schon einmal graphisch dargestellt gesehen: die Doppelhelix. Sie ist anfällig für DNA-Strangbrüche. Je länger die Liegezeit und die damit einhergehenden Verwesungsprozesse sind, desto schwerer wird es, daraus ein DNA-Profil für Vergleiche zu erstellen. Die mitochondriale DNA dagegen besitzt eine runde Struktur, ist weniger anfällig für Zersetzung, überdauert damit länger und ist im Knochen zu finden. Prima. Verabschieden wir uns von den Krimis, in denen solche Untersuchungsergebnisse innerhalb von Stunden – im TV von fünf Minuten – geliefert werden. Derartige Laboruntersuchungen dauern Tage!

Gut, weiter geht's zur zeitlichen Eingrenzung der Liegezeit. Birngruber macht es uns einfach, indem er den Krimiautor Simon Beckett zitiert: »Die Formel zur Ermittlung der Liegezeit ist eins – zwei – acht.« Okay. Das bedeutet: In wässrigem Milieu ist die Verwesungszeit von Leichen doppelt so lang wie an der Luft, in der Erde achtmal so lang. Natürlich ist das nur eine sehr grobe Einteilung, denn mitentscheidend sind die Umgebungstemperatur, die Feuchtigkeit, Insektenfraß, Wasserzusammensetzung, Konstitution der vermissten Person, Erdlagerungstiefe. In einem heißen Sommer kann selbst in Deutschland eine Leiche innerhalb von acht Wochen komplett skelettiert sein.

Mit der Radionuklidmethode – besser bekannt als ^{14}C- oder Radiocarbon-Methode lässt sich das Alter eines Knochens gut bestimmen. Liegt er schon 100.000 Jahre oder 50.000? Alles gut, nur ermittlungsrelevant ist das nicht. Forensisch bedeutsam wird ein postmortales Intervall (PMI) von kleiner oder gleich 50 Jahren angesehen, da es sonst kaum noch möglich ist, den Täter zu überführen. Dafür ist die ^{14}C-Methode aufgrund der langen Halbwertszeit von 5.730 Jahren nicht geeignet. Postuliert wird, sollten Weichteilschatten am Foramen magnum (Hinterhauptsloch) noch zu finden sein, dass die Liegezeit der Leiche weniger als 50 Jahre beträgt. Birngruber berichtet von postmortalen Veränderungen wie dem Abblättern der Knochen, grauschwarzen Färbungen durch Mikroorganismen und puderzuckerartige, mineralische Anlagerungen, bedingt durch das Erdreich.

Bei den Verletzungen gibt es verschiedene Arten: stumpf, halbstumpf, scharf, halbscharf, punktuell. Schwert, Axt, Beil,

Säge, Keule, Messer, Feile, Kugel, und, und, und sind Waffen, die solche Verletzungen hervorrufen können. Bissspuren durch Tiere nicht zu vergessen. Zu klären ist dann, ob die Verletzung prä-, peri- oder postmortal entstanden ist.

Birngruber konfrontiert uns mit einer flachen, stumpfen Schädelverletzung, bei der Rillen zu sehen sind. Die Mordwaffe: eine große Feile. Ich frage mich, ob das Opfer ein Pferdebesitzer war, der seinen Hufschmied nicht bezahlt hat. Die Nagelstudiobesitzerin war's nicht, denn eine Nagelfeile verursacht definitiv keine so große Verletzung.

Es folgen Bilder von Schussverletzungen, darunter ein trichterförmiges Loch in der Schädelwand beim Einschuss – sprich beim Blick vom Schädelinneren nach außen. Umgekehrt beim Ausschuss. Bei Leichen, die man mit einer Säge zerteilt, um sie praktischer einfrieren oder entsorgen zu können, finden sich oft Metallspuren in den Knochen, die die Materialwissenschaftler auf den Plan rufen. So lassen sich durch die Metalle herausfinden, welches Werkzeug benutzt wurde und von welchem Hersteller die Mordwaffe stammt. Postmortale Verletzungen sind zum Beispiel auch solche, die entstehen, wenn ein Grab ausgehoben wird und die Schaufel gegen den Knochen schlägt. Birngruber erzählt von einer Vorschrift für Militärärzte im Zweiten Weltkrieg: Wie lange durfte eine Amputation dauern, wenn beispielsweise ein Oberschenkel durchzusägen war? Schweißtreibende drei Minuten. Heutzutage gibt es Kettensägen, die es den Mördern wesentlich einfacher machen, ihr Opfer in handliche Stücke zu zerteilen.

Prämortale Verletzungen lassen sich abklären, denn man kann zum Beispiel durch Computertomographie und Röntgen feststellen, ob es sich um alte Knochenbrüche – also vor Todeseintritt – handelt oder nicht.

Bei den perimortalen Verletzungen wird es wieder diffizil. Das Intervall kann Wochen betragen, abhängig von der Liegezeit und dem Fäulnisprozess. Sind noch Knochenfetzen am Bruch zu sehen, geht der Forensiker von einer perimortalen Verletzung aus.

Die Identitätssicherung bedient sich mehrerer Untersuchungsmethoden: DNA, Röntgen, Zahnstatus und Schädel-Bild-Vergleich. Zur ID-Sicherung gehört auch die Geschlechtszuordnung. Die Beckenknochen sind relativ verlässlich (Schambeinfuge und -weite), ebenso die Besonderheiten am weiblichen und männlichen Schädel. Beim Mann sind Glabella und Jochbogen, der Knochenbogen oberhalb der Augenhöhlen – um nur einige Merkmale zu nennen –, kräftiger ausgeprägt als bei der Frau. Der Schädel eines Mannes ist deutlich größer, was aber nichts, aber auch gar nichts über die Qualität des Innenlebens eines männlichen Schädels aussagt. Zur Altersbestimmung werden unter anderem die Langknochen und die Verknöcherungen der Schädelnähte herangezogen, ebenso der Zahnstatus und die Schambeinfuge. Die Unterscheidung der Herkunft eines Schädels ist vorsichtig zu beurteilen, es gibt nur wenige Marker, um ihn einem Asiaten, Europäer oder Afrikaner zuzuordnen. Zur Vollständigkeit gehört auch die plastische Gesichtsteilrekonstruktion mittels Weichteilmarker, die anschließend mit einer dafür entwickelten Bildbearbeitungssoftware ausgewertet wird. Schließlich besteht noch die Möglichkeit, das Ergebnis mit einem Porträtfoto der vermissten Person zu vergleichen.

Hier endet die Reise in die Welt der forensischen Osteologie, und wir verlassen den Saal voller Informationen, die wir erst einmal verarbeiten müssen. Schade, ich hätte Dr. Birngruber noch ewig zuhören können.

AUSBLICK AUF DIE CRIMINALE GRAZ-STEIERMARK 2017

Günter Neuwirth

Warum ich im SYNDIKAT bin? Klare Antwort: weil es die CRIMINALE gibt. Wo sonst kann sich meine schwarze Autorenseele mit üblen Raufbolden und giftigen Schlangen über ein paar gekillte Drecksäcke lustig machen? Ha, auch heuer der Menschheit wieder einen Gefallen getan. Ein paar Bierchen dazu und dunkle Lieder gesungen. Das gibt Kraft für die nächsten Gaunereien.

So gesehen war es ein Klacks, auch in einer Gegend, wo manche Nordlichter schon transsilvanische Wölfe heulen hören, eine Bande grimmiger Schreibtischtäter zu versammeln, um die CRIMINALE zum zweiten Mal nach Österreich und hier gleich in die zweitgrößte Stadt der Alpenrepublik zu holen. Also war die SOKO Graz gegründet.

Ach ja, Graz, die Steiermark, der südöstliche Rand des deutschen Sprachraums. Jetzt mal für alle, die Graz nicht kennen: Koffer packen, rein in das Verkehrsmittel der Wahl, die Stadt erleben!

Rund 280.000 Menschen leben in Graz, noch einmal so viele in der Metropolregion. Wo so viele Menschen in einer klimatisch begünstigten Gegend beheimatet sind, darf man sich nicht wundern, wenn da kulturell der Teufel los ist.

In Sachen Musik, bildender Kunst, Film, Architektur und Literatur leben die Grazer auf hohem Niveau. Das liegt wohl auch daran, dass Graz über erstklassige Bildungsstätten verfügt. Mit rund 50.000 Studenten ist Graz nach dem Wasserkopf Wien der zweitgrößte Universitätsstandort Österreichs. Man kann in Graz praktisch jede sinnhafte und sinnfreie Wissenschaft studieren, von Philosophie, Medizin über Telematik hin bis zur angewandten Önologie. Aber dazu unten mehr.

Als ich mich in den 1990ern als Exilwiener in Graz angesiedelt habe, gab es eine irre Vielzahl von Buchhandlungen in der Stadt. Dann hat der neoliberale Kapitalismus oder sonst jemand (ich war es nicht, echt jetzt!) ein Massensterben der Buchhandlungen ausgelöst. Das Vergnügen, als Literaturfuzzi von einer schnuckeligen Buchhandlung zur nächsten zu torkeln, ist leider auf Nimmerwiedersehen dahin. Tja. Dafür sind die heute bestehenden Buchhandlungen richtig groß und gut sortiert. Und mit ein bisschen Glück kann man die eine oder andere kleine Nischenbuchhandlung finden. Irgendwo in den hippen Randbezirken. Eine Erkundungstour lohnt sich allemal.

In Sachen Literatur ist Graz kein unbeschriebenes Blatt. Ich könnte bei Peter Rosegger (1843–1918) anfangen, dessen Geschichten zwar in meiner Jugend massiv verkitscht worden sind, von dem ich aber ein paar saugeile und kitschfreie Romane gelesen habe. Ich könnte auch die GAV (»Grazer Autorinnen Autorenversammlung«) nennen, die 1973 gegründet wurde und die über viele Jahre das literarische Leben in Österreich bereichert hat. Leider hat bei der GAV im Laufe der Jahre ein geistiger Verfettungsprozess eingesetzt, sodass die Truppe die Modernisierung der Literatur durch den deutschsprachigen Kriminalroman komplett verpennt hat. Echte Krimiautoren (zum Beispiel ich) sollen oder dürfen dort nicht Mitglied sein! Irre, nicht wahr? So was geht nur in Österreich. Wir sind für unseren Humor und unsere Verrücktheiten zwischen Neusiedler See und Bodensee weltbekannt.

Graz hat ein rege tätiges Literaturhaus. Und Graz hat seit ein paar Jahren auch eine rege Krimiszene. Die sich jetzt für die Criminale 2017 ins Zeug wirft. Leute, das wird ein Spaß!

Graz gilt seit Jahrzehnten als heißes Pflaster für Architektur. Interessierte Besucher können mit dem Kunsthaus, dem ReSoWi-Zentrum, der Stadthalle und vielen weiteren spannenden Gebäuden ein kontrastreiches Stadtbild einer mit moderner Baukunst durchsetzten, alten mitteleuropäischen Metropole erleben. Und wer an einem sonnigen Spätnachmittag vom Schloßberg über die Dachlandschaft der Grazer Altstadt geblickt hat, weiß genau, warum die Speicherkarte des Fotoapparats huckevoll ist. Ich sage nur, UNESCO-Weltkulturerbe. Für alle, die den Schloßberg nicht erklimmen können, gibt es die Schloßbergbahn. Auch nicht schlecht.

Übrigens Bahn.

Der Hauptbahnhof von Graz hatte ja viele Jahre den Charme einer Fabrikhalle aus den 1950er-Jahren, jetzt aber machen das Bauwerk und der Europaplatz davor echt was her. Sogar die Züge sind ziemlich oft halbwegs pünktlich. Eine Folge des Jahres 2003, als Graz Kulturhauptstadt Europas war.

Die Verkehrsanbindungen in Graz entsprechen natürlich der geografischen Lage der Stadt. Nach Süden hin ist die Geografie offen, daher hat man nicht nur am sonnigen und milden illyrischen Klima Anteil, sondern spürt allenthalben die kulturelle Nähe zum südslawischen und italienischen Raum. Und bekanntermaßen entstehen da Begegnungszonen, wo Verkehrsverbindungen vorhanden sind und genutzt werden. Nach Norden hin bilden die Ostalpen einen massiven klimatischen Riegel. Wenn es in Linz bei Sturm und Regen recht unfreundlich ist, kann es in Graz Badewetter haben. Natürlich, wenn ein Adriatief über Graz festhängt und die Bäche und Flüsse überlaufen, kann man in Linz (mit Glück) an der Donau luftige Spaziergänge unternehmen. Wer mit dem Auto von Graz nach Linz fährt, bewegt sich nicht nur in den, sondern auch durch die Alpen. Die Österreicher haben ihre Berge wie vernagelt durchbohrt, um für die Autobahnen gerade Linien zu schaffen. Ein wenig anders ist es bei der

Bahn. Die rollt noch auf Trassen durch die Alpen, die schon der gute alte Kaiser nutzen konnte. Wer auch immer mit der Bahn aus dem Norden nach Graz reist, sollte eines im Gepäck haben: Geduld. Die aber durch die großartige Aussicht auf die Berge der Ostalpen belohnt wird.

Damit sind wir schon bei meinem Lieblingsthema.

Manche Leute fühlen sich zum Meer hingezogen. Also Urlaub am Mittelmeer, an der Ost- oder Nordsee. Manche Leute fühlen sich zu Großstädten hingezogen. Also Wohnort in Wien, Zürich oder Berlin. Manche Leute fühlen sich zu den Bergen hingezogen. Also Urlaub in Tirol oder Graubünden (ein paar Durchgeknallte auch in Nepal). Manche Leute fühlen sich zum Wald hingezogen. Also Wohnort in Schweden oder in der Steiermark.

Liebe Leute, jetzt ratet mal, zu welcher Gruppe ich zähle!

Ich helfe euch auf die Sprünge.

Die Österreicher sagen zur Steiermark auch »Grüne Mark«. Das ist jetzt kein politisches Statement. Rund 61 Prozent der Landfläche ist bewaldet. Die Obersteiermark, die etwa die Hälfte der Bundeslandfläche einnimmt, ist alpines Waldland, in dem Siedlungsräume nur punktförmig eingestreut sind. Die West-, Süd- und Oststeiermark sind stärker besiedelt und von Landwirtschaft, Obst- und Weinbau geprägt, aber auch dort sind alle Alpenausläufer dicht bewaldet. Ja, so ist das mit mir: Wenn ich meinen Geist freimachen will, gehe ich nicht in die Bar, nicht an den Strand und auch nicht auf die höchsten Gipfel, sondern in den Wald. Muss niemand von euch verstehen oder gar nachahmen, ist okay, wenn ihr die Köpfe schüttelt. Vielmehr finde ich es gut, wenn ihr euch aus den Wäldern fernhaltet. Ich arbeite bei meinen Waldwanderungen literarisch und will nicht von Touristen mit blöden Fragen gestört werden, verflixt nach mal!

Und jetzt noch ein heißes Eisen.

Oben habe ich schon von Önologie gesprochen. Das Thema kommt jetzt ein wenig dicker. Die Süd- und Weststeiermark sind landschaftlich von solcher Schönheit und von so sonnenreichem Klima, dass dort erstklassiger Wein gedeiht. Also ich trinke ja ganz gerne mal ein steirisches Bier, aber Wein ist für mich dann doch die Basis. Welschriesling, Weißburgunder, Sauvignon Blanc – diese und viele andere großartige Weißweine bietet das Südsteirische Weinland. Und die Weststeiermark wartet mit einer Köstlichkeit auf, die sich unbedarften Menschen niemals erschließt, sondern die ein klein wenig Weisheit und sehr viel Entschleunigung erfordert. Die Rebsorte »Blauer Wildbacher« wird zum Schilcher gekeltert, einem fruchtigen Roséwein. Wenn ihr mal einen Schilcher trinkt, der süß und lieblich daherkommt, dann könnt ihr den Wirt tüchtig ohrfeigen, er hat nämlich gepanscht. Passiert aber in der Steiermark nie, weil der Schilcher von den Einheimischen selbst getrunken wird. Die Lehre: Schilcher *muss* säuerlich sein.

Nun denn, die CRIMINALE wird also dank großartiger Unterstützung durch die Stadt Graz und das Land Steiermark im Mai 2017 bei mir um die Ecke die Zelte aufschlagen. Freue mich darauf. Und in einem bin ich mir sicher: Das SYNDIKAT hat in den letzten dreißig Jahren schon so manche CRIMINALE-Bar trockengelegt. Na hallo, Leute, das wird in Graz nicht gelingen. Auch wenn Österreich ein kleines Land ist, beim Feiern sind wir ganz groß!

Die SOKO Graz

Klaudia Blasl, Constanze Dennig, Reinhard Kleindl, Günter Neuwirth, Robert Preis und Claudia Rossbacher

WICHTIGE SEKUNDÄRLITERATUR ZUR KRIMINALLITERATUR – EINE AUSWAHL AUS DEM ZEITRAUM JUNI 2015 BIS JUNI 2016

Thomas Przybilka

BIBLIOGRAPHIEN | NACHSCHLAGEWERKE | REFERENZLITERATUR | AUFSÄTZE

Beck, Sandra / Schneider-Özbek, Katrin (Hg): *Gewissheit und Zweifel. Interkulturelle Studien zum kriminalliterarischen Erzählen.* 2015, 265 S., Aisthesis Verlag, 3-8498-1059-3 / 978-3-8498-1059-7, EUR 24,80

Bergengruen, Maximilian / Haut, Gideo / Langer, Stephanie (Hg): *Tötungsarten und Ermittlungspraktiken. Zum literarischen und kriminalistischen Wissen von Mord und Detektion.* 2015, 290 S., Rombach Verlag (Das unsichere Wissen der Literatur, Bd. 1), 3-7930-9834-6 / 978-3-7930-9834-8, EUR 48,00

Bradford, Richard: *Crime Fiction. A Very Short Introduction.* 2015, 144 S., Oxford University Press (Very Short Introductions), 0-19-965878-1 / 978-0-19-965878-7, GBP 7,99

Campbell, Bruce B. / Guenther-Pal, Alison / Rützou Petersen, Vibeke (ed.): *Detectives, Dystopias, and Poplit. Studies in Modern German Genre Fiction.* 2014, 292 S., Camden House (Studies in German Literature, Linguistics and Culture), 1-57113-593-6 / 978-1-57113-593-3, GBP 60,00

Cann, Jos van / Jespers, Henri-Floris (Red.): *Thriller versus Roman.* 2008, 142 S., De Slegte (Garant) (Literatuur in veelvoud, Nr. 21), 90-441-2335-X / 978-90-441-2353-1, EUR 15,50

Crafton, Robert E.: The *African American Experience in Crime Fiction. A Critical Study.* 2015, 212 S., McFarland, 978-07864-9938-0, USD 35,00

Evans, Curtis (Hg): *Mysteries Unlocked. Essays in Honor of Douglas G. Greene.* 2014, 340 S., McFarland, 0-7864-7813-6 / 978-0-7864-7813-2, US 45,00

Gohlis, Tobias / Wörtche, Thomas (Hg): *Krimimagazin 1 - Crime & Sex.* 2015, 233 S., Droemer Taschenbuch 30402, 3-426-30402-3 / 978-3-426-30402-0, EUR 9,99

Gohlis, Tobias / Wörtche, Thomas (Hg): *Krimimagazin 2 – Crime & Money.* 2016, 240 S., Droemer Taschenbuch 30425, 3-426-30425-2 / 978-3-426-30425-9, EUR 12,99

Kim, Julie H. (Hg): *Class and Culture in Crime Fiction. Essays on Works in English Since the 1970s.* 2014, 240 S., McFarland, 0-7864-7323-1 / 978-0-7864-7323-6, USD 40,00

Kutch, Lynn M. / Herzog, Todd (Hg): *Tatort Germany. The Curious Case of German-Language Crime Fiction.* 2014, 263 S., Camden House (Studies in German Literature, Linguistics and Culture), 1-57113-571-5 / 978-1-57113-571-1, GBP 60,00

Leuendorf, Silke: *Der Regionalkrimi im Westen von Deutschland. Poetik und Entwicklung eines Genres.* 2013, 144 S., Omniscriptum (VDM Verlag Dr. Müller), 3-639-05482-0 / 978-3-639-05483-5, EUR 59,00

Mahrenholtz, Katharina / Parisi, Dawn: *Krimi! Mord und Totschlag in der Literatur.* 2015, 80 S., zahlreiche farbige Abbildungen und Zeichnungen, Verlag Hoffmann und Campe, 3-455-40550-9 / 978-3-455-40550-7, EUR 15,00

Moore, Lewis D.: *Connecting Detectives. The Influence of 19th Century Sleuth Fiction on the Early Hard-Boileds.* 2014, 212 S., McFarland, 0-7864-7771-7 / 978-0-7864-7771-5, USD 40,00

Parra-Membrives, Eva: *Wie Kinder zu Opfern werden – Kritik an Familien im postmodernen Frauenkrimi. Zu Sabine Thieslers »Der Kindersammler« und Petra Hammesfahrs »Der stille Herr Genardy«.* 2013, 24 S., GRIN Verlag (Wissenschaftlicher Aufsatz), 3-640-75397-6 / 978-3-640-75397-0, EUR 13,99

Parra-Membrives, Eva / Brylla, Wolfgang (Hg): *Facetten des Kriminalromans. Ein Genre zwischen Tradition und Innovation.* 2015, 237 S., Narr Francke Attempo Verlag (Popular Fiction Studies, Bd. 3), 3-8233-6946-6 / 978-3-8233-6946-2, EUR 78,00

Peck, Clemens / Sedlmeier, Florian (Hg): *Kriminalliteratur und Wissensgeschichte. Genres – Medien – Techniken.* 2015, 244 S., transcript Verlag (Lettre), 3-8376-2887-6 / 978-3-8376-2887-6, EUR 32,99

Reitemeier, Frauke / Sandrock, Kirsten (Hg): *Crimelights. Scottish Crime Writing – Then and Now.* 2015, 239 S., WVT Wissenschaftlicher Verlag Trier (Scottish Studies in Europe, Bd. 2), 3-86821-557-3 / 978-3-86821-557-1, EUR 29,50

Roentgen, Hans Peter: *Spannung. Der Unterleib der Literatur.* 2014, 232 S., BoD – Books on Demand, 3-7347-3532-7 / 978-3-7347-3532-5, EUR 9,99

Sagaster, Börte / Strohmeier, Martin / Guth, Stephan (Hg): *Crime Fiction in and around the Eastern Mediterranean*. 2016, VIII/156 S., 2 s/w Abbildungen, Harrassowitz Verlag (Mîzân – Studien zur Literatur in der islamischen Welt, Bd. 23), 3-447-10492-9 / 978-3-447-10492-0, EUR 39,00

Shaw, Bruce: *Jolly Good Detecting. Humor in English Crime Fiction of the Golden Age*. 2014, 324 S., McFarland, 0-7864-7886-1 / 978-0-7864-7886-6, USD 45,00

Spehner, Norbert: *Chroniques Policières. Chroniques sur le roman policier publiées dans la revue Les Libraires 2009-2014*. 2015, 34 S., Selbstverlag Norbert Spehner, Online-Version

Spehner, Norbert / Maillet, Patrick: *Le Polar Nordique. Bibliographie des polars nordiques traduits en français: Danemark, Suède, Norvège, Finlande, Islande*. 2015 (2. überarbeitete und ergänzte Auflage), 38 S., zahlreiche s/w Fotos, Selbstverlag Norbert Spehner (Marginalia Hors-Série No. 24 – Document Bibliographique), Online Version

Tapper, Michael: *Swedish Cops. From Sjöwall & Wahlhöö to Stieg Larsson*. 2014, 335 S., 6 s/w Illustrationen, Intellect, 1-78320-188-6 / 978-1-78320-188-4, GBP 25,00

Watson, Kate: *Women Writing Crime Fiction, 1860-1880. Fourteen American, British and Australian Authors*. 2012, 260 S., McFarland, 978-0-7864-6782-2, USD 40,00

Wörtche, Thomas: *Penser Polar. Die Krimikolumnen der Polar Gazette*. 2015, 166 S., Polar Verlag, 3-945133-29-7 / 978-3-945133-29-3, EUR 12,90

AUTORENPORTRÄTS | AUTOBIOGRAPHIEN | BIOGRAPHIEN | WERKSCHAU

Boström, Mattias: *Von Mr. Holmes zu Sherlock. Meisterdetektiv – Mythos – Medienstar*. 2015, 608 S., 8 s/w Abbildungen, (*Från Holmes till Sherlock*, Ü. v. Susanne Dahmann & Hanna Granz), btb Taschenbuch 71336, 3-442-71336-6 / 978-3-442-71336-3, EUR 14,99

Christie, Agatha: *Die kleinen grauen Zellen. Die schönsten Sprüche von Poirot*. 2015, 160 S., Atlantik Verlag, 3-455-60036-0 / 978-3-455-60036-0, EUR 10,00

Forsyth, Frederick: *Outsider. Die Autobiografie*. 2015, 383 S., zahlreiche s/w und farbige Fotos auf zwei Tafeln, (*The Outsider*, Ü. v. Susanne Aeckerle), C. Bertelsmann Verlag, 3-570-10266-1 / 978-3-570-10266-4, EUR 19,99

Gödden, Walter (Hg): *Frank Göhre Lesebuch.* 2016, 158 S., 12 s/w Abbildungen und Fotos, Nachwort von Walter Gödden, Aisthesis Verlag (Nylands Kleine Westfälische Bibliothek, Bd. 56), 3-8498-1042-9 / 978-3-8498-1042-9, EUR 8,50

Göhre, Frank / Mayer, Alf: *Cops in the City. Ed McBain und das 87. Polizeirevier. Ein Report.* 2015, 220 S., Vorwort von Thomas Wörtche, CB-Cultur-Books, 3-944818-94-6 / 978-3-944818-94-8, EUR 8,99

WEITERFÜHRENDE LITERATUR IM BOKAS:

--- Behrens, Kerstin: *Verbrechensaufklärung im 87th Precinct. Ed McBains Serie von Polizeiromanen.* 2003, GRIN Verlag

--- Bergman, Ted: *Time. A short paper on the magic internal calendar of Ed McBain's 87th Precinct stories. With a chronology / Om den magiska, interna kalendern i Ed McBain's 87th Precinc-romaner. Jämte en efterföljande kronologi.* 1988, Grover Park

--- Dove, George N.: *The Boys from Grover Street. Ed McBain's 87th Precinct Novels.* 1985, Bowling Green State University Popular Press

--- MacDonald, Erin E.: *Ed McBain/Evan Hunter. A Literary Companion.* 2012, McFarland

--- Przybilka, Thomas: *Eine Auswahlbibliographie der Sekundärliteratur zum Werk von Ed McBain.* 1. Teil. In: Ed McBain-Magazin, 11. Folge. 1997, Ed McBain, Eis, Bastei Lübbe

--- Przybilka, Thomas: *Eine Auswahlbibliographie der Sekundärliteratur zum Werk von Ed McBain. Fortsetzung und Schluss.* In: Ed McBain-Magazin, 12. Folge. 1997, Ed McBain, Der letzte Sprint, Bastei Lübbe

--- Przybilka, Thomas: *Ed McBain. Eine Auswahlbibliographie der Sekundärliteratur* [Curt Cannon / Hunt Collins / Ezra Hannon / Evan Hunger / Richard Marsten]. In: Walter, Klaus-Peter (Hg): Lexikon der Kriminalliteratur. 2000, 29. Ergänzungslieferung, Corian Verlag

Hillesheim, Jürgen: *»So machten die's mit was aus Fleisch und Bein ...« Ein spektakulärer Mordfall und ein Gedicht Bertold Brechts. Mit einer Pressedokumentation des Falles Otto Klein aus den Jahren 1926/27.* 2016, 238 S., Verlag Königshausen & Neumann (Der neue Brecht, Bd. 16), 3-8260-5940-9 / 978-3-8260-5940-7, EUR 29,00

Jankovic, Sandra: *Fear – Crime – Thrill. Wien-Thriller bei Graham Greene und Josef Haflinger.* 2014, 120 S., Omniscriptum (AV Akademikerverlag), 3-639-62582-X / 978-3-639-62582-0, EUR 39,90

Klewe, Sabine: *Gender und Genre. Geschlechtervariation und Gattungsinnovation in den Kriminalromanen von Val McDermid.* 2015, 234 S., WVT Wissenschaftlicher Verlag Trier (Anglistik – Amerikanistik – Anglophonie, Bd. 20), 3-86821-603-0 / 978-3-86821-603-5, EUR 27,50

Lückemeier, Peter: *Die Schöpfer der Wanderhure. Iny Lorentz im Gespräch.* 2016, 192 S., Knaur Verlag, 3-426-65379-6 / 978-3-426-65379-1, EUR 14,99

Martin, Andy: *Reacher Said Nothing. Lee Child and the Making of Make Me.* 2015, 320 S., Random House UK/Bantam Books, 0-593-07662-1 / 978-0-593-07662-0, GBP 18,99

Martinetti, Anne / Lebeau, Guillaume: *Agatha Christie de A à Z. Tout l'univers de la reine du crime. La première encyclopédie Agatha Christie.* 2014, 504 S., Farbfotos auf 16 Tafeln, Éditions Télémaque, 2-7533-0237-5 / 978-2-7533-0237-2, EUR 25,00

Paoli, Marco: *Giogio Scerbanenco. Urban Space, Violence and Gender Identity in Post-War Italian Crime Fiction.* 2016, 239 S., Illustrationen, Peter Lang Verlag (Moving texts / Testi mobili, Bd. 8), 978-2-87574-329-9, EUR 44,00

Romahn, Roxana: *Intertextualität im modernen Kriminalroman. Eine wissenschaftliche Untersuchung von Oliver von Schaewens Roman »Räuberblut« und dessen intertextuellen Bezügen zu Schillers »Räubern«.* 2015, 76 S., Diplomica Verlag, 3-95934-524-0 / 978-3-95934-524-8, EUR 39,99

Schröter, Jeanette: *Religion im schwedischen Kriminalroman. Die Schwedenkrimis von Larsson, Mankell und Nesser.* 2015, 350 S., Tectum Verlag (Religionen aktuell, Bd. 16), 3-8288-3528-7 / 978-3-8288-3528-3, EUR 29,95

Schwanebeck, Wieland: *Der flexible Mr. Ripley. Männlichkeit und Hochstapelei in Literatur und Film.* 2014, 391 S., 40 s/w Abbildungen, Böhlau Verlag (Literatur, Kultur, Geschlecht, Bd. 66), 3-412-22363-8 / 978-3-412-22363-2, EUR 54,90

FILM | TV | HÖRSPIEL | THEATER

Arp, Robert: *Die Philosophie bei Homeland. Moralische und ethische Fragen im Kampf gegen den Terror.* 2016, 302 S., (*Homeland and Philosophy. For Your Minds Only*, Ü. v. Ursula Bischoff), Verlag Wiley-VCH, 3-527-50868-6 / 978-3-527-50868-6, EUR 19,99

Bantcheva, Denitza / Chiesi, Roberto: *Le film noir français. Figures, mythologies, auteurs.* 2015, 160 S., 100 s/w und farbige Fotos, Gremese International, 2-36677-063-4 / 978-2-36677-063-6, EUR 19,50

Bantcheva, Denitza / Chiesi, Roberto: *Il cinema noir francese. Mitologia, figure, autori.* 2015, 160 S., 100 s/w und farbige Fotos, Gremese International, 88-8440-819-9 / 978-88-8440-819-8, EUR 19,50

Bray, Suzanne / Préher, Gérald (Hg): *Un soupçon de crime. Représentation et médiatisations de la violence.* 2014, 316 S., L'Harmattan (Audiovisuel et communication), 2-343-04644-1 / 978-2-343-04544-0, EUR 32,00

Howard, Troy / Svehla, A. Susan: *So Deadly, So Perverse. 50 Years of Italian Giallo Films. Vol. 1, 1963-1973.* 2015, 234 S., farbige Illustrationen, Midnight Marquee Press, 1-9361685-0-2 / 978-1-9361685-0-7, USD 45,00

Howard, Troy: *So Deadly, So Perverse. 50 Years of Italian Giallo Films. Vol. 1, 1974-2013.* 2015, 228 S., farbige Illustrationen, Nachwort von Luigi Cozzi, Midnight Marquee Press, 1-9361685-8-8 / 978-1-9351685-8-3, USD 45,00

Jacke, Andreas: *»Mein Name ist Bond – James Bond«. Eine filmpsychoanalytische Studie.* 2015, 231 S., 2 s/w Fotos, Psychosozial-Verlag (Imago), 3-8379-2437-8 / 978-3-8379-2437-4, EUR 29,90

Keilholz, Sascha: *Verlustkino. Trauern im amerikanischen Polizeifilm seit 1968.* 2015, 168 S., s/w und farbige Abbildungen, Schüren Verlag (Marburger Schriften zur Medienforschung, Bd. 59), 3-89472-711-X / 978-3-89472-711-6, EUR 19,90

Köhldorfer, Corinna: *Blut, Rache, Gewalt. Die Inszenierung von Weiblichkeit in Filmen von Quentin Tarantino.* 2015, 119 S., Disserta Verlag, 3-95935-060-0 / 978-3-95935-060-0, EUR 44,99

Kupper, Fabian: *Serielle Narration. Die Evolution narrativer Komplexität in der US-Crime-Show von 1950-2000.* 2015, 600 S., Verlag Königshausen & Neumann (Film – Medium – Diskurs, Bd. 66), 3-8260-5814-3 / 978-3-8260-5814-1, EUR 49,00

Müller, Jürgen (Hg): *Die besten TV-Serien. Taschens Auswahl der letzten 25 Jahre.* 2015, 744 S., Taschen Verlag, 3-8365-4272-2 / 978-3-8365-4272-2, EUR 49,99

Romanko, Karen A.: *Television's Female Spies and Crimefighters. 600 Characters and Shows, 1950s to the Present.* 2016, 256 S., 22 Farbfotos, McFarland, 0-7864-9637-1 / 978-0-7864-9637-2, USD 35,00

Tribe, Steve: *Sherlock. Hinter den Kulissen der Erfolgsserie.* 2015, 318 S., 400 Farbfotos, Vorwort von Mark Gatiss, (Sherlock Chronicles, Ü. v. Steffi Arnold), Knesebeck Verlag, 3-86873-858-4 / 978-3-86873-858-2, EUR 29,95

Weiler, Pia: *Die Gestaltungsmittel des Horrorfilms »The Blair Witch Project« als Angstauslöser. Wie Horrorfilme versuchen, die Lust an der Angst anzusprechen.* 2015, 92 S., Diplomica Verlag, 3-95934-551-8 / 978-3-95934-551-4, EUR 44,99

KRIMINALISTIK | TRUE CRIME | SPIONAGE

Benecke, Lydia: *Auf dünnem Eis. Die Psychologie des Bösen.* 2016, 352 S., Bastei Lübbe Taschenbuch 60900, 3-404-60900-X / 978-3-404-60900-0, EUR 9,99

Benecke, Lydia: *Sadisten. Tödliche Liebe – Geschichten aus dem wahren Leben.* 2015, 528 S., Ehrenwirth Verlag, 3-431-03899-9 / 978-3-431-03899-6, EUR 14,99

Böckl, Manfred: *Bischofsmord und Hexenjagd. Die spektakulärsten Kriminalfälle aus dem historischen Bayern.* 2015, 152 S., Gietl Verlage (SüdOst Verlag), 3-86646-714-1 / 978-3-86646-714-9, EUR 16,90

Bommersbach, Jana: *Ein geraubtes Leben. Der Fall Debra Milke. 23 Jahre unschuldig in der Todeszelle.* 2016, 416 S., 36 Farbfotos auf Tafeln, (*Biography of Debra Jean Milke*, Ü. v. Ulrike Becker, Jochen Schwarzer und Thomas Wollermann), Droemer Verlag, 3-426-27690-9 / 978-3-426-27690-7, EUR 19,99

Bürger, Udo: *Die spektakulärsten Kriminalfälle in Hessen. Von Würgeengeln, Holzfrevlern und Kindsmördern.* 295 S., zahlreiche s/w Abbildungen und Fotos, Sutton Verlag, 3-95400-689-8 / 978-3-95400-689-2, EUR 16,99

Bürger, Udo: *Westfälische Unterwelt. Historische Kriminalfälle und Hinrichtungen in Westfalen.* 2014, 320 S., zahlreiche s/w Abbildungen, Ardey-Verlag, 3-87023-376-1 / 978-3-87023-376-1, EUR 14,95

Dachs, Johann: *Emil Kettner. Lebensbild eines Mörders. Ein Roman nach Tatsachen.* 2002, 125 S., Gietl Verlage (MZ Buchverlag), 3-934863-03-5 / 978-3-934863-03-3, EUR 12,90

Dachs, Johann: *Die Landstorfer Bande. Eine wahre Kriminalgeschichte aus dem Bayerischen Wald.* 2009 (4. Auflage), 144 S., 10 s/w Fotos, Gietl Verlage (MZ Buchverlag), 3-934863-34-5 / 978-3-934863-34-7, EUR 9,90

Dachs, Johann: *Tod durch das Fallbeil. Der deutsche Scharfrichter Johann Reichhart (1893-1972).* 2012 (2. Auflage), 160 S., zahlreiche s/w Abbildungen und Fotos, Nachwort von Friedrich-Christian Schroeder, Gietl Verlage (MZ Buchverlag), 3-934863-84-1 / 978-3-934863-84-2, EUR 11,90

Dachs, Johann: *Wahre Mordgeschichten. Kriminalfälle aus der Oberpfalz und Niederbayern.* 2001 (2. Auflage), 159 S., zahlreiche Faksimile Abbildungen, 3 s/w Fotos, Gietl Verlage (MZ Buchverlag), 3-934863-82-2 / 978-3-934863-82-8, EUR 11,90

Di Nicola, Andrea / Musumeci, Giampaolo: *Bekenntnisse eines Menschenhändlers. Das Milliardengeschäft mit den Flüchtlingen.* 2015, 180 S., 20 farbige Abbildungen, (*Confessioni di un trafficante di uomini*, Ü. v. Christine Ammann), Verlag Antje Kunstmann, 3-95614-029-X / 978-3-95614-029-7, EUR 18,95

Dudek, Peter: *»Der Ödipus vom Kurfürstendamm«. Ein Wickersdorfer Schüler und sein Muttermord 1930.* 2015, 215 S., Klinkhardt Verlag, 3-7815-2026-9 / 978-3-7815-2026-4, EUR 18,90

Egg, Rudolf: *Die unheimlichen Richter. Wie Gutachter die Strafjustiz beeinflussen – von Täterprofilen und Rückfallrisiken.* 2015, 224 S., C. Bertelsmann Verlag, 3-570-10242-4 / 978-3-570-10242-8, EUR 17,99

Eicher, Klaus / Schramm, Gotthold (Hg): *Top-Spione im Westen.* 2016 (überarbeitete Neuausgabe), 399 S., Verlag Das Neue Berlin, 3-360-01310-7 / 978-3-360-01310-1, EUR 18,99

Faß, Dirk: *Wahre Kriminalfälle aus dem Oldenburger Land, Bd. 2.* 2015, 128 S., 11 s/w Abbildungen, Isensee Verlag, 3-7308-1234-3 / 978-3-7308-1234-1, EUR 12,90

Feldmann, Christian: *Blutbad zur Geisterstunde und 21 weitere Kriminalfälle aus Regensburg und Ostbayern.* 2005, 159 S., 11 s/w Fotos, Gietl Verlage (MZ Buchverlag), 3-934863-30-2 / 978-3-934863-30-9, EUR 12,90

Feller, Toni: *Das Gesicht des Todes. Authentische Mordfälle.* 2011, 319 S., Heyne Taschenbuch 64528, 3-453-64528-6 / 978-3-453-64528-8, EUR 8,99

Galli, Thomas: *Die Schwere der Schuld. Ein Gefängnisdirektor erzählt.* 2016, 190 S., Verlag Das Neue Berlin, 3-360-01307-7 / 978-3-360-01307-1, EUR 12,99

Gatti-Müller, Sandra: *Mörderhölzli. Der Lustmord an Anna Müller von 1906.* 2015, 271 S., 1 Karte, 16 s/w Abbildungen und Fotos, Lesebändchen, WOA Verlag, 3-9524265-3-9 / 978-3-9524265-3-1, EUR 29,90

Glenny, Misha: *Der König der Favelas. Brasilien zwischen Koks, Killern und Korruption.* 2016, 409 S., 25 Farbfotos auf Tafeln, (*Nemesis. One Man and the Battle for Rio*, Ü. v. Dieter Fuchs), Tropen (Klett-Cotta), 3-608-50335-8 / 978-3-608-50335-7, EUR 22,95

Grimmler, Benedikt: *Fränkische Verbrecher. Die spannendsten Kriminalfälle 1330-1975*. 2015, 188 S., 40 s/w Abbildungen und Fotos, Sutton Verlag, 3-95400-506-9 / 978-3-95400-506-2, EUR 19,99

Harbort, Stephan: *Der klare Blick. Mit dem Wissen des Profilers Lügen entlarven und richtige Entscheidungen treffen*. 2016, 288 S., Knaur Taschenbuch 78762, 3-426-78762-8 / 978-3-426-78762-5, EUR 9,99

Harrington, Joel F.: *Die Ehre des Scharfrichters. Meister Frantz oder ein Henkersleben im 16. Jahrhundert*. 2015, 400 S., 1 Übersichtskarte »Die Welt des Frantz Schmidt«, 1 Skizze »Die Reichsstadt Nürnberg um 1600«, zahlreiche s/w Abbildungen, (*The Faithful Executioner. Life, Death, Honor and Shame in the Turbulent Sixteenth Century*, Ü. v. Norbert Juraschitz), btb Taschenbuch 74973, 3-442-74973-5 / 978-3-442-74973-7, EUR 12,99

Hültner, Robert: *Tödliches Bayern. Kriminalfälle aus zwei Jahrhunderten*. 2015, 530 S., btb Taschenbuch 71338, 3-442-71337-2 / 978-3-442-71338-7, EUR 9,99

Ittner, Uwe: *Vom Blaulicht ins Rotlicht. Wie ich vom Polizisten zum Bordellbetreiber wurde*. 2015, 272 S., Riva Verlag, 3-86883-672-1 / 978-3-86883-672-1, EUR 19,99

Kambouri, Tania: *Deutschland im Blaulicht. Notruf einer Polizistin*. 2015, 220 S., Piper Verlag, 3-492-06024-2 / 978-3-492-06024-0, EUR 14,99

Kaute, Wilfried (Hg): *Wenn es Nacht wird. Verbrechen in New York 1910-1920*. 2015, 240 S., 200 s/w Fotos, mit einer Einführung von Joe Bausch, Emons Verlag, 3-95451-730-2 / 978-3-95451-730-5, EUR 39,95

Kochate, Jana: *Serientäter Frank Schmökel. Eine Analyse der Sozialisations- und Entwicklungsgeschichte*. 2015, 68 S., Diplomica Verlag, 3-95934-757-X / 978-3-95934-757-0, EUR 39,99

Kroll, Remo / Schurich, Frank-Rainer: *Tötungsdelikt Gisela G. und zwei weitere authentische Kriminalfälle aus der DDR*. 2016, 192 S., zahlreiche s/w Abbildungen und Fotos, Verlag Bild und Heimat, 3-95958-036-3 / 978-3-95958-036-6, EUR 12,99

Küch, Ulf: *SOKO Asyl. Eine Sonderkommission offenbart überraschende Wahrheiten für Flüchtlingskriminalität*. 2016, 224 S., Riva Verlag, 3-86883-862-7 / 978-3-86883-862-6, EUR 16,99

Leake, John: *Der Mann aus dem Fegefeuer. Das Doppelleben des Serienkillers Jack Unterweger*. 2015, 455 S., 27 s/w Fotos, (*Entering Hades. The Double Life of a Serial Killer*, Ü. v. Clemens J. Setz), Heyne Taschenbuch 43473, 3-453-43473-0 / 978-3-453-43473-8, EUR 9,99

Lehr, Dick / O'Neill, Gerard: *Black Mass. Der Pate von Boston. Der verhängnisvolle Pakt zwischen dem FBI und Whitey Bulger, einem der gefährlichsten Gangster der US-Geschichte*. 2015, 508 S., 20 s/w Fotos auf Tafeln, 1 Karte Hafengebiet Boston »Whiteys Welt«, (*Black Mass. Whitey Bulger, the FBI, and a Devil's Deal*, Ü. v. Joachim Körber), Goldmann Taschenbuch 15869, 3-442-15869-9 / 978-3-442-15869-0, EUR 9,99

McDermid, Val: *Anatomie des Verbrechens. Meilensteine der Forensik*. 2016, 384 S., zahlreiche s/w Fotos und Abbildungen, 19 Farbfotos auf Tafeln, (*Forensics – The Anatomy of Crime*, Ü. v. Doris Styron), Knaus Verlag, 3-8135-0722-X / 978-3-8135-0722-5, EUR 14,99

Musila, Grace A.: *A Death Retold in Truth and Rumour. Kenya, Britain and the Julie Ward Murder*. 2015, 256 S., 5 s/w und 3 Farbfotos, James Currey (Boydell & Brewer), 1-84701-127-6 / 978-1-84701-127-5, GBP 45,00

Mußhoff, Frank / Cornelius Heß: *Mordsgifte. Ein Toxikologe berichtet*. 2014, 334 S., Bastei Lübbe Taschenbuch 60803 (True Crime), 3-404-60803-8 / 978-3-404-60803-4, EUR 9,99

Nikolaizig, Andrea / Schwarzer, Conny: *Tatort Bibliothek. Bücherklau und Seitenraub*. 2014, 203 S., Vorwort von Eric W. Steinhauer, BibSpider Verlag, 3-936960-78-X / 978-3-936960-78-5, EUR 26,80

Petermann, Axel: *Der Profiler. Ein Spezialist für ungeklärte Morde berichtet*. 2015, 299 S., Heyne Taschenbuch 60359, 3-453-60359-1 / 978-3-453-60359-2, EUR 9,99

Pracht, Hans-Peter: *Historische Kriminalfälle aus der Eifel. 2015*, 160 S., zahlreiche s/w und farbige Abbildungen und Fotos auf Tafeln, Regionalia Verlag, 3-95540-163-4 / 978-3-95540-163-4, EUR 7,95

Pracht, Hans-Peter: *Täntze, Todt und Teufel. Hexenverfolgung in der Eifel*. 2015,256 S., 90 Abbildungen z.Tl. auf Tafeln, Regionalia Verlag, 3-95540-141-3 / 978-3-95540-141-2, EUR 9,95

Rech, Kerstin: *Spektakuläre Kriminalfälle im Saarland*. 2015, 208 S., s/w Fotos und Abbildungen, Geistkirch-Verlag, 3-946036-43-0 / 978-3-946036-43-2, EUR 14,80

Rehbaum, Aide: *Flammentod im Grafenhaus? Ein Indizienprozess als kulturhistorische Quelle*. 2011, 128 S., Abbildungen, Jonas Verlag, 3-89445-455-5 / 978-3-89445-455-5, EUR 15,00

Rohm, Manfred / Titz, Josef: *Die Woche bringt es an den Tag. Die 100 besten Geschichten, Regensburger und Oberpfälzer Skandale aus 30 Jahren*.

2015, 212 S., farbige Fotos, MZ Buchverlag (Gietl Verlage), 3-86646-323-5 / 978-3-86646-323-3, EUR 29,90

Schurich, Frank-Rainer / Stricker, Michael: *Die Bestie aus dem Wald*. 2015, 134 S., zahlreiche s/w Abbildungen und Fotos, Karten, Verlag Dr. Köster (Historischer Kriminalfall, Bd. 1), 3-89574-887-0 / 978-3-89574-887-5, EUR 9,95

Schurich, Frank-Rainer / Stricker, Michael: *Der Serienmörder Adolf Seefeld und die moderne Kriminalistik*. 2015, 396 S., zahlreiche s/w Abbildungen und Fotos, Verlag Dr. Köster (Schriftenreihe Polizei, Historische Kriminalistik, Bd. 1), 3-89574-875-7 / 978-3-89574-875-2, EUR 24,95

Schuster, Peter: *Verbrecher, Opfer, Heilige. Eine Geschichte des Tötens 1200-1700*. 2015, 416 S., Tafelteil mit 13 s/w und farbigen Abbildungen, Klett-Cotta, 3-608-94845-7 / 978-3-608-94845-5, EUR 26,95

Schwarzer, Conny / Nikolaizig, Andrea: *Tatort Bibliothek. Bücherklau und Seitenraub*. 2014, 203 S., BibSpider, 3-936960-78-X / 978-3-936960-78-5, EUR 26,80

Starke, Gerhard / Blanke, Marie Luise: *Sie hat einfach nicht aufgehört. Authentische Fälle eines Mordermittlers*. 2015, 217 S., Verlag Christoph Kloft / Gardez! Verlag, 3-89796-260-8 / 978-3-89796-260-6, EUR 11,90

Stevens, Alexander: *Sex vor Gericht. Ein Anwalt und seine härtesten Fälle*. 2016, 224 S., Knaur Taschenbuch 78812, 3.426-78812-8 / 978-3-426-78812-7, EUR 9,99

Stevenson, Bryan: *Ohne Gnade. Polizeigewalt und Justizwillkür in den USA*. 2015, 412 S., Lesebändchen, (*Just Mercy. A Story of Justice and Redemption*, Ü. v. Jürgen Neubauer), Piper Verlag, 3-492-05722-5 / 978-3-492-05722-6, EUR 20,00

Stewart, Gary L. (mit Susan Mustafa): *Der Zodiac-Killer. Wie ich meinen Vater suchte und eine Bestie fand*. 2015, 464 S., 52 farbige und s/w Abbildungen und Fotos auf Tafeln, (*The Most Dangerous Animal of All. Searching For My Father and Finding the Zodiac Killer*, Ü. v. Sabine Schilasky), Bastei Lübbe Taschenbuch 60847 (True Crime), 3-404-60847-X / 978-3-404-60847-8, EUR 9,99

Stürickow, Regina: *Mörderische Metropole Berlin. Authentische Fälle 1914-1933*. 2015 (erweiterte Neuauflage der Ausgabe von 2004), 244 S., zahlreiche s/w Fotos, Straßenverzeichnis in den vorderen und hinteren Umschlagklappen, Militzke Verlag, 3-86189-860-8 / 978-3-86189-860-3, EUR 14,00

Stürickow, Regina: *Verbrechen in Berlin. 32 historische Kriminalfälle 1890-1960.* 2014, 206 S., 150 s/w Abbildungen und Fotos, Elsengold Verlag, 3-944594-18-5 / 978-3-944594-18-7, EUR 24,95

Tamin, Sibylle: *Nachmittage mit Mördern. 10 wahre Tätergeschichten.* 2016, 320 S., Fischer Taschenbuch 03191, 3-596-03191-5 / 978-3-596-03191-7, EUR 9,99

Theweleit, Klaus: *Das Lachen der Täter. Breivik u. a.: Psychogramm der Tötungslust.* 2015, 248 S., Residenz Verlag, 3-7017-1637-4 / 978-3-7017-1637-1, EUR 22,90

Thiess, Richard: *Der Tod kennt kein Erbarmen. Wahre Fälle aus der Mordkommission. Unter Einbeziehung von einigen Fällen, in denen Raimund Eichner ermittelte.* 2015, 204 S., dtv premium 26076, 4-423-26076-9 / 978-3-423-26076-3, EUR 14,90

Ummenhofer, Stefan: *Entführt und verloren? Spektakuläre Fälle von Menschenraub und Geiselnahme.* 2015, 200 S., Militzke Verlag, 3-86189-859-4 / 978-3-86189-859-7, EUR 16,90

Unterfeld, Wolfgang (mit Bertram Job): *Der Millionenjäger. Ein Versicherungsfahnder ermittelt.* 2013, 240 S., Rowohlt Taschenbuch 61156, 3-499-61156-2 / 978-3-499-61156-8, EUR 14,99

Volk, Klaus: *Die Wahrheit vor Gericht. Wie sie gefunden und geschunden, erkämpft und erkauft wird.* 2016, 345 S., C. Bertelsmann Verlag, 3-570-10259-9 / 978-3-570-10259-6, EUR 19,99

Wirth, Ingo / Kroll, Remo: *Morduntersuchung in der DDR.* 2014, 460 S., Verlag Dr. Köster (Schriftenreihe Polizei, Bd. 1), 3-89574-860-9 / 978-3-89574-860-8, EUR 29,80

Wisnewski, Gerhard: *Ungeklärt – Unheimlich – Unfassbar. Die spektakulärsten Kriminalfälle 2015. 2016 – Das Jahrbuch des Verbrechens.* 2015, 311 S., 25 s/w Abbildungen und Fotos, Knaur Taschenbuch 78723, 3-426-78723-7 / 978-3-426-78723-6, EUR 8,99

ESSEN & TRINKEN | SCHAUPLÄTZE

Diers, Knut: *Wer mordet schon auf Sylt? Der kriminelle Freizeitführer: 11 Krimis und 125 Freizeittipps.* 2016, 275 S., Gmeiner-Verlag, 3-8392-1863-2 / 978-38392-1863-1, EUR 9,99

Ebbert, Birgit: *Wer mordet schon im Ruhrgebiet? Der kriminelle Freizeitführer: 11 Krimis und 125 Freizeittipps.* 2015, 278 S., Gmeiner-Verlag, 3-8392-1776-8 / 978-3-8392-1776-4, EUR 10,99

Ehley, Eva [d. i. Sabine Alt]: *Sylt ein Heimatbuch. Sturmflut im Champagnerglas.* 2013 (2. Auflage), 249 S., Conbook Verlag, 3-943176-01-0 / 978-3-943176-01-8, EUR 11,95

Eßer, Angela: *Krimi. Ein perfekter Themenabend. Mit mörderisch guten Rezepten, Tipps zu krimineller Deko, stilechtem Ermittler-Outfit, fesselnder Musik – und allem, was dazugehört.* 2015, 96 S., zahlreiche farbige Abbildungen und Fotos, OA, Verlag ars vivendi (menüthek), 3-86913-590-5 / 978-3-86913-590-8, EUR 13,50

Färber, Werner: *Wer mordet schon in Ulm, um Ulm und um Ulm herum? Der kriminelle Freizeitführer: 11 Krimis und 125 Freizeittipps.* 2015, 315 S., Gmeiner-Verlag, 3-8392-1778-4 / 978-3-8392-1778-8, EUR 11,99

Griese, Angelika: *Wer mordet schon in Bremerhaven? Der kriminelle Freizeitführer: 11 Krimis und 125 Freizeittipps.* 2016, 247 S., Gmeiner-Verlag, 3-8392-1865-9 / 978-3-8392-1865-5, EUR 9,99

Hoffmann, Elisabeth / Heinrich, Karl-L.: *Auf Schritt und Tritt mit Commissario Brunetti. Gastronomisch-kriminelle Touren durch die Lagunenstadt Venedig.* 2016, 240 S., zahlreiche Farbfotos und Kartenausschnitte, 1 detaillierter Stadtplan, Harms Verlag, 3-86026-202-5 / 978-3-86026-202-3, EUR 19,80

Kölpin, Regine (Hg): *Möwenschrei und Meuchelmorde. Die mörderische Vergangenheit der Ostfriesischen Inseln. Wangerooge, Spiekeroog, Langeoog, Baltrum, Norderney, Juist, Borkum, Helgoland.* 2015, 305 S., Wellhöfer Verlag, 3-95428-164-3 / 978-3-95428-164-0, EUR 9,95

Kölpin, Regine (Hg): *Wellengang und Wattenmorde. Die mörderische Vergangenheit der Nordfriesischen Inseln. Sylt, Amrum, Föhr, Pellworm, Nordstrand, Helgoland.* 2015, 345 S., Wellhöfer Verlag, 3-95428-163-5 / 978-3-95428-163-3, EUR 9,95

Kölpin, Regine: *Wer mordet schon an der Mecklenburger Bucht? Der kriminelle Freizeitführer: 11 Krimis und 125 Freizeittipps.* 2016, 246 S., Gmeiner-Verlag, 3-8392-1864-0 / 978-3-8392-1864-8, EUR 9,99

Kreber, Dietlind (Hg): *Krimineller Reiseführer, Bd. 3. Hamburg.* 2012, 229 S., 1 Übersichtskarte Hamburger Stadtbezirke, Windspiel Verlag, 3-9813966-5-0 / 978-3-9813966-5-2, EUR 12,90

Kreber, Dietlind (Hg): *Krimineller Reiseführer, Bd. 4. Sylt.* 2015 (2. Auflage), 217 S., 1 Übersichtskarte Sylt, Windspiel Verlag, 3-944399-01-3 / 978-3-944399-01-0, EUR 12,90

Kreber, Dietlind (Hg): *Mörderische Ostsee. Ihr krimineller Reiseführer für die Lübecker Bucht, Bd. 1.* 2010 (2. Auflage), 191 S., 1 Übersichtskarte Lübecker Buch, Windspiel Verlag, 3-9813966-0-X / 978-3-9813966-0-7, EUR 11,00

Kreber, Dietlind (Hg): *Mörderische Ostseegerichte – Ihr krimineller Restaurantführer. Lübecker Bucht und Umgebung*. 2011, 224 S., Windspiel Verlag, 3-9813966-1-8 / 978-3-9813966-1-4, EUR 11,90

Kroneck, Ulrike / Rutsch, Conny: *Wer mordet schon im Osnabrücker Land? Der kriminelle Freizeitführer: 11 Krimis und 125 Freizeittipps*. 2015, 279 S., Gmeiner-Verlag, 3-8392-1777-6 / 978-3-8392-1777-1, EUR 10,99

Kruse, Margit: *Wer mordet schon im Hochsauerland? Der kriminelle Freizeitführer: 11 Krimis und 125 Freizeittipps*. 2015, 277 S., Gmeiner-Verlag, 3-8392-1780-6 / 978-3-8392-1780-1, EUR 10,99

Larutan, Justin [d. i. Jürgen Wolfgang Riethmüller]: *Wer mordet schon in Stuttgart? Der kriminelle Freizeitführer: 11 Krimis und 125 Freizeittipps*. 2016, 311 S., Gmeiner-Verlag, 3-8392-1862-4 / 978-3-8392-1862-4, EUR 11,99

Merker, Christoph: *Wer mordet schon am Königssee? Der kriminelle Freizeitführer: 11 Krimis und 125 Freizeittipps*. 2016, 311 S., Gmeiner-Verlag, 3-8392-1861-6 / 978-3-8392-1861-7, EUR 11,99

Porath, Silke / Prescher, Sören: *Wer mordet schon in der Oberlausitz? Der kriminelle Freizeitführer: 11 Krimis und 125 Freizeittipps*. 2015, 341 S., Gmeiner-Verlag, 3-8392-1779-2 / 978-3-8392-1779-5, EUR 12,99

Rieger, Katharina: *Kriminelles München. Ein Stadtplan des Verbrechens*. 2014, 20 S., 1 Stadtplan, zahlreiche s/w und farbige Abbildungen und Fotos, Volk Verlag (mini München), 3-86222-090-7 / 978-3-86222-090-8, EUR 7,95

Rillé, Evelyn / Ifkovits, Johannes: *Tödlich gut. Kommissare am Herd. Die Lieblingsrezepte der Fernsehstars*. 2013, 290 S., 500 Fotos, Verlag Opera Rifko, 3-9502956-2-3 / 978-3-9502956-2-7, EUR 29,80

Rose, Rita / Schreiber, Nicole / Wollenhaupt, Gabriella: *Mörderische Mandelhörnchen. Kulinarisches aus der Grappa-Küche*. 2015, 159 S., Grafit Verlag, 3-89425-4654-3 / 978-3-89425-465-0, EUR 10,00

Rossbacher, Claudia (Hg): *Wer mordet schon in der Steiermark? Der kriminelle Freizeitführer: 11 Krimis und 125 Freizeittipps*. 2015, 240 S., Gmeiner-Verlag, 3-8392-1775-X / 978-3-8392-1775-7, EUR 9,99

Seidl, Leonhard F.: *Wer mordet schon in Oberbayern? Der kriminelle Freizeitführer: 11 Krimis und 125 Freizeittipps*. 2015, 279 S., Gmeiner-Verlag, 3-8392-1781-4 / 978-3-8392-1781-8, EUR 10,99

Tessendorf, Petra (Hg): *Krimineller Reiseführer, Bd. 5. Berlin.* 2014, 249 S., 1 Übersichtsplan zwölf Berliner Bezirke, Windspiel Verlag, 3-944399-19-6 / 978-3-944399-19-5, EURI 12,90

Tessendorf, Petra (Hg): *Mörderische Ostsee, Bd. 2. Ihr krimineller Reiseführer von Fehmarn bis Kiel.* 2011, 217 S., 1 Übersichtskarte Ostseeküste, Windspiel Verlag, 3-9813966-4-2 / 978-3-9813966-4-5, EUR 11,90

Tötschinger, Gerhard: *Mörderisches Venedig. Die dunkle Seite der Serenissima.* 2014, 216 S., zahlreiche farbige Abbildungen und Fotos, Amalthea Verlag, 3-85002-882-8 / 978-3-85002-882-0, EUR 22,95

Venn, Hubert vom: *Eifel ein Heimatbuch. In Wanderschuhen über brodelnde Erde – aber niemals mit roten Socken.* 2013 (2. Auflage), 250 S., Conbook Verlag, 3-934918-95-6 / 978-3-934917-95-5, EUR 11,95

JAHRBÜCHER | ZEITSCHRIFTEN

Buranaseda, Nadine (Red.) / SYNDIKAT (Hg): *TAT-Zeuge. Das SYNDIKATS-Dossier 2015.* 2016, 352 S., Gmeiner-Verlag, 3-8392-1866-7 / 978-3-8392-1866-2, EUR 12,99

Buranaseda, Nadine (Red.) / SYNDIKAT (Hg): *TAT-Zeuge. Das SYNDIKATS-Dossier 2016.* 2017, ca. 250 S., Gmeiner-Verlag, 3-8392-2054-8 / 978-3-8392-2054-2, EUR 12,99

***

Beck, Benjamin / Grünewald, Gesa (Red.): *Krimi – Das Magazin. 2016, No. 1*, 80 S., Panini Verlag, ISSN nicht mitgeteilt, EUR 4,99

Bradley, Geoff / Cornwell, Bob (Hg): *CADS – An Irregular Magazine of Comment and Criticism About Crime and Detective Fiction.* 2015, No. 69, 70, 71. 2016, No. 72, je 80 Seiten, s/w Illustrationen, CADS, ISSN 0965-6561, GBP 9,00 je Ausgabe [Bezugsanschrift: Geoff Bradley, 9 Vicarage Hill, South Benfleet, Essex SS7 1PA / UK, E-Mail: Geoffcads@aol.com]

Franßen, Wolfgang (Hg): *Polar Gazette. Das Krimi-Magazin.*
- 2015, 9 Ausgaben bis Dezember 2015,
- 2016, 6 Ausgaben bis Dezember 2016,

je ca. 32 Seiten, Polar Verlag, kostenfrei

Jensen, Nils / Lerchbacher, Hannes / Schnepf, Michael (Red.): *Buchkultur Krimi Spezial 2015.* 2015, 24 S., Buchkultur Verlagsgesellschaft, ISSN 1026-082X, EUR 2,50

Lhomeau, Marc / Lhomeau, Franck (Hg): *Temps Noir. La Revue des Littératures Policières. No. 17.* 2014, 352 S., zahlreiche s/w Abbildungen und Fotos, Éditions Joseph K., 978-2-910686-67-3, EUR 18,00

Lhomeau, Marc / Lhomeau, Franck (Hg): *Temps Noir. La Revue des Littératures Policières. No. 18.* 2015, 352 S., zahlreiche s/w Abbildungen und Fotos, Éditions Joseph K., 978-2-910686-69-73, EUR 19,50

Krug, Christian (Hg) / Di Grazia, Giuseppe (Red.): *Crime. Wahre Verbrechen.* 2015/2016, No. 1–7, je 140 S., zahlreiche s/w und farbige Abbildungen und Fotos, Verlag Gruner & Jahr (Stern Crime), ISSN 2364-7930, je EUR 4,80

Rudolph, Janet R. / Derie, Kate (Hg): *Mystery Readers Journal. The Journal of Mystery Readers International.*
- 2015, No. 1, 2, 3, 4 je 68 S.,
- 2016, No. 1, 2, 3, 4 je 68 S.,

ISSN 1043-3473, USD 50,00 jährlich für 4 Ausgaben [Bezugsanschrift: MRI, PO Box 8116, Berkeley, CA 94707 / USA, E-Mail: janet@mysteryreaders.org]

Simpson, Christine R. (Red.): *CADS – An Irregular Magazine of Comment and Criticism About Crime and Detective Fiction. An Index to Issues 51-70.* 2016, 76 S., CADS, ISSN 0965-6561, GBP 9,00 [Bezugsanschrift: Geoff Bradley, 9 Vicarage Hill, South Benfleet, Essex SS7 1PA / UK, E-Mail: Geoffcads@aol.com]

MISCELLANEA

Benkel, Thorsten / Meitzler, Matthias: *Game over. Neue ungewöhnliche Grabsteine.* 2016, 224 S., 300 farbige Illustrationen, Kiepenheuer & Witsch Taschenbuch 1478, 3-462-04905-4 / 978-3-462-04905-3, EUR 9,99

Bohn, Thomas M.: *Der Vampir. Ein europäischer Mythos.* 2016, 256 S., 10 s/w Abbildungen, Böhlau Verlag, 3-412-50180-8 / 978-3-412-50280-8, EUR 24,99

Hertle, Hans-Hermann / Saure, Hans-Wilhelm: *Ausgelacht. DDR-Witze aus den Geheimakten des BND.* 2015, 143 S., 2 Abbildungen, Ch. Links Verlag, 3-86153-844-X / 978-3-86153-844-8, EUR 10,00

Hoffmann, Elisabeth / Heinrich, Karl-L.: *Venezianische Streifzüge mit Commissario Brunetti. Wandkalender 2016.* 2015, 13 Fotoseiten, DIN A3 Querformat, Spiralbindung, EUR 17,90 (inkl. Porto)

Klinger, Judith: *Robin Hood. Auf der Suche nach einer Legende. 2015*, 208 S.,

45 Abbildungen, Lesebändchen, Verlag Lambert Schneider, 3-650-40054-5 / 978-3-650-40054-3, EUR 29,95

Ausführliche Texte und Besprechungen zu den hier genannten Titeln, Kurzbiografien der Autorinnen und Autoren, deren Websites und Hinweise auf Bezugsquellen sind unter www.bokas.de (Krimi-Tipp Sekundärliteratur 62 & 63) zu finden.

BoKAS – »Bonner Krimi Archiv Sekundärliteratur«

Buschstraße 14

53113 Bonn

AUTOREN

SABINA ALTERMATT, Jahrgang 1966, ist in Chur geboren und aufgewachsen. Sie studierte Staatswissenschaften an der Hochschule St. Gallen. Heute lebt sie als freie Schriftstellerin in Zürich und im Glarnerland. Sie schreibt Kolumnen, Kurzgeschichten, Hörspiele, Kinder- und Bilderbücher sowie Kriminalromane und Romane. Für ihr literarisches Schaffen erhielt sie zahlreiche Auszeichnungen und Stipendien.
www.sabina-altermatt.ch

MISCHA BACH (alias Dr. Michaela Bach) schreibt frei nach dem Motto »Lieber gut erfunden als schlecht erlebt« Kurzgeschichten, Romane, Theaterstücke und Drehbücher statt Autobiografien und hat dafür Nominierungen und Preise erhalten. Wenn sie nicht schreibt, malt sie. Oder sie unterrichtet, es sei denn, sie treibt sich im Theater herum. Oder sie liest, gut und gern auch vor. Manchmal übersetzt sie, hauptsächlich aber lebt sie.
www.mischabach.wordpress.com und schreibarbeiterin.wordpress.com

CHRISTINA BACHER lebt heute nach Lehr- und Wanderjahren in Kaiserslautern, Marburg, Bonn, Prag und Montpellier mit ihrer Familie in Köln. Seither betreibt sie »Bachers Büro«, eine Schmiede für Texte aller Art. Neben der Arbeit beim Straßenmagazin DRAUSSENSEITER betreut sie redaktionell die Niri-News. Zudem tourt sie mit ihren Krimis durch Schulen und Bibliotheken. Sie ist Stipendiatin des Kölner Kulturamts im Scriptorium der Antoniterkirche, außerdem ist sie Mitglied der »Mörderischen Schwestern« und im SYNDIKAT.
www.bachers-buero.de

RAOUL BILTGEN, geboren 1974 in Luxemburg. Lebt in Wien. Schauspieler, Schriftsteller und Psychotherapeut (in Ausbildung unter Supervision). Autor einer wöchentlichen Liebes- und Sexkolumne (www.adamspricht.com). 2014 für den Friedrich-Glauser-Preis in der Sparte »Kurzkrimi« nominiert.
www.raoulbiltgen.com

RICHARD BIRKEFELD, 1951 in Hannover geboren, Historiker und Politologe. Er veröffentlichte zahlreiche Texte zur hannoverschen Stadthistorie und über kulturgeschichtliche Phänomene des frühen 20. Jahrhunderts. Gleich sein erster zeitgeschichtlicher Roman (zusammen mit Göran Hachmeister) *Wer übrig bleibt, hat recht* wurde mit dem »Deutschen Krimi Preis« und dem Friedrich-Glauser-Preis ausgezeichnet sowie in Dänemark und Frankreich für nationale Literaturpreise nominiert. Es folgten die Romane *Deutsche Meisterschaft* und *Tod einer Stracke* sowie zahlreiche Kurzgeschichten. Birkefeld lebt heute als freier Autor und Herausgeber in Hannover.

NADINE BURANASEDA, Jahrgang 1976, studierte Deutsch und Philosophie in Bonn und wurde im Hörsaal entdeckt: Für einen ihrer letzten Scheine durfte sie einen Kurzkrimi schreiben, den ihr Professor einem Verlag vorgelegt hat. 2005 veröffentlichte sie ihren ersten Krimi – einen Jerry-Cotton-Band, dem mehr als ein Dutzend Romane folgten. 2007 für den Agatha-Christie-Krimipreis nominiert, 2011 Tatort-Töwerland-Stipendiatin nahm sie 2016 an der Autorenwerkstatt der Konrad-Adenauer-Stiftung in Cadenabbia am Comer See teil.
www.nadineburanaseda.de

JENS BURMEISTER, Jahrgang 1967, hat Chemie studiert und darin auch promoviert. Er lebt und arbeitet in Leverkusen. Seit 2003

schreibt er mit Leidenschaft über Wein. Dem Online-Weinführer folgten Buchveröffentlichungen zum Thema. 2008 erschien *Weinromantik und Terroirkultur*, 2011 folgte *Mittelrheinwein – Ein dionysisches Porträt*. Mit *Tod in der Steillage* legte er 2015 seinen ersten Krimi vor. Jens Burmeister ist Vorsitzender des »Autorenforums Köln«.
www.mittelrhein-weinfuehrer.de

OLIVER BUSLAU schreibt seit 1999 Who-done-it-Krimis. Sein Wissen über das Schreibhandwerk gibt er in der von ihm gegründeten Autorenzeitschrift *TextArt* und in Seminaren weiter. Buslau ist Schöpfer der Bergischen Krimiserie um den Wuppertaler Privatdetektiv Remigius Rott (bisher neun Fälle), er schrieb aber auch einen historischen Krimi (*Schatten über Sanssouci*) und beliefert wöchentlich die Programmzeitschrift *TVKlar* mit einem Kurz-Who-done-it.
www.oliverbuslau.de

DANIEL CARINSSON, gebürtiger Berliner, ist gelernter Tontechniker, später Musikproduzent und Werbetexter, Hiker und Clubscout in den USA, PR-Profi, Veranstalter und Betreiber eines Musiklabels in Wien. Als Booker mehrerer erfolgreicher Live-Bands und als Veranstalter von Festivals und Clubbings kennt er die Mühsal der Akquisition ebenso wie das Belagertwerden von Künstlern und Agenturen. Heute lebt er als Contentmanager und Autor an der Donau nahe der slowakischen Grenze. Sein jüngster Roman *Goldregen – ein Gypsykrimi* ist im ars vivendi verlag erschienen. Seit Mai 2015 ist Daniel Carinsson Mitglied im Sprecherteam des SYNDIKATS.
www.carinsson.com

GERLINDE DAL MOLIN konnte sich schon im Lateinunterricht am besten solche Vokabeln merken, bei denen es um Verbrechen ging. Das Interesse am Kriminellen setzte sich in ihrem Jurastudium in Bonn und dem Schreiben von Krimis fort. Heute arbeitet sie für eine Bundesbehörde und lebt mit ihrer Familie in Andernach am Rhein, wo ihr Hauptkommissar Carsten Fink in *Finks verflixte Fälle* skurrilen kriminellen Machenschaften auf der Spur ist.

MITRA DEVI lebt als Krimiautorin, bildende Künstlerin und Filmemacherin in Zürich. Sie hat sechzehn Bücher veröffentlicht, darunter schwarzhumorige Short Storys, die vom Schweizer Radio SRF als Hörspiele gesendet wurden, und die bekannte Reihe mit Privatdetektivin Nora Tabani. 2007 war Mitra Devi ein halbes Jahr Krimistadtschreiberin von Leipzig, 2009 erhielt sie ein Stipendium des Literaturhauses Wiesbaden. 2013 wurde ihr Roman *Der Blutsfeind* mit dem Zürcher Krimipreis ausgezeichnet.
www.mitradevi.ch

CHRIS DITZE-STEPHAN ist Jahrgang 1965 und seit den Achtzigern in der IT unterwegs. Heute unterstützt und berät er Unternehmen und Behörden im Rahmen von kritischen oder sicherheitsrelevanten Angelegenheiten und Projekten. Ditze-Stephan lebt in Altenstadt bei Frankfurt am Main. Er hält Vorträge, veröffentlicht Fachartikel und engagiert sich für ein generelles Verständnis über Informationssicherheit, auch weitab von Unternehmen.
www.zentric.com

CHRISTOPH ERNST, geboren 1958 in Hamburg, hat in Hamburg und New York Geschichte studiert. Er schreibt hartgesottene Heimatromane, Stadtkrimis, Theaterstücke und Kurzgeschichten, zuletzt veröffentlicht *Les Morts renaitrons un Jour* (Piranha, Paris, Übersetzung von *Dunkle Schatten*, Pen-

dragon 2012), *Im Spiegellabyrinth* (Hallenberger-Media) und *Ansverus' Fluch* (Leda). Jetzt arbeitet er mit Eric Niemann an einem Handbuch für Noir-Autoren.
www.blutiger-ernst.com

WERNER FÄRBER, 1957 in Wassertrüdingen geboren, lebt als freier Schriftsteller in Hamburg. Sehr gern tritt er auch vors Publikum, um Kindern, Jugendlichen und Erwachsenen in stets lebhafter Weise seine Bücher vorzustellen. Ein weiteres Betätigungsfeld findet er im Rundfunk, wo er seine Spaßlyrik täglich in einer einminütigen Sendung zum Besten gibt. Ob Prosa oder satirisch-kabarettistische Reime, ob er junge oder erwachsene Menschen vor sich hat, er liebt die Vielfalt.
www.wernerfaerber.de

MARK FAHNERT, 42 Jahre alt, ist Kriminalbeamter. Er arbeitet bei einer Kriminalwache und hat im Dienst bisher etwa 300 Todesermittlungsverfahren durchgeführt. In seiner Freizeit schreibt Mark Fahnert Kriminalgeschichten.
www.markfahnert.wordpress.com

ARND FEDERSPIEL wurde in Oberhausen geboren, wuchs in Heiligenhaus auf und studierte Jura und Anglistik in Gießen. Hier erschienen auch seine ersten Kurzgeschichten und Comic Strips. Nach kaufmännischer und juristischer Tätigkeit in New York und Los Angeles ging es zum Schauspielstudium nach London. Heute arbeitet er als freiberuflicher Schauspieler, Übersetzer und Autor. Er lebt mit Frau, Kindern und einer überaktiven Fantasie in Essen.

TONI FELLER, Jahrgang 1951, wohnhaft in Rheinland-Pfalz, Maschinenbaustudium, danach Polizeilaufbahn, Kriminalhauptkommissar und 26 Jahre Mitglied einer Mordkommis-

sion, seit 2011 in Pension. 1994 Veröffentlichung eines Lyrikbands, bis heute insgesamt zwölf Bücher verschiedener Genres, zwölf Bühnenstücke (Komödien), Drehbuchvorlagen für Dokumentarfilme, Publikationen in Fachzeitschriften, sieben TV-Auftritte als Buchautor, unter anderem bei Susanne Fröhlich (MDR), Markus Lanz (ZDF) und Frank Elstner (SWR).
www.toni-feller.com

ROMY FÖLCK wurde 1974 in Meißen geboren. Sie studierte Jura in Dresden, ging in die Wirtschaft und arbeitete zehn Jahre für ein großes Unternehmen. Mittlerweile lebt sie als freie Autorin in der Elbmarsch bei Hamburg, wo sie ihren fünften Kriminalroman schreibt. Romy Fölck ist Mitglied im SYNDIKAT.
www.romyfoelck.de

CHRISTIANE GELDMACHER ist Autorin, Dozentin, Journalistin und Lektorin. Studium der Germanistik und Theater-, Film- und Fernsehwissenschaften. Viele Reisen durch Europa, die USA und Australien. Machte sich später mit dem Lektoratsbüro Textsyndikat.de selbstständig. Herausgeberin zweier Anthologien; 2012 erschien ihr erster Roman *Love@Miriam* im Bookspot Verlag; es folgte 2016 *Willkommen@daheim*. Christiane Geldmacher gewann den Friedrich-Glauser-Preis 2015 in der Sparte »Kurzkrimi«.
www.christiane-geldmacher.de

BRIGITTE GLASER lebt seit vielen Jahren als Autorin in Köln. 2003 erschien der erste von inzwischen sieben Romanen mit ihrer Detektivin wider Willen, der Köchin Katharina Schweitzer. Zudem schreibt sie Jugendbücher und Kurzgeschichten. Ihr aktueller Roman *Bühlerhöhe* führt zurück in die frühen 1950er-Jahre: Zwei sehr unterschiedliche Frauen lassen die deutsche Nachkriegsgeschichte lebendig werden.
www.brigitteglaser.de

MAREN GRAF wurde als echtes Nordlicht in Schleswig geboren und verbrachte ihre Kindheit an der Ostsee rund um Kiel. Nach dem Abitur studierte sie Deutsch und Philosophie auf Lehramt. Seit 2011 arbeitet sie an einem Gymnasium und lebt mit ihrem Mann und zwei Söhnen in ihrer neuen Heimat Paderborn. Neben ihrer Lehrtätigkeit schreibt sie vorwiegend Kurzgeschichten und Krimis. Mit *Todschreiber* erschien ihr Debütroman im Gmeiner-Verlag.
www.maren-graf.de

ANNE GRIESSER studierte Ethnologie und Germanistik, bevor sie auf die schiefe Bahn geriet. Nach einigen Ausflügen ins seriöse Berufsleben (Bibliothekarin, Redakteurin) schreibt sie heute hauptsächlich über Mord und Totschlag. Als Autorin (Kurzgeschichte, Roman, Hörspiel, Theater), Herausgeberin und Krimi-Entertainerin (Live-Krimis in der Brauerei, Hör- und Fühlkrimis im Stockdunkeln) schwingt sie in Freiburg die Feder und so manches blutige Theaterrequisit.
www.anne-griesser.de

KATHRIN HEINRICHS wurde mit ihrer Sauerland-Krimireihe um den Lehrer und Hobby-Ermittler Vincent Jakobs bekannt. Darüber hinaus verfasste sie etliche Theaterstücke, Kurzkrimis, Alltagssatiren und Kabarettprogramme. Kathrin Heinrichs hat drei erwachsene Kinder und lebt mit ihrem Mann im sauerländischen Menden.
www.kathrin-heinrichs.de

BETTINA HELLWIG, Jahrgang 1963, lebt in Stuttgart und Konstanz. Die promovierte Fachapothekerin arbeitet als Medizinjournalistin und verwertet ihre mehr oder weniger kriminellen beruflichen Erfahrungen in ihren Geschichten. Eine ihrer Kurzgeschichten wurde 2013 beim Freiburger Kri-

mipreis ausgezeichnet. 2014 erschien ihr erster Roman *Julmonds Grab*, außerdem ist sie Herausgeberin der Anthologien *Schwabens Schwarze Seele* (2015) und *Die Mörderin vom Bodensee* (2016).
www.bettina-hellwig.de

STEFAN KELLER lebt als Autor und Dozent in Düsseldorf. Von ihm sind bislang sechs Kriminalromane erschienen, zuletzt *Stirb, Romeo!*, ein zeithistorischer Krimi, im Gmeiner-Verlag. Zuvor hat er unter anderem Hörspiele, Fernsehshows, Drehbücher und Bühnenstücke geschrieben sowie als Theaterdramaturg und Wirtschaftsjournalist gearbeitet. Außerdem lektorierte er Drehbücher und Romane für Filmproduktionen und Fernsehsender. Seit mehreren Jahren unterrichtet er zudem Schreiben an der Universität zu Köln.
www.stefankeller.net

HEINZ KIRCHNER, geboren 1956 in Schotten/Vogelsberg, wo er heute noch lebt. Seit Mai 2013 ist er im Ruhestand. Seit frühester Jugend schreibt er Gedichte und initiierte die Schülerzeitung *Das Echo*. Sein erster Roman (Arbeitstitel: *Tod in den Niddaauen* um Kommissar Pit Anderson) befindet sich in Arbeit. Kurzgeschichten, Gedichte und Songtexte sind weitere Passionen. Gerne kreiert er Witze, die von seinem speziellen britischen Humor zeugen.

TOBIAS KIWITT ist Rechtsanwalt und Vorstandssprecher des »Bundesverbands junger Autoren und Autorinnen« (BVjA). Er berät Urheber im Verlagsrecht und ist Gründer des »Aktionsbündnisses für faire Verlage« (*Fair*lag).
www.anwalt-medires.de

GISA KLÖNNE, geboren 1964, studierte unter anderem Anglistik und arbeitete als Journalistin. Ihre Romane und Krimis sind Bestseller, wurden in mehrere Sprachen übersetzt und mit Auszeichnungen bedacht, unter anderem mit dem Friedrich-Glauser-Preis.
www.gisa-kloenne.de

RIA KLUG, geisteswissenschaftlich vorgeschädigte Ex-Tischlerin, schreibt seit 2008 Kriminalromane und Kurzkrimis, einige unter dem Pseudonym Edi LaGurki und zusammen mit Thea Krüger als Goest&Patsch. Daneben agiert sie gelegentlich als Frau Seehofer auf Berliner Bühnen. Ria Klug ist Mitglied der Berliner »Mörderischen Schwestern«, im SYNDIKAT, des TrIQ e. V. und des Berliner Transgenderradios.
www.moerderische-schwestern-berlin.de/autorinnen/klug/portfolio

THOMAS KOWA ist Autor, Poetry-Slammer, Musikproduzent, manchmal Weltreisender und Mitglied des ruhmreichen FC CRIMINALE. Während in seinen Thrillern fleißig gestorben werden darf, schafft er es in seinen Kurzkrimis, die Leser gleichzeitig zum Lachen und Fürchten zu bringen – und das ohne eine einzige Leiche.
www.thomaskowa.de

TATJANA KRUSE lebt und liebt und schreibt Krimis in Schwäbisch Hall und Berlin.
www.tatjanakruse.de

ULRICH LAND, geboren 1956 in Köln, lebt und schreibt in Freiburg. Sieben Romane, etwa über die Titanic, Krupp, Shakespeare, Lolita und zuletzt: *Michel B. verzettelt sich* (Hillesheim 2016). Darüber hinaus Lyrik, Prosa, Essays und über hun-

dert Hörspiele und Radiofeatures. Herausgeber von Anthologien und Literaturzeitschriften. Dozent für Creative Writing unter anderem an der Uni Witten/Herdecke. Mehrere Auszeichnungen wie Kölner Medienpreis, Ruhrgebietsjournalistenpreis; mehrfach Hörspiel-Stipendien.
www.ulrich-land.jimdo.com

USCHI LANGE, geboren 1958 im Ruhrgebiet, Abitur und Ausbildung zur Bankkauffrau, zuletzt in einer japanischen Bank tätig. Auslandsaufenthalte in England und Wales. Seit 1987 wohnhaft im Sauerland mit Familie. Fernstudien in Malerei und Kreativem Schreiben. Mitglied bei den »Mörderischen Schwestern« und im Syndikat.
www.uschilangesbuecherkrimis.jimdo.com

KURT LEHMKUHL, 1952 bei Aachen geboren, lebt und arbeitet in der Nähe von Mönchengladbach und in der Eifel. Nach dem Jurastudium in Bonn und jahrzehntelanger Tätigkeit als Zeitungsredakteur als Autor, Journalist, Dozent und Moderator tätig. Seit 1996 zahlreiche Kriminalromane, Kurzkrimis und Reisereportagen; unter anderem *Fundsachen* und *Meine Welt: Mein Kirgistan* (beide 2015), *Kohlegier* und *Meine Welt: Mein Kuba* (beide 2016), *Wer mordet schon in Aachen?* und *Weißgott* (beide 2017).

RICHARD LIFKA, geboren 1955 in Wiesbaden. Studium der Germanistik, Politik, Geschichte und Soziologie. Seit 1990 selbstständig als freier Autor und Journalist. Schreibt Kriminalromane, Kurzkrimis und Erzählungen. Herausgeber der Anthologien *Tod im Taunus* und *Agenten-Roulette*, aktueller Kriminalroman: *Doppelkopf*.
www.lifka.de

SUNIL MANN wurde als Sohn indischer Einwanderer im Berner Oberland geboren und lebt in Zürich. Er hat Psychologie und Germanistik studiert, beide Studiengänge wurden erfolgreich abgebrochen. Für sein Romandebüt *Fangschuss* wurde er 2011 mit dem Zürcher Krimipreis ausgezeichnet. Mit *Schattenschnitt* erschien im Spätsommer 2016 der sechste Fall für den indischstämmigen Privatdetektiv Vijay Kumar. www.sunilmann.ch

DAGMAR MÖHRING wurde 1972 in Marsberg/Nordrhein-Westfalen geboren und arbeitet als Mediengestalterin in einer Druckerei. Trotz latentem Interesse an Kunst und Literatur brauchte sie vierzig Jahre, um festzustellen, dass eine Vollzeitstelle allein nicht glücklich macht. Es folgten diverse Kurse für Illustration und kreatives Schreiben. Durch Christoph Ernst kam sie schließlich zur Autorengruppe *Blut und Feder*. Sie hat diverse Kurzgeschichten verfasst und arbeitet zurzeit an ihrem ersten Roman.

NICOLE NEUBAUER wurde 1972 in Ingolstadt geboren und studierte englische Literaturwissenschaft und Jura in München und London. Nach zehn Jahren in einer Wirtschaftskanzlei arbeitet sie nun selbstständig als Schriftstellerin, Rechtsanwältin und Lektorin. Im Jahr 2015 erschien ihr Debütroman *Kellerkind*, im Jahr 2016 *Moorfeuer*, der zweite Kriminalroman um das Münchner Ermittlerteam Waechter und Brandl. Nicole Neubauer lebt mit ihrer Familie im Herzen Schwabings.
www.nicole-neubauer.com

GÜNTER NEUWIRTH wuchs in Wien auf. Nach einer Ausbildung zum Ingenieur und dem Studium der Philosophie und Germanistik zog es ihn für mehrere Jahre nach Graz. Der Autor

verdient seine Brötchen als Informationsarchitekt an der TU Graz und wohnt am Waldrand der steirischen Koralpe. Günter Neuwirth ist Autodidakt am Piano. Eine Schaffensphase führte ihn als Solokabarettisten auf zahlreiche Kleinkunstbühnen. Seit 2008 publiziert er Romane, vornehmlich im Bereich Krimi.
www.guenterneuwirth.at

ERIC NIEMANN, geboren 1969 in Lübeck, hat in Hamburg und Leicester Soziologie, Psychologie und Neuere deutsche Literatur studiert. Beruflich einige Jahre Professor für Soziologie, dann Paartherapeut und nun Schulleiter in Hamburg. Nach einer Reihe von Jerry-Cotton-Romanen hat er sich dem Hörspielgenre verschrieben und zahlreiche Skripte für unterschiedliche Serien verfasst, darunter für *Sherlock Holmes – die neuen Fälle*, *Professor van Dusen* und *Wickie – die starken Männer*. Er ist zudem Film-Rezensent und dem Noir verfallen.

HEINRICH-STEFAN NOELKE wurde 1955 im westfälischen Versmold geboren. Er ist gelernter Metzger, studierter Betriebswirt und war später als Kaufmann tätig. Seit 2008 lebt er in Osnabrück und widmet sich dem Schreiben. Mit zunehmender Begeisterung macht er Musik. Er spielt den Bass bei »Hands Up! & The Shooting Stars«, der weltweit einzigen Rockband, die nur aus Krimiautoren besteht.
www.hsnoelke.de

AXEL PETERMANN, Jahrgang 1952, war bis 2014 Angehöriger der Kriminalpolizei in Bremen und Mordkommissionsleiter. Bis 2014 bearbeitete er mehr als tausend Fälle des unnatürlichen Todes und leitete die Ermittlungen bei Tötungsdelikten. Ab 1999 setzte er sich kritisch mit den FBI-Methoden des Pro-

filings auseinander und begann mit dem Aufbau der Dienststelle Operative Fallanalyse. Petermann ist seit 2000 ständiger Berater verschiedener *Tatort*-Redaktionen und unterstützt Autoren mit kriminalistischen Überlegungen. Er lehrt als Dozent für Kriminalistik an der Hochschule für Öffentliche Verwaltung. Seine Bücher *Auf der Spur des Bösen*, *Im Angesicht des Bösen* und *Der Profiler* kamen auf die SPIEGEL-Bestsellerliste. Petermann ist Mitbegründer des iFF, Interdisziplinäres Forum Forensik, und Dozent an der Hochschule für Öffentliche Verwaltung. Seit 2016 ist er Moderator und Fallanalytiker der Sendung *Autopsie – Der Profiler*.
www.axelpetermann.de

ALEXANDER PFEIFFER, geboren 1971, lebt in Wiesbaden. Schriftsteller, Kulturjournalist, Literaturveranstalter, Moderator, Workshopleiter, musikabhängiger Vinylfetischist und unbeirrbarer HSV-Fan. Neben zwei Bänden mit Kurzgeschichten und einem Gedichtband veröffentlichte er bislang vier Kriminalromane und gab die Anthologiereihe *KrimiKommunale* heraus. 2014 erhielt er den Friedrich-Glauser-Preis in der Sparte »Kurzkrimi«. Zuletzt erschien sein Roman *Geisterchoral*.
www.alexanderpfeiffer.de

HORST PROSCH, 1964 in Neuendettelsau im Landkreis Ansbach geboren, lebt mit seiner Familie in Wolframs-Eschenbach. Er arbeitet als Bilanzbuchhalter, ist Mitglied im Kulturverein Speckdrumm e. V. (Beirat für Literatur) und im SYNDIKAT und Initiator verschiedener Lesereihen. 2014 erschien der erste Krimi *Blaue Bäume*, 2016 folgte *Frankenruh* (ars vivendi). Sein Kurzkrimi *Süß klangen die Glocken nie* war 2015 für den Friedrich-Glauser-Preis nominiert.
www.horst-prosch.de

THOMAS PRZYBILKA, geboren 1950, lebt und arbeitete als Buchhändler in Bonn. Gründete 1989 das Bonner »Krimi Archiv Sekundärliteratur« (BoKAS), zahlreiche Publikationen zur Kriminalliteratur im In- und Ausland. Mitglied unter anderem im SYNDIKAT. Mitherausgeber der *Alligatorpapiere. Magazin zur Kriminalliteratur*, Herausgeber des *Krimi-Tipp Sekundärliteratur* und *Primärliteratur*. 2012 wurde ihm »in Würdigung seines Engagements für die deutschsprachige Kriminalliteratur und für sein bisheriges literarisches Gesamtwerk im Bereich Kriminalliteratur« der Ehrenglauser zuerkannt. www.bokas.de und www.krimilexikon.de/przybilk.htm

KIRSTEN PÜTTJER, gebürtige Hamburgerin, und der Niederrheiner **VOLKER BLEECK** sind nicht nur miteinander verheiratet, sondern schreiben in Hamburg-St. Pauli auch mit wachsender Begeisterung gemeinsam und getrennt Krimis, Koch-, Dreh- und Sachbücher, kurze und längere Geschichten. Bei Emons erschien zuletzt ihr Landkrimi *Bauer, Trecker, Tod*. Beide gehören außerdem zur Krimiautorenband »Hands Up! & The Shooting Stars«.
www.zweischreiber.de

HORST-DIETER RADKE, Jahrgang 1953, lebt seit mehr als dreißig Jahren in Tauberfranken. Darüber hat er ein Buch geschrieben und fotografiert (*Alles fließt in Tauberfranken*, Gmeiner-Verlag). Inzwischen sind weitere Bücher über Franken hinzugekommen (Regionalia-Verlag, Nicolai-Verlag). Kriminell arbeitet er solo (*Normale Verhältnisse*, dotbooks Verlag) und im Team. Mit Monika Detering schreibt er Krimis, die im Ruhrgebiet der 1950er-Jahre spielen (*Chrom, Koks & Feine Leute*, edition oberkassel).
www.hd-radke.de

BIGGI RIST, geboren 1964 in Reutlingen, Ausbildung zur PTA. Fünfzehn Jahre tätig in der medizinischen Labordiagnostik und in der Forschung sowie Co-Autorin wissenschaftlicher Publikationen. Als Siebenjährige schrieb sie eigene Geschichten auf der Schreibmaschine, eine wurde veröffentlicht. Zwei Jahre lebte sie in Australien, 2005 erfolgte der Umzug nach Niedersachsen. Seit 2010 schreibt sie gemeinsam mit Liliane Skalecki Kriminalromane und hat bisher auch zwei Kurzgeschichten in Krimianthologien publiziert.
www.krimi-bremen.de

CONNIE ROTERS arbeitete als Veranstalterin und im Theater, schrieb als freie Journalistin für Tageszeitungen und war als Frau für Spezialeffekte für diverse Fernseh- und Kinofilme tätig, bevor sie sich als Sozialarbeiterin der Arbeit mit traumatisierten Menschen in Krisensituationen widmete. Sie unterrichtete Kreatives Schreiben, ist Initiatorin diverser Leseveranstaltungen und lebt als freie Schriftstellerin in Berlin-Neukölln.
www.facebook.com/pages/Connie-Roters/796194950430800

BARBARA SALADIN wurde an einem Freitag, dem 13. geboren und lebt als freie Autorin, Journalistin und Texterin in Thürnen BL/Schweiz. Sie schreibt vor allem Kriminalromane, Kurzkrimis, Kurzgeschichtensammlungen und Sachbücher, hat aber auch schon ein Hörspiel, ein Bühnenstück sowie einen Kinofilm realisiert. Literarisch treibt sie ihr Unwesen sowohl an der Nordsee als auch in den Schweizer Jurahügeln.
www.barbarasaladin.ch

JÖRG SCHMITT-KILIAN hat 21 Bücher veröffentlicht, unter anderem den SPIEGEL-Bestseller *Vom Junkie zum Ironman* (verfilmt mit Uwe Ochsenknecht) und den Reiseführer *66 Lieblings-*

plätze. Sein Sucht- und Gewaltpräventionskonzept »Impulse« und das Seminar »Früherkennung und Bewältigung von Krisensituationen« wurden an vielen Schulen und Bildungseinrichtungen in Projekte integriert. 2016 startet sein Programm »Mörderisches Trio«, garniert mit Musik, Fotos und Videoclips.
www.schmitt-kilian.de und facebook.com

ANDREAS J. SCHULTE, Jahrgang 1965, verheiratet, zwei Söhne. Er lebt und arbeitet in Andernach. 2013 erschien der Debütroman *Die Toten des Meisters*, dem drei weitere Bände folgten. Neben den erfolgreichen historischen Romanen schreibt und veröffentlicht er auch moderne Krimis. Im Gmeiner-Verlag erschienen zwei kriminelle Freizeitführer, im Emons Verlag der Krimi *Eifelfieber*. Andreas J. Schulte ist Mitglied im SYNDIKAT und in der britischen »Crime Writers' Association« (CWA).
www.andreasjschulte.de

CLAUDIA SENGHAAS ist gelernte Buchhändlerin aus Leidenschaft und leitet seit 26 Jahren eine Gemeindebibliothek. Sie ist zudem als Anwendungsbetreuerin für ein regionales Rechenzentrum tätig und berät Bibliotheken jeglicher Größenordnung. Seit nunmehr 17 Jahren ist sie beim Gmeiner-Verlag beschäftigt. Dort leitet sie die Programmabteilung und das Lektorat. Mit Iny Lorentz zusammen hat sie das Buch *Bitterer Nachgeschmack* veröffentlicht.
www.gmeiner-verlag.de

DOMINIKA SOBECKI ist Lektorin beim Gmeiner-Verlag. Davor hat sie Literaturwissenschaft und Philosophie in Kiel studiert und ein Volontariat in der Buchredaktion eines Kommunikationsunternehmens am Bodensee absolviert.
www.gmeiner-verlag.de

ELLA THEISS lebt und arbeitet in der Nähe von Darmstadt. Sie hat Germanistik und Sozialwissenschaften studiert und nach ihrem Volontariat mehrere Jahre als leitende Redakteurin bei der Evangelischen Kirche Deutschland gearbeitet. Seit der Geburt ihrer Töchter ist sie freie Journalistin, verfasst unter ihrem eigentlichen Namen Elke Achtner-Theiss Artikel und Sachbücher zu Ernährungs- und Ökologiethemen. Seit 2007 schreibt sie auch Kriminalromane und Erzählungen. Sie erhielt mehrere Preise und Auszeichnungen, zuletzt den QuoVadis-Kurzgeschichtenpreis 2013 und den 2. Freiburger Krimipreis 2013.
www.ellatheiss.de

GÜNTHER ZÄUNER, geboren 1957 in Wien, Studium der Klassischen Philologie, Geschichte und Zeitgeschichte; musikalische Ausbildung. Schriftsteller, Dokumentarfilmer, Journalist; Autor der erfolgreichen Kokoschansky-Thriller; zahlreiche Kurzkrimis in Anthologien; Sachbücher (Organisierte Kriminalität, Geheimdienste, Drogen, Sektenunwesen, Rechtextremismus, Terrorismus, Politik); Drehbücher, Theaterstücke; TV-Dokus, Produzent und Gestalter von »Zäuner's Krimisalon« auf YouTube. Mitglied: »P.E.N.-Club Österreich«, »Österreichischer Schriftstellerverband«, SYNDIKAT, »IG Autoren Autorinnen«, AIEP.
www.guenther-zaeuner.at und www.kokoschansky.at

RAPHAEL ZEHNDER, geboren 1963 in Baden (Schweiz), arbeitete als Schallplattenverkäufer und Nachtwächter, bevor er Französisch und Latein studierte. Er ist Redakteur beim Schweizer Radio und Mitinitiator der »Zürcher Kriminalnacht« im »Theater Rigiblick«. 2015 erhielt er den Zürcher Krimipreis. Seine Krimis um den Ermittler Müller Benedikt erscheinen

bei Emons in Köln, zuletzt *Müller und die Ambulanzexplosion*, 2016.
Folgen Sie einem seiner Kriminalpolizisten auf Twitter: @BucherManfred
www.emons-verlag.de/autoren/raphael-zehnder

BILDNACHWEIS

Seite 18: Uwe Kletzing (Foto)
Seite 27/28: Julia Franze (grafische Umsetzung)
Seite 49/50: Carsten Steps, seeyou design (Fotos)
Seite 191/193/194: Jörg Schmitt-Kilian (Fotos)
Seite 228: Daniel Carinsson (Grafiken)

Karg. Grausam. *Brillant*.
Das Krimi-Ereignis
GALLERT REITER
KOPF JAGD
KRIMINALROMAN
emons:
ISBN 978-3-95451-940-8 · 14,95 Euro (D)
Leseprobe
emons:
www.emons-verlag.de
www.facebook.com/EmonsVerlag

12. Krimifestival
Tatort Töwerland

Veranstaltet
von

Buchhandlung
Koch

Nordsee-Insel Juist
vom
08. bis 10. September
2017

BENJAMIN
CORS
FRIEDRICH-GLAUSER-PREIS 2016
BENJAMIN CORS
KÜSTENSTRICH
KRIMINALROMAN
syndikat
dtv
BENJAMIN CORS
STRANDGUT
KRIMINALROMAN
syndikat
dtv
384 Seiten € 15,90
ISBN 978-3-423-26102-9
Auch als eBook
432 Seiten € 9,95
ISBN 978-3-423-21632-6
Auch als eBook
www.dtv.de
dtv